U0533598

名门医女

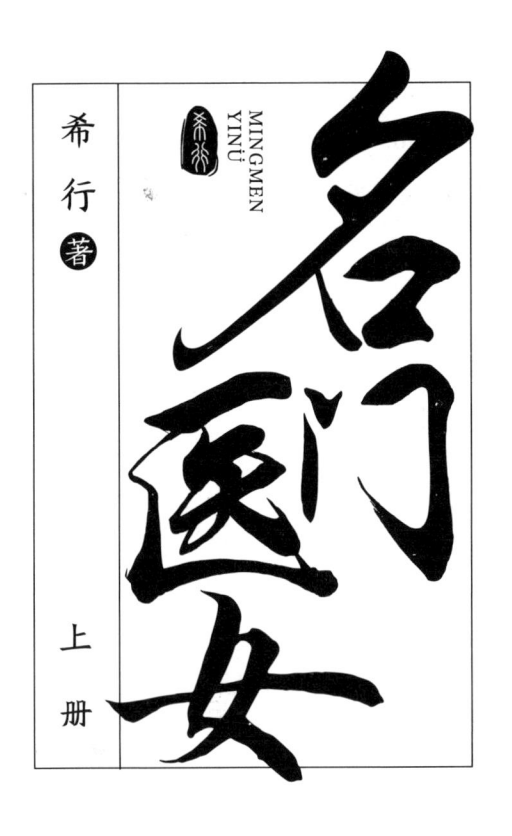

MINGMEN YINÜ

希行 著

上册

青岛出版集团 | 青岛出版社

图书在版编目（CIP）数据

名门医女/希行著.—青岛：青岛出版社，2025.1
ISBN 978-7-5736-1142-0

Ⅰ.①名… Ⅱ.①希… Ⅲ.①言情小说－中国－当代 Ⅳ.①I247.5

中国国家版本馆CIP数据核字（2023）第108600号

MINGMEN YI NÜ

书　　名	名门医女
作　　者	希　行
出版发行	青岛出版社（青岛市崂山区海尔路182号）
本社网址	http://www.qdpub.com
邮购电话	18613853563
责任编辑	郭红霞
特约编辑	孙小淋
校　　对	李晓晓
装帧设计	梁　霞
照　　排	梁　霞
印　　刷	三河市良远印务有限公司
出版日期	2025年1月第1版　2025年1月第1次印刷
开　　本	16开（710mm×980mm）
印　　张	45.5
字　　数	815千
书　　号	ISBN 978-7-5736-1142-0
定　　价	85.00元（全3册）

编校印装质量、盗版监督服务电话 4006532017　0532-68068050

目录

上册

楔子		1
第一章	异世	3
第二章	缝针	31
第三章	祸起	59
第四章	一搏	86
第五章	相逢	113
第六章	入室	141
第七章	互厌	169
第八章	被逐	196

目录

中册

第九章 遇险 227

第十章 切除 259

第十一章 选择 289

第十二章 真凶 319

第十三章 同居 349

第十四章 打赌 382

第十五章 赢了 413

第十六章 探亲 443

目录

下册

第十七章 救命 473

第十八章 家人 502

第十九章 练习 530

第二十章 释嫌 559

第二十一章 尊重 592

第二十二章 喜欢 624

第二十三章 打脸 656

第二十四章 和好 685

楔　子

大夏宝元三年初夏，永庆府。

锣鼓喧天，爆竹声声，定西侯府所在的街上披红挂绿，人群挤得水泄不通，就连树上、墙头都站满了人。

"这么大排场的娶亲，咱们永庆府可是好久没见过了。"

随着迎亲队伍走过，人群掀起一片又一片浪潮，谁都舍不得将目光移开。

走在队伍最前头的新郎官身形挺拔，这便是定西侯的嫡长子，由皇帝亲自起名为"云成"，小小年纪便承父志投身军伍，据说毫无贵族子弟的骄纵，能吃苦，不怕死，颇具好名，这样的好男儿简直是所有女子心目中的理想夫婿。

"不知道是哪家的女儿如此好福气。"很多人在猜测感叹，"能嫁入定西侯府，自然不是一般的富贵门庭出身吧。"

"你可说错了，这新娘子是个平民出身呢。"有知情人大声说道。

这话引起一片哗然，更多人围了上来。

"快说说，快说说，怎么个故事？"大家纷纷问道。

"说起这个新娘子啊，可是几辈子修来的福缘。她本是从外地来的孤女，几乎是靠乞讨为生，偏机缘巧合遇上了老侯夫人，治好了老侯夫人突发的病，老侯夫人看她可怜，为了报答其救命之恩，便收养了她，等她长大了便做主让嫡长孙娶了她当媳妇……"

这可是日常听不到的稀罕事，只有话本上才存在的传奇故事，一时间众人听得兴奋不已。

相比外边街上的热闹气氛，侯府里显得有些怪异，虽然府上是新婚大喜的装饰，来来往往的仆人穿的也都是喜庆的衣裳，但他们脸上的神情却有些阴沉，宾客们的面上也没有丝毫喜色。

拜过堂，新人被送进了婚房，片刻后屋内便只剩新娘子一个人安静地坐在婚床上。有急促的脚步声奔来。

"小姐。"门被猛地推开，进来的却不是新郎官。

听到这个带着哭腔的声音，新娘子猛地绷紧了身子，掀开了盖头。

纵然大事临头，跑进来的丫头依然因为眼前陡然出现的这张脸而失神了片刻。

十七八岁的年纪，本就眉眼如画的她因为这新娘子的装扮更显得容貌绝美，在红烛的照耀下，在凤冠珠钗璀璨光芒的映衬下，恍若神妃仙子。

"阿如，你怎么过来了？"新娘子看到这丫头发怔，焦急地走过去，"可是老夫人……"

她的话让丫头回过神来。

"小姐，"丫头"扑通"跪下了，眼泪涌了出来，"老夫人去了……"

一眨眼间，满眼的喜庆红色就换成了素白。

新娘子穿一身大红嫁衣跑进老夫人的院子里，格外扎眼。

她哭声尖厉，踉跄着要冲进去。

"姑娘不能进去。"高高的堂屋前已经站满了穿着素白孝服的婆子丫鬟，看到她过来，纷纷伸手阻拦。

新娘子尖叫着要冲进去。

"老夫人要喝我的茶！"她只是反复哭喊着，"端茶过来！端茶过来！"

"这时候不能哭！成心让老夫人走得不安生吗？！"门内一声低吼，帘子被掀开，走出一个中年男人，他身上已经换上了象征重孝的麻衣麻鞋。

"带姑娘下去！"他的身后紧跟着走出一个中年妇人，同样的重孝装扮，沉声对仆妇们说道。

"侯爷，夫人……不……爹娘……让我见见老夫人，让我见见她！"新娘子跪下来哭道。

"爹娘"二字入耳，那中年妇人的脸上闪过一丝厌恶。

"姑娘，今日是你的大喜日子，不能来这里，对你、对老夫人都不好。"她的面色柔和了几分，一面缓缓说道，一面摆了摆手。

四周的仆妇立刻扑过来，抓手、按身子、塞嘴，动作流畅利索。

一身红衣的新娘子在一片素白中被拖行，她拼命地挣扎回头，死死地看着那威严的堂屋，如雨的泪水浸染了嫁衣，滴落在地面，地上一条隐隐的水线渐行渐远。

第一章　异　世

大青山，山路十八盘，冬日里，一辆越野车在山路上孤独地盘旋。

"齐大夫，你怎么不在城里住一晚，明天一早再上山？"司机是个小年轻，黑瘦，山里出身的孩子倒挺健谈。

他一面轻松地开车，一面看副驾驶位子上的女人。

女人穿着白色羽绒服，头发烫的大鬓，一把扎在脑后，化了淡淡的妆，也没戴个发夹啊耳环啊什么的，但在小年轻司机的眼里，就是城里的戏团里那些穿戴最洋气的女人也没这个女人……嗯，有味道。

果然是大地方来的人啊，骨子里就不一样。

"有个病人等着做手术，我凑齐了东西。今天过去，明天一早就能用上了，要不然他还得等一天。"齐悦从车窗外收回视线，对小年轻司机笑了笑。

齐悦看着窗外不断闪过的山崖，想着心事。

二十七岁，在这个小县城里，年纪是不小了，但针对她的生活环境来说，这个年纪结婚还不是值得考虑的事，当然，对有男朋友的人来说，结婚也差不多该提上日程了，三十岁之前吧。

不过，现在她可说不准了，她的男朋友是要结婚了，只是新娘不是她。

齐悦吸了吸鼻子，在座位上换了个姿势，将头靠在靠背上。

就在一年前，齐悦的父亲因为主刀手术失误致患者瘫痪，这起医疗事故终止了他的行医前途。

齐悦自嘲地笑了笑。跟那个女人结婚，对男朋友来说，的确更适合……

唉……

车猛地停了,齐悦没提防,差点儿撞到头。

"到了。"司机咧嘴笑。

这里已经到了山路的尽头,再往前便不能行车了,站在半山腰望去,齐悦可以看到不远处的大山里有几座稀稀拉拉的房屋,一幢明显新修的房子位于一块平地上,很是显眼。

那里便是乡卫生院,也是齐悦援助的地方。

自从她来到这里,其他乡镇的百姓甚至县城的人也翻山越岭地过来让大城市来的大夫看病,原本冷清的乡卫生院变得热闹起来,被当作住院部的几间屋子不够用,老院长干脆把自己的办公室都贡献出来,乡亲们再也不觉得用扶贫款建起的这么好的房子白瞎了。

齐悦跳下车,小年轻司机帮她从后座上拿下急救箱。

"齐大夫,你自己拿得了不?还有一段山路要走呢。"司机看着齐悦将急救箱拎在手里,又看看那很是陡峭的山路,担心地问道。

"没事,我抄近路,从这里直着下去就到了。"齐悦说道,又看看天,今日的天色比平常要阴沉,隐隐有雪粒打下来,"下雪了,你快走吧,天黑了山路不好走。"

为了不让司机担心,说完这句话,齐悦就先走了。

司机一直看她下了山坡才上车。

时光倒流千年,广阔天空下覆盖的是大夏王朝。

宝元六年夏,定西侯府。

清晨的雨已经下了好一会儿了,正值饭时,来往的仆妇丫鬟们都撑着伞,精美的器具掩不住饭菜的香味,一个站在廊角的小丫头不由得吸了吸鼻子,咽了口口水。

小丫头十四五岁,穿着青布小衫、裤子,这是定西侯府最普通的丫鬟装束,不普通的是她束的是红腰带,这可是定西侯府二等丫头才能用的颜色。

这一青一红形成鲜明的对比,格外引人注目,但进进出出来来往往的人看也不看她一眼,仿佛她是空气。

小丫头一手拎着一个篮子,一手揉了揉肚子,眼巴巴地望着厨房门口,渐渐地,来往的人少了。

一个身材矮胖的妇人迈出来,在她身后紧紧跟着四五个婆子,争抢着给她举伞。

"我说你们都聪明点儿,都是多少年的老人了,可别失了身份,该做的要做到,不该拿的呢别拿,眼界呢放开点儿,我可告诉你们……"妇人慢声细语地说着,话语里带着几分倨傲。说到这里,她停下脚。

她一停下,身后的婆子们立刻都停了下来,带着恭维讨好的笑看着她。

"要是有谁丢了我的脸,可别怪我不给她脸面。"妇人似笑非笑地说道,微微抬起手点着这些人。

"董娘子这可是白嘱咐了,我们都一把年纪了,哪里能干着不着调的事?"一个马面妇人赔笑道。

大家纷纷附和。

这是定西侯府掌管上房厨房的管事娘子,董娘子。

小丫头咬了咬下唇,从廊角冲出来,冒着雨站到了这群人的面前。

董娘子正露出满意的笑,想要打趣几句,就有人突然站到自己的面前,因为跑得急,"啪嗒啪嗒"地溅起一片水花,在她那松花色的马面裙上留下水渍印迹。

"哎哟,作死啊。"旁边的一个妇人喊道,余光扫到来人的青衣,立刻扬手就打了一巴掌。

这妇人身材粗壮,小丫头被打到肩膀,一个趔趄,手里的篮子掉在地上。

"哎,这不是……"董娘子定睛看清站在眼前的人,尤其是那红束腰,不由得愣了下。

动手打人的妇人这才看到红束腰,不由得吓了一跳,她可是个三等粗使婆子,这上房的二等丫鬟可是惹不起的,于是习惯性地腿一弯。

"是阿好啊。"董娘子说道,声音拉得细长。

听到"阿好"这个名字,那弯了腿的妇人顿时又站直了,松了口气,还觉得自己受了惊吓,瞪了那丫鬟一眼。

阿好站在雨中,很快就被雨水打湿了,头发贴在头上、脸上,越发显得狼狈。

"董娘子,我……我们少夫人的……"她颤声说道。

"少夫人怎么了?有什么要吩咐的?"董娘子笑眯眯地问道,态度和蔼地看着她。

"少夫人让问一问,这个月的份例可拨下来了?"阿好说道,抬起头看了这董娘子一眼,不知道是吓的还是被雨水淋的,小脸青白。

董娘子面色一冷。

"怎么?秋桐院的份例你们又忘了?"她不咸不淡地说道。

原本听着小丫头告状,再看董娘子冷了脸,婆子们都有些害怕,正想着怎

求饶认错，却听到董娘子问出这么一句话，她们顿时又笑了。

"真是该打，"一个妇人抬手做样子轻轻地打了自己的脸一下，懊恼地说道，"竟是忘了！"

她说这话时看向那小丫头，略微弯身施礼。

"姑娘打我吧。听说三小姐染了风寒，我就慌了神，赶着采买清淡的饭菜果蔬，老了老了，不中用了，经不得事，记了这个忘了那个——"她笑吟吟地说道。

小丫头哪里敢打她？

"妈妈说笑了，自然是三小姐的病重要……"她咬着下唇低声说道。

董娘子的面上露出笑容，旋即又是一冷。

"都傻了啊，姑娘淋着雨呢。"她说道。

此话一出口，四周的婆子们似乎才看到眼前的人儿已经被雨水浇成落汤鸡了，忙乱地上前给她撑伞。

"再忙也别耽误了该做的活儿，再有下次，可别怪我不留情面。"董娘子对着这些妇人摇头笑道。

婆子们纷纷赌咒发誓说绝不会。

"那我就先走了。"董娘子说道，又看那阿好："阿好，缺什么就来跟我说。"

阿好浑身发抖地点头道谢。

董娘子走了，院子里的婆子们说笑着转身回屋，从小姐夸了哪道菜好吃赏了几个钱一直说到门房的四宝穿的是哪个丫头给做的鞋，直到阿好跟着她们进了屋子，其中一个才像是刚看到她一般。

"姑娘怎么还没走？"她问道。

阿好低头看着自己空空的篮子。

"哎呀，东西我们让人送去，下着雨，路不好走，哪里能让姑娘拎着？"那妇人笑道，一面对着另外几个妇人吩咐："老姐姐们，听到没，快些将东西备好，给少夫人送去。"

屋子里响起带笑的七零八落的应答声。

"我……"阿好迟疑片刻，还要说什么，却被那妇人连推带拉地送出了门。

院门"啪嗒"一声被关上，雨越下越大，阿好跺跺脚，将篮子顶在头上，快步沿着小路跑起来。

阿好穿过一扇又一扇门，越过一条夹道，远远地便能看到雨雾中矗立着一座小院落，四周散落着几株花树，除此之外别无他物，显得格外孤独。

一柄红伞从那边飘过来。

"阿如。"阿好看清了来人喊了声,加快脚步。

这边的红伞下,是一个跟阿好年纪相仿的女孩子,通身的素淡打扮让她蒙上了一层与年纪不相符的沉闷,看到冒雨而来的丫头,阿如也撑着伞加快了脚步。

"怎么出去也不打伞?淋着雨跑回来,不行哪里借一把……"她用伞罩住奔来的人,看着浑身湿透的姑娘,一脸的心疼和焦急之色,拿出帕子给阿好擦脸。

"我跑得快,不怕的。"阿好嘻嘻地笑道。

就一把伞,这孩子是怕自己没的用。阿如很是心酸。

"快些回去换了湿衣服。"她伸手拉阿好,却看到阿好空空的篮子,动作便是一顿,"怎么,还是没……"

"姐姐,她们说马上让人送来。"阿好忙说道,觉得自己没把事情办好,有些惭愧自责。

阿如叹了口气。

这"马上"只怕要等到两三天以后了……

二人说着话,走到院落前。院墙有些斑驳,上面挂着一块掉了漆的匾额,写有"秋桐院"三个字,伴着"咯吱"一声,推开门,两个女子进去了。

在屋子里换了衣裳,阿如又熬了碗姜汤端过来。

"姐姐,姜不多了,留着给少夫人用吧。"阿好推辞说道。

"喝吧,少夫人的身子不差这一碗姜汤。"阿如叹口气,说道,"最要紧的是,咱们都要好好的,要不然,少夫人还能靠谁……"

她说着话,眼泪不由得掉下来。

阿好不说话了,接过姜汤大口大口地喝了。

"姐姐,你别担心,咱们都能好好的,等到世子回来了,告诉他少夫人养好了身子,他一定会接咱们出去的。"她笑着说道。

阿如看着她,嘴边的笑意很是苦涩。

"但愿吧。"她轻声说道。

屋子里一阵沉默。

"我去烧点儿水,一会儿少夫人醒了好洗洗。"阿如站起身说道,打破了屋子里的沉闷。

阿好点点头,对着矮旧桌子上的铜镜绾头发,刚扎好最后一根头绳,就听外边传来一声尖叫,紧接着是铜盆落地的声音。

这声音尖厉刺耳,让人胆寒。

阿好打了个哆嗦,一头就冲了出去,只见阿如坐在正屋的门槛上,浑身发抖,

还在一声接一声地尖叫。

"姐姐，怎么了？"她忙跑过去，一面伸手扶住阿如，一面下意识地抬头看。

凄厉的叫声划破了雨雾。

"少夫人，少夫人。"阿好哭喊着爬向屋内。

顺着她的视线，可以看到一双脚悬在半空中，脚上穿着绣着缠枝莲的鞋子，再向上看，便是白纱裙子以及一件雪青盘领绣花袍，然后便是一张素白的脸，舌头隐隐地吐出来。

"快放下来。"从惊吓中缓过来的阿如扑过来，一把抱住这双腿举起来。

阿好哭着来帮忙，终于将梁上悬挂的人放了下来。

"没……没……气了……"阿如颤抖着去探这女子的鼻息，顿时面色灰白。

"少夫人……"阿好放声大哭，扑在那地上躺着的女子身上，"您怎么就这么糊涂啊？！"

地上的女子一动不动，如果不是那因为窒息而铁青的脸，看上去就如同睡着了。

"快，快去告诉侯爷和夫人。"阿如年长几岁，起身就往外跑。

门被撞开发出"哐当"声，阿好的哭声猛地停了，呼吸越来越急促，她突然不敢看地上躺着的人，伴着门又"哐当"一声响，她发出一声尖叫，转身冲入雨中。

一道闪电陡然划过，伴着"轰隆隆"的雷声，几乎撕裂了整个天空。

刚跑出院子的阿好瘫软在地上，生生吓得昏了过去。

与此同时，屋子里躺在地上的人双手动了动，紧接着整个人如同痉挛了一般抽了抽，垂在身侧的手猛地举起来挥动了一下，似乎要抓住什么东西，喉咙里发出"喀喀"的声音，同时，在她的上方忽地出现一个白色的箱子，直直地砸下来，又准又狠地砸中了地上的人的腹部。

"哎哟我的妈。"地上的人发出一声痛呼，猛地坐了起来。

齐悦正从山上往下滚。

她伸手，拼命地想抓住什么东西，心里后悔得要死。一转眼天就黑了，还下着雪，她一脚踏空人就滚了下来，好不容易伸手抓住一旁的枯枝，身上背的急救箱随着惯性重重地砸过来，正中她的脑门，齐悦眼一黑……

她不至于就这么死了吧？那也太可笑了。

这下好了，她的前途完不完还不知道，小命先玩完了，男朋友，不，前男还不得佩服死自己的高瞻远瞩啊？

齐悦不由得攥紧了手，不甘心啊！

这一攥手她愣了下——死人不该有这个动作，而且她的意识一直很清醒，身体还有痛感。紧接着，这痛感更加强烈，似乎有什么东西在她肚子上重重地一击。

齐悦叫着坐起来，伸手捂住肚子，正好看到从身上滚下的急救箱。

又是这个祸害！

齐悦愤愤地抬脚想踹急救箱，一抬脚却吓得她魂飞魄散。

这……这是什么奇怪的衣服？

白裙子？白纱裙？哪有这时候就给伤者换衣裳的？再说，大冬天的，哪个急救医生给受伤的自己穿这个？脑袋抽筋了吧！大冬天……

这个念头闪过，齐悦怔怔地抬起头，就发现方才耳边那"唰唰"的声音不是脑震荡引起的耳鸣，而是外边真的在下大雨。

齐悦张大嘴，一时没缓过来。

然后她木木地转动头，看到古典风格的木门、窗户，古风建筑中常见的月洞门，再往里还能看到垂着幔帐的床……

脖子上传来火辣辣的痛感，盖过了身体其他部分的痛，齐悦下意识地伸手摸过去。

"勒痕瘀伤……"她出于职业习惯喃喃地说道，然后抬起头，看到没有吊顶梁柱、椽子裸露在外的屋顶，一条白布在梁上垂着晃啊晃。

一阵嘈杂的脚步声伴着哭喊声穿透雨声，从外边传来。

齐悦从梁上收回视线，看向门外，就见一群人拥进来，越来越近，齐悦不由得揉了揉眼睛。

"我的妈呀，我是在做梦吧？"她喃喃地说道。

这群人的确是人，却不是她熟悉的那些人，她们不管老少都梳着发髻，穿着现代人绝不会穿的衣服，似乎是从画里、电视里乃至古代墓葬的壁画里走出来的，带着新鲜的土腥味，还是有声的。

"呜呜呜刘妈妈快些告诉侯爷夫人去……"

这群人一边走一边说话，还有边走边哭的。

她们飞快地迈上了台阶，阿如泪流满面地往这边看了眼。

"少夫人她……"她哽咽道，话说了一半却卡在了嗓子眼里。

齐悦坐在地上，眼睛一眨不眨地看着她们，没有血色的嘴微微张着。

阿如伸手捂住脸。

两声尖叫同时划破众人的耳膜。

"鬼啊!"

相比瘫软在地上浑身发抖还在尖叫的阿如,齐悦则是一面叫着一面手脚并用地向后逃去。

"你这个小蹄子!"为首的妇人被这陡然爆发的喊声吓得差点儿摔倒,在看清那个虽然狼狈但动作不失灵活的身影钻入内室后,心里顿时明镜一般猜出了前因后果,原本惶惶不安的脸色立刻沉下来,提脚就踢坐在脚边还在尖叫的阿如,"来人,撕烂她的嘴,留着这张惹是生非的嘴有什么用?!"

立刻有三四个妇人拥上来,手脚并用劈头盖脸就是一通打。

阿如哭着躲闪,原本随着阿如尖叫瘫软在人后的阿好哭着挤过来,挡着这些婆子,口里喊着"真不是哄妈妈们的,少夫人真的悬梁自尽了……",但那句"少夫人真的死了"却再没说出口。两个丫头在这短短一刻受了两场惊吓,抖得筛糠一般,哭得上不来气。

为首的妇人愤愤地瞪了这两人一眼,提脚迈进来,先是抬头看到梁上的白布,面上浮现出一丝冷笑。

"少夫人。"她开口唤道。

屋子里不见有人回答。

"少夫人,您还有别的吩咐没?"她也不要回答,不阴不阳地问道。

里面依旧无人回答。

"您要是没有别的事,老奴就先下去了。如今府里人多事杂,夫人身子又不好,实在是委屈少夫人了,等老奴得闲了,再来陪少夫人玩。"妇人缓缓地说出这一大段话,也不等里面答话,转身就走。

"刘妈妈,这……"有妇人指了指梁上挂着的白布,请示。

刘妈妈斜眼看着内室,从鼻子里发出一声嗤笑。

"留着吧,少夫人身子不好,爬上爬下的也不方便,下次再用也容易些。"她淡淡地说道。这话可真是大逆不道了,不过屋子里的妇人们却没有半点儿惶恐惊讶,反而都露出笑容。大家撑伞的撑伞,引路的引路,拥着刘妈妈出去。

刘妈妈走出来时,微微乜了还在地上缩着的两个丫头一眼。

感觉到那视线刺得脊背发凉,两个丫头不由得缩在一起。

"幸好我没听你的话去告诉侯爷、夫人,要不然我这老骨头一把,临了临了被你们两个年轻人玩散架了。"她慢慢地说道,"阿如,你当初也是跟着老夫人的,怎么如今不说长进,反而越发活回去了?"

阿如和阿好跪在地上连连磕头。

"真不敢骗刘妈妈,真不敢骗刘妈妈。"阿如哭道。

这妇人看也不看她们一眼,不再说话,提脚越过二人。

一群人很快远去了,雨雾中隐隐传来说笑声。

"这么久了才有胆子学人家悬梁……"

"真死了那才叫好,咱们世子也算是熬出头了……"

听着这肆无忌惮的说笑声,两个丫头对视一眼,旋即抱在一起大哭。

"快别哭了。少夫人没事是好事,宁愿挨顿打挨顿骂,也别真的……"阿如拍了拍阿好,流泪说道。

阿好点点头。

二人互相搀扶着站起来,顾不得一头一身的雨水,几步就走进内室。

"少夫人?"她们唤道。

里面无人应答,阿如便快走几步进去,见帐子的一侧露出裙角。

"少夫人,"她放缓了声音,再次唤道,"您……真的没事吧?"

一只手从帐子里侧微微探出来,扯住帐子一拉,人便被更严实地包了起来。

是没脸见人了,阿如叹口气,今日这事传出去真是丢人丢大了。

"少夫人,要不要找个大夫?"她再次柔声问道。

"不用。"帐子后终于传出一个细细的声音,似乎受了惊吓,声音颤抖沙哑。

阿如停下脚步,回头和阿好对视一眼。

"我没事。"这一次的声音比先前要大一些,同时半张脸从帐子后微微露出来,飞快地看了阿如一眼,又躲了回去,"你……你出去吧。"

阿如站着没动。

"你……快去换衣服吧。"帐子里的说话声更顺畅了,"小心感冒。"

感冒?阿如愣了下,是什么意思?

鉴于少夫人的脾气,她没有再问。

"那我先下去换衣服,再来伺候少夫人。"她说道。

帐子里传出"嗯"的一声。

阿如便走出来。阿好站在堂屋里,面色青白地仰头看那悬着的白布。

阿如搬来凳子,站上去,一把将白布扯下来,三两下团成一团。

"烧了。"她说道。

阿好点点头,忙去扶起地上倒着的椅子、圆凳,忽地看到屋角的地上有一个银白色的箱子。

"姐姐，这是什么啊？"她问道。

阿如闻声看过来，也很疑惑，这东西四四方方，上面还用红色标着奇怪的符号还有奇怪的字。

"咱们屋子里没这个吧？"她说道。

这里她们已经住了三年，闭着眼也能认出屋内的摆设。

她伸手便要去拿。

"别动。"内室猛地传来声音。

阿如和阿好吓了一跳，回头看，少夫人从帐子里探出半个身子盯着她们。

"是，是。"二人忙答道，站开几步，"少夫人，我们先下去了。"

看着两个人低着头退了出去，还带上了门，齐悦才稍稍地松了口气，确认了那两个人的确没在门外偷看才走出来。

她环视四周，满目惊愕，目光最后落在旁边的一面铜镜上。

齐悦深呼吸几口气，上刑场一般大步迈过去，先是闭了一下眼，然后猛地睁开。

镜子里一张银盘脸儿、杏儿眼、素面如玉、完全陌生的人正盯着自己。

她嘟嘟嘴，龇龇牙，伸手扯了扯面颊，镜子里的人亦是如此。

"妈妈呀。"齐悦自言自语道，目光扫过那满室真品无疑绝非电视剧布景的家具，"穿越啦……"

这个事实吓坏了齐悦，作为一个见惯生死的外科医生，她实在理解不了这种匪夷所思的现象。

她对着铜镜，再次审视如今的"自己"。

镜子里"自己"的相貌看不太清，不过可以肯定是个古典美人，瞧这细眉杏眼的。齐悦挑挑眉，又瞪瞪眼，最后抿嘴一笑，镜子里的人儿脸上浮现出两个浅浅的酒窝。

齐悦忍不住吹了声口哨，要是自己早长成这样，估计新女友的爹是院长也撼不动前男友"坚贞"的心了。

再看这年纪，齐悦伸手捏了捏脸，一时忘了是"自己"的，下手重了些，不由得咧嘴"哑"了声。

嗯，皮肤不太好，太瘦的缘故吧，不过二十七岁的齐悦颇有些年轻了七八岁的感觉。

认识了"自己"的相貌，齐悦又将视线落在屋子里，开始兴致勃勃地这儿看看那儿摸摸，看什么都稀罕。这里的一切都是鲜活的，带着人气，不像在现代那些民居博物馆里看到的那样死气沉沉。

转来转去，齐悦的视线猛地停住，看到那个依旧被扔在地上的急救箱，脑子里"轰"的一声，新鲜好奇顿时消退。

她是齐悦又不是齐悦了！纵然现代那个齐悦的身子还在，但不管是生是死，都不是她了，那个世界里再也没有她了！

阿如和阿好在屋子里换衣服的时候就听到隐隐有哭声传来，二人对视一眼，顾不得散着头发，慌忙地跑过去。

"少夫人，少夫人。"阿如忙喊道，一面就要推门，却发现门被闩住了，这一下她更害怕了，用力地拍门，"您快开门快开门。"

齐悦坐在地上，靠着门，抱着急救箱，泪水止不住地流。她一面哭一面打开急救箱，供氧器、纱布、胶带、听诊器、手术刀、剪子等急救用品闯入视线。

她的手一一抚过这些自己亲手挑选的急救用品。

在这个陌生的地方，我只有你们了……

"少夫人，少夫人，您不要做傻事！"阿如急得不知如何是好，除了里面的哭声，一句也得不到回应，想到今天受的惊吓，又想到一直以来的委屈，她颓然地坐在地上也哭了。

"少夫人，我知道您心里不好过，可是再不好过，也得过下去……

"想想当初老夫人为了您，一直撑到您拜堂，才闭上眼……

"没了老夫人，您还有世子……"

阿如说着说着也说不下去了，靠着门哭，跟在她后边的阿好早已经哭成了泪人。

屋里屋外的三人就在这雨天里想着自己的伤心事，痛痛快快地哭了一场。

这边阿如靠在门上不知道哭了多久，已经哭得没了力气，只是呆呆地流泪，然后听得"咣"的一声，门被打开了。

"少夫人！"两个丫头惊喜地抬起头。

齐悦看着她们。

"快起来吧，别哭了。"她说道，不知道是哭过的缘故还是脖子受伤的缘故，她的声音很沙哑。

阿如和阿好立刻起来了，含泪点头。

"该哭的时候就哭，哭过了就没事了。"齐悦说道，对她们露出一丝笑。

面容青白，眼睛红肿，这笑容着实算不上好看，但阿如和阿好还是欢喜得又

想流泪。

"少夫人，请个大夫来……"阿如说道。

"请大夫做什么？"齐悦摇头。

阿如愣了下，这才看到少夫人的脖子上裹了白布，只不过这白布看起来挺独特的，以前没见过。

"少夫人您……"她不由得问道。

"哦，这个啊。"齐悦伸手摸了摸——方才对着镜子，她已经处理好脖子上的伤了，"我弄好了，就不要劳烦外人了。"

也是，这事说出去也不好看。阿如和阿好点点头。

"阿好，快去打水给少夫人净脸。"阿如吩咐道。

阿好应声忙去了，这边阿如伸手扶齐悦坐下。

年纪轻轻被人这样搀扶，齐悦觉得怪怪的，但看这丫头的动作显然是习惯了，她初来乍到的，还是随大溜不挨揍吧。

阿好端着水进来，跪在她面前。

"少夫人，怎么了？"阿如和阿好看着猛地站起来的齐悦，不解地问道。

这个……这个……下跪实在是……齐悦看着两个丫头既惊诧又担心的神情，扯扯嘴角笑了笑，又坐下来，任凭二人服侍。

齐悦好奇地看着阿如搬来一个小小的箱子，箱子上面绘着精美的花纹，这可是真古董啊。

阿如拉开箱子正中的抽屉，露出七个小盒子，依次帮她匀面、敷粉、涂胭脂、点口脂。

齐悦看着阿如擦净她洗过的手，从一个小盒子里挖了一小块膏，仔细地抹上去，忍不住要啧啧称赞：连护手霜都有！

做完这些，阿如接过阿好手里的水盆，阿好起身，拿出篦子、抿子给齐悦整理头发，阿如从窗前一盆盛开的虞美人上掐了一朵花给齐悦簪上。

"好了，少夫人。"阿如端来铜镜，让齐悦照镜端详。

齐悦左看右看，还忍不住龇牙咧嘴笑了一笑，感觉镜子里的人比刚才看到的更加鲜亮了，转头见一旁的两个丫头惊讶地看着自己，忙收了神情，点了点头。

"少夫人，那我去做饭。"阿好请示道。

现在什么时候了？齐悦下意识地抬手腕要看表，入目是两个绞花银镯子……

"去吧。"她有些不自然地说道，往外看了看天，雨渐渐小了，原本阴沉的天也微微放亮。

阿好施礼下去了。

"少夫人，您先躺会儿吧。"阿如伸手来扶她。

"不用了，你也去帮帮忙吧，我想一个人待会儿。"齐悦摇头说道。

阿如面上有些担心，迟疑了片刻。

"没事，你下去吧，已经荒唐过一次，再不会了。"齐悦冲她笑道，说完又补充了一句，"吓到你们了，真对不住。"

阿如的眼泪在眼里打转。

"少夫人，是奴婢们没照顾周到。"她哽咽地说道。

"不碍你们的事。"齐悦说道。她也不知道跟这个对她来说完全是陌生人的丫头说什么，也不敢多说什么，便言简意赅，还微微地做出不耐烦的样子摆了摆手。

阿如便不再多说。

"少夫人要什么就喊我，我就在院子里。"她说道，低头退了出去，也不知道是有意还是无意，没有带上门。

齐悦吐了口气，端着的身子放了下来，屋子里安静下来，她的脑子里还是乱哄哄的。

外边的雨已经停了。

透过大开的门，齐悦可以看到，院子里，那两个丫头正在用木耙扒被雨水打落的树叶枯枝，以免堵了流水口，两人小声地说着话，轻声细语再加上这一身装扮，在这雨后的古典院落里，就如同一幅水墨画，清新素雅。

那个给自己上妆的是叫阿如吧，那个梳头的是妹妹阿好，倒是两个好记的名字。

齐悦叹了口气，事情已经如此了，走一步看一步吧。

她怔怔地胡思乱想着，阿如和阿好端着饭菜进来了。

一碗粥，稀粥，齐悦用勺子搅了搅，小米。

一个圆饼，巴掌大，齐悦用手掰开，居然是死面做的。

菜，这是什么菜？看着跟冬日腌的大白菜菜根差不多。另一个倒是肉菜，不过似乎是扔水里煮熟的，没滋没味。

有丫鬟伺候，还被称作"少夫人"，方才还有一大群下人，虽然态度有点儿怪，但这无疑是个大家庭吧，再看看摆设穿戴，这位少夫人应该是个有钱人吧。

"就吃这个？"齐悦忍不住问道。

这还没缺经费少收入的乡卫生院的食堂吃得好呢。

"少夫人，这个月的份例还没送来……"阿如低下头喃喃地说道。

齐悦"哦"了声，初来乍到的，吃喝暂时就不要考虑了。

"那我吃了。"她笑道。

两个丫头松了口气，又有些意外——这次少夫人听了这事没有发脾气或者哭，而是笑眯眯地大口大口吃了起来。待看到吃得干干净净的饭菜，两个人都忍不住惊讶地瞪眼看着少夫人。

"浪费可耻。"齐悦认真地说道。

不管这原主是什么饭量、什么习惯，她齐悦就是这个饭量、这个习惯。

她没想去装，不是一个人，再装也瞒不过，还不如以失忆性格突变为借口。

阿如和阿好也没听懂这句话是什么意思，但作为奴婢，她们习惯只听不问，点点头应声"是"。

"你们先去吃吧，吃完了过来一下，我有话要跟你们说。"齐悦说道。

齐悦坐在椅子上，看着她们过来，神情更加郑重，这两个丫头看得心慌。

"我要和你们说一件事。"齐悦开口说道，"今天我上吊……"

"少夫人，都是奴婢们瞎说的，少夫人从来没有这样做过。"阿如立刻跪下哭道。

阿好跟着跪下来。

齐悦一脸无奈。

"我做了，而且我真的死了。"她没理会她们的话，接着说道。

阿如和阿好抬头愕然地看了她一眼，旋即流泪流得更厉害了。

"其实我连孟婆汤都喝了，什么也记不得了，怎么死的，怎么到了黄泉路，见没见阎王，都不记得了，只记得我晃晃悠悠地走啊走，不知道去哪里，也不知道干什么去……"齐悦制止她们再次开口，看着门外，似乎沉浸在回忆中。

阿如和阿好渐渐不哭了，惊愕诧异又有些害怕地看着她，伴着齐悦特意压低的声调，两个丫头不由得朝对方靠了靠。

"我走啊走啊，突然……"齐悦说道，猛地打了个停顿。

阿好年纪小，忍不住惊叫一声，旋即察觉失态，伸手掩住嘴，就叩头请罪。

齐悦反倒被她逗笑了，摆摆手表示没事。

"突然我就看到一个人，一个……嗯，一个老太太冲我摆手。"她接着说道，这次换了轻柔的口气，"我那时候没知没觉也没念头，就走过去了。她看着我只是哭，还说了好些我听不懂的话……"

"说了什么话？"阿如胆子大，忍不住问道。

"说什么'傻孩子啊你怎么来这里啊你这是何苦啊'什么的。"齐悦皱着眉，做出努力想的样子，她也的确在努力地想，想着想着就想到失去自己的亲人们该是多么难过伤心，那眼泪就"唰"地下来了，"我认不出她是谁，但是觉得她是我很亲近很亲近的人……"

听到这里，阿如一怔，旋即坐正身子。

"是……是不是老夫人？"她结结巴巴地问道。

老夫人？齐悦摇摇头。

"我说过了，我喝了孟婆汤，什么都忘了，包括，你们……"她叹口气说道，伸手擦泪。

"啊？少夫人，您……您不认得我们了？"阿好问道，一脸震惊。

齐悦点点头。

"我当时被那老太太拉住，她哭我也哭，然后我就问我该去哪儿，她说我自然该回去，我已经不记得自己从哪里来的，还没开口问，她就推了我一把，然后我就醒了。"她一口气说完，"醒来就看到你们一大群人冲进来，我以为我还是在阴间，以为要拿我问罪呢，吓坏了。"

阿如和阿好点点头，想到那时两厢一照面，少夫人好像也喊的是"鬼啊"，那受惊吓的样子绝不是装的……原来如此啊。

不过，这也太……

阿如和阿好一时间不知道该说什么，就这样怔怔地坐在地上，齐悦也不说话，等她们自己反应过来。

"这么说，以前的事少夫人都不记得了？"阿如问道。

齐悦心里松了口气，点了点头。

"你们起来吧。"她说道。

阿如扶着阿好，两人站了起来。

"少夫人真的不记得阿好了？"阿好指着自己的脸，问道。

"别说是你了，我连我自己都不记得了。"齐悦说道。

"哦，这孟婆汤真的这么厉害啊……"阿好感叹道。

"当然厉害啦，要不然转世投胎还带着上一世的记忆，那怎么过？"齐悦解释道。古人应该都对这个深信不疑吧。

那人间就乱套了，两个丫头一想，便齐齐点头。

"所以说，"齐悦吐了口气靠在椅背上，"我也算是重新投胎的人了，虽然不知道那个老太太为什么要推我回来，但我既然回来了，就得好好地活着，不知道以

前的事更好，一切重新来过倒也干干净净。"

想到以前的事，阿如便再次流泪，忘了倒也好。

"所以说你们别担心我，我是绝对不会再次寻死了。"齐悦看着她们笑道。

阿如流泪点点头。

"少夫人……也不认得咱们府里的人了吧？"她略一思索，低声说道。

齐悦抿嘴一笑。

"这没什么好瞒的，她们信也好，不信也好，我问心无愧。"她说道。

阿如领会了她的意思，点头应声"是"。阿好则没听懂她们在说什么，只是想到少夫人不认得自己了，很是难过，向齐悦认真地介绍自己，而齐悦也开始询问那些"自己""忘了"的事。相比稳重的阿如，阿好更活泼一些，话也多，齐悦很快从她的口中了解到"自己"的前尘往事。

齐月娘，大夏国燕都人氏。至于这大夏国是什么国，齐悦插话问了，但得到的回答是"大夏国就是大夏国"，齐悦便放弃再问了。

这齐月娘父母皆早亡，与祖母一路流亡来到永庆府，寄居在府城十里外的桃花山下，十四岁，也就是五年前偶然救治了被毒蛇咬伤的上山进香的定西侯老夫人。在其祖母不慎跌落山崖亡故后，定西侯老夫人念她孤苦无依，又有救命大恩，便将她接进府中在膝下亲自教养，同家中的小姐们一般待遇。两年后，老夫人请旨定下了齐月娘和定西侯嫡长子的亲事。三年前，老夫人于病重之时将婚期提前，要亲自看着二人拜堂，就在新人拜堂之后，老夫人闭上了眼。

这听起来简直就是一出狗血无敌的传奇戏啊，这齐月娘一个孤女竟然一跃成了定西侯府的长孙长媳，下一代的定西侯夫人，这无疑就是最闪亮的麻雀变凤凰啊，只不过王子公主结婚后，好像并没有从此过着幸福的生活……

"然后我就因为老夫人去世心神大伤、疾病缠身，不得不在别院静养？"齐悦问道。

"是，算起来足足有三年了。"阿如接过话头说道。

"我是什么病？"齐悦皱眉问道。这具身子她感觉还不错啊，该不会真有什么隐疾吧？

那她是直接"挂"了重回现代，还是要再去寻找其他宿主？

"一开始吃了些安神的药，后来药也停了。"阿如低头说道。

并没有说什么病，也没有说没有病，这种半截话听起来很深奥，其实很简单，齐悦心领神会，哦，原来不是病，是被变相软禁了。

看来这个少夫人的处境有点儿微妙啊。齐悦手指忍不住敲着椅子扶手，暗自想。

"那……我是少夫人，那少爷呢？"齐悦问道，"是不是定时过来侍疾什么的？"

"自己"居然有个丈夫，这盲婚哑嫁的，突然多出一个丈夫，还是古人，实在是不好办。

"世子自老夫人去后，过了三七，就领君命去往塞北军营了，一直没回来过。"阿好又抢过话头说道，"少夫人，世子快要回来了，等世子回来了，您就可以搬出去了，再也不用受这个罪了……"

这个嘛，他还是慢点儿回来的好。齐悦点点头。再说，这个男人靠不靠得住还有待考虑。

"好了，天不早了，少夫人有什么要问的，咱们明日再说。"阿如插话说道。

齐悦这才发觉外边的天已经黑了，不知不觉竟然聊了一天，就连吃晚饭也没停。

今天听的信息也差不多了，足够她消化了。

"是不早了，今天大家又惊又怕的，都累了，洗洗早点儿睡吧。"她笑道。

阿如、阿好应声，一个伺候齐悦洗漱，一个铺床。

在一旁正好奇地感受古代内衣的齐悦抬头看到堂屋边上有一张小床，看起来是守夜丫头睡的地方。

"你们都回自己屋子里睡吧。"齐悦说道。"我想一个人静一静，说不定能想起来什么呢。"齐悦不待她们说话，便再次说道，声音里带着不容置疑的情绪。

少夫人说话从来没有这样干脆过，阿如迟疑了一下，低头应"是"。

"少夫人要什么，叫我便是，我们就在耳房这边。"她说道。

齐悦点点头，看着阿好放下窗帘、月洞门的帐子，阿如逐一熄了外边的灯。

"少夫人，我们下去了。"她们齐声说道，待里面的齐悦"嗯"了声才退了出去，关好门。

细碎的脚步声离开了，大雨过后的夜里一片安宁，齐悦隐隐地听到不知从哪里传来的蛙鸣。

第二日一早，阿如就来伺候少夫人起床。

因为经历了这种匪夷所思的事，齐悦夜里几乎没睡着，到天亮时才迷迷糊糊

地睡了一会儿，这时正在跟床上摆着的衣裳斗争，听到门响，忙做出准备起床的样子。

"少夫人睡得可好？"阿如拉开窗帘，挽起帐子，晨光便洒进来，屋子里一下子明亮起来。

"好。"齐悦顶着俩黑眼圈含笑说道。

阿如给她斟了一杯热茶，齐悦慢慢地含在嘴里，一面装作不经意地看着阿如。

阿如捧起床边的小白瓷盂走过来。

这是漱口盆啊？齐悦很自然地将茶水吐在里面，内心惊叹。昨晚她研究了好一会儿，这个白瓷盂做得那叫一个好啊，小巧可爱，她以为是观赏把玩用的，没想到只不过是一个漱口盆。

古代的大家族果然吃穿用度不一般啊。

漱完口然后才是吃的茶。齐悦在屋子里来回走了几步，伸展身体。

"今儿个天不错啊。"她对阿如说道。

聊天最好从天气开始，古今中外应该都适用吧。

阿如笑着点点头。"刚下过雨，门外的花草都鲜亮得让人心颤。"她说道，递给齐悦一物。

齐悦接过一看，再次心里"哇"一声：是牙刷。

当然，这牙刷不能跟现代的相比，上面蘸的是盐。齐悦乐滋滋地刷了牙，然后阿如为她洗脸上妆。

"阿好这丫头，又贪玩了。"阿如往外张望，说道。

阿好梳头梳得好，当初也是因为这个被老夫人给了少夫人，所以梳头的事一直由她来做。

"急什么，咱们又没什么事。"齐悦说道，一面用首饰盒里的各种簪子试着将头发绾成各种样子。

"您脾气好，都把她纵坏了。"阿如笑道，说着话，手脚不停地擦拭收拾房间。

"你看我这样弄的头发行不行？"齐悦不时转过身问她。

主仆二人一问一答，气氛轻松愉悦，正高兴，听得门外有争执声，其中有阿好的声音。

"去瞧瞧怎么了。"齐悦立刻说道。

阿如就等着这句话呢，闻言忙跑出去。

随着她的出去，院门也打开了，齐悦能听到外边的说话声。

"这是我先摘的荷花……"

"谁让你摘的？这是我们姨夫人早说要的……"

"我们少夫人……"

"什么少夫人，别糟蹋了这好花！快给我你这个小蹄子，再废话撕烂你的嘴……"

紧接着便响起阿好"哎呀"的痛呼声，想必她是吃亏了。

"你是哪个院子的？怎么能动手打人呢？"阿如看着眼前将阿好一把推倒在地，从她怀里夺荷花的小丫头。

这个小丫头看起来十二三岁，穿着半新不旧的青衣布衫、青布裤子，长得尖头尖脑的，正是进不得门的洒扫跑腿的粗使丫头。

自从老夫人去了，家里的规矩真是越来越松懈了，这等丫头难道都没经过调教？就是认不得人，也该认得阿好的束腰，怎么还敢如此张牙舞爪？

阿如说的话，这边的小丫头根本就没理会，别看她身子小，动作却是灵活得很，几下就夺过了荷花，抬头看了眼秋桐院，一脸不屑，冲阿如"呸"了一声，转头就跑。

阿如气得浑身哆嗦。冷言冷语也就罢了，面子上见了还过得去，如今这么个粗使丫头都敢打上门了……

"你给我站住！"她几步追上去，一把揪住那小丫头，竖眉喝道，"你跟谁学的规矩？反了你了！"

阿好也跟了过来，趁着阿如抓住她，劈手夺过荷花。

"且不说你我身份大小，是我先摘下的荷花，断没有你半路来抢的道理，你这人也太霸道了！"她气呼呼地说道。

"你算个什么，也来教训我！有人说了，你们秋桐院的人连阿猫阿狗都算不上。"小丫头翘着鼻子说道，一面要推开阿如，又去夺荷花。

阿如知道背后难听的话很多，没想到居然难听到这种地步。

"少夫人是明媒正娶，老夫人亲自定下，请了皇帝旨的，就是我，我阿如好歹也是老夫人跟前的人，你居然……居然说出如此大逆不道的话！你说，是谁说的，我这就告她去，必要将这无法无天没规没矩的打出去！"她浑身抖得筛糠一般，揪住那小丫头厉声喝道。

小丫头害怕了，眼神躲闪，急着挣开却挣不开，干脆转头咬了阿如的手。阿如没料到这丫头如此粗野，"哎呀"一声缩手，顺手就给了这小丫头一个巴掌。

小丫头捂着脸跑了。

阿如气不过，喊着"你别跑"追了几步，到底没追上。

阿好拉着她劝着，二人转回院子。

"说是朱姨娘院子里的。"她跟阿如咬耳朵，"外边来的，上梁不正下梁歪，姐姐别生气，跟她生气太丢人了。"

就在两个月前，夫人做主将侯爷在外边养的一个妇人接了回来。

"是啊，连那样的人都进家门了，还有什么规矩……"阿如喃喃地说道，原本的愤怒被伤心取代，神情消沉。是啊，老夫人去了三年了，这三年，变化太大了……

阿如没有进屋，让阿好去给少夫人说一声免得她担心，自己则借口准备早饭，进了一旁的小厨房。

这边阿好进了屋子，丝毫不见颓然，反而带着几分胜利的小得意将荷花插好。

"湖里的荷花开得晚，只有挨着湖心桥下的早，我早就盯上这枝了，知道昨天下雨今天一定会开，一大早我就跑过去，果然……"她高兴地说道，"少夫人，好看吧？"

齐悦笑着点头夸赞，阿好的脸上更是笑开了花，只不过因为方才的争抢头发有些散乱，看上去有些滑稽。

"有人看到了眼红，跟我抢呢，让您操心了。"她倒是没忘阿如让她回禀的话，笑着说道。

"好东西嘛，没人抢的还算什么好东西？说明你眼光好嘛。"齐悦笑道。

阿好高高兴兴地施礼道谢。

"我帮少夫人梳头。"她说道，一面要解开齐悦随意绾着的头发，还没拿起梳子，就听大门"哐当"一声。

"阿如，你给我出来！"

一个女声在门外响起。伴着这声喊，虚掩的大门被踹开了，四五个人拥了进来。

为首的是一个十七八岁的女孩子，腰系红腰带，身量高挑，面容俊俏，微微仰着尖尖的下巴，站在院子中。

她身后跟着几个同年纪的丫鬟，只不过是葱绿或者嫩黄的束腰，都是一脸怒容。

阿如从厨房里走出来，看着这姑娘。

"是素梅啊，找我什么事？"她说道，眼里有见到熟人的惊喜。

来人从身后扯出一个小丫头。

"是不是她？"素梅问道。

那小丫头正是方才抢荷花的那个,被素梅拽着,狠狠地看着阿如。

"就是她。"她说道。

阿如心里明白这是做什么来了,面上的喜色便消去了。"素梅,听说你到朱姨娘那里当差……"她说道。

话没说完,就见那素梅一步上前,扬手就是一巴掌。

清脆的耳光声在院子里响起,里里外外的人都愣住了。

阿如捂着脸,不敢置信地看着眼前的人。

"我在哪里当差用不着你操心。"素梅哼道,"打狗还得看主子呢,阿如姐你跟老夫人那么久,老夫人这才去了三年,就糊涂了?"

她在"老夫人"以及"去了"这两个部分加重了语气。

阿如的眼泪在眼眶里打转,盯着眼前这个比自己要小一些的丫头,似乎还能看到当年她怯生生一脸讨好的模样。

阿如的眼泪终于一滴一滴地落下来。

"这话说得真没错。"一个女声陡然响起来。

在场的人都循声看去,只见屋门口站着一个女子,也不梳头,披着一件外衣,用一根簪子慢悠悠地挑指甲,似笑非笑地看过来。

这些年大家对秋桐院避而远之,再加上这少夫人养身子从不出门,大家都要记不清她的相貌了,但当真看到时,还是一眼就认出来了,毕竟少夫人这张脸长得很好,足以让人过目不忘。

"少夫人。"素梅低头施礼,面上并没有惧意,待要说什么,这边齐悦先开口了。

"阿好,掌嘴。"她淡淡地说道。

站在她身后早已经气得浑身哆嗦的阿好闻言立刻冲出来,劈手对着那素梅就是重重一巴掌。

正如阿如没料到来人开口就说抬手就打,素梅也没反应过来,结结实实地被打了一巴掌。

阿好这一巴掌可是积攒了满满的新仇旧恨,本着打一次捞一次的原则,手上新留的指甲也没收敛,一巴掌下去,素梅痛得尖叫,脸上除了青白印子,还有两道抓痕,抓痕上还有血珠渗出来。

"你,你敢打我!"她尖叫道,觉得脸上火辣辣地疼,再伸手一摸,手上沾了血——破相了!

这相貌可是她的命啊!素梅差点儿晕过去。一起来的丫头们拥上来,要抓打

阿好。

阿好事先得了吩咐，一击得手毫不恋战，三步两步就跑回齐悦身边。

"给我跪下。"齐悦拔高声音喊道。

乱哄哄的丫头们被吓得"咯噔"一下，安静了，呆呆地看着扶着门站着的齐悦。

"说得没错，打狗还得看主子，你们是什么东西，跑到我跟前对我的丫头又是打又是骂？"齐悦一拍门，喝道，"你们是瞎了眼了还是当我这个主子死了？"

门上"咚"的一声，丫头们吓得一个哆嗦。侯府规矩森严，惯性使然，其中一个便忍不住跪下了。一个跪下了，其他人便出于从众心理立刻跟着跪下了。素梅虽然百般不情愿，但也不得不跪下。

这边齐悦趁着丫头们低头，忙吸了两口气，快速甩了甩手。

她用力太过了，拍得手差点儿断了，到底是第一次演这种戏，业务不熟练，应该拿茶杯、茶壶、花瓶什么的摔砸。不过那些东西在齐悦眼里是真古董精细货，都太贵重了，心理压力太大下不去手啊。

素梅等人跪下，也没人主动告罪，最初的惶恐过后甚至有些不以为意。

"少夫人，我……"素梅掩着面颊含着泪珠要开口。

"有什么话等会儿再说。"齐悦打断她，带着几分不耐烦，"一大早的扰人清梦。阿好进来梳头，阿如准备早饭。"

说罢齐悦转回屋子里去了，竟是将这些人晾在一边。

素梅咬着下唇，面上又是羞又是气，又去看阿如。

自挨了那一巴掌，阿如就一直站在一旁没有说话，此时见她看过来，转身便走了。

"得意什么！"素梅咬唇低哼，将手里的帕子狠狠地绞来绞去，"跪就跪，不说出个黑白来，我还不起来呢。"

齐悦坐在梳妆台前，正好能看到院子里，见那群丫头一开始跪得好好的，不一会儿就东倒西歪，显然是很少或者已经很久没受过这等罪了。

"她原先跟我们一样是在老夫人跟前服侍。她老子和娘是管车马的，打点了多少人才将她送到老夫人院里，在姐姐跟前跟条狗子似的献殷勤……"阿好说道，一面将头绳咬在嘴里，一面将齐悦的头发打了三个结，"老夫人不在了，不知怎么混的，又到了新进门的姨娘房里，这等无根草般的品行，居然还被提了位，填了姨娘房里的二等丫头，尾巴都翘到天上去了。夫人你是忘了不知道，姨娘没资格配大丫鬟，她就以为自己能跟阿如姐平起平坐了，也不想想，不过是姨娘房里的，还是个外室抬的姨娘……"

齐悦听得只笑，没想到这个丫鬟队伍都有这么多弯弯绕绕，那这个贵族大家里人事得多复杂啊。

这定西侯是个新贵，或者说，这大夏朝立朝没多久，基本上满朝都是新贵。

第一代定西侯是开国元勋，跟着开国皇帝南征北战，父子两代挣下这份荣耀家业，传到如今是从小在蜜罐里长大的第三代。老侯爷没了之后，由嫡长子常荣袭爵，娶了京城大族谢家的女儿，生了长子常云成。十八年前谢氏因病没了，继室是谢氏的小妹，也就是如今当家的定西侯夫人，为了和先头的夫人区分开来，人称"小谢氏"。

"啊？是小姨子嫁了姐夫？"齐悦惊讶地回过头。

"少夫人别动。"阿好正往她头上插簪子，忙说道。

"别戴这个了，又不出门，在家里自在些。"齐悦拉下她的手，笑道，一面激动地问，"你快说说，这小姨子嫁给姐夫的事……"

阿好刚要说什么，阿如端着饭进来了，正好听到这一句，便咳了一下。

"少夫人，吃饭了。"她说道，又瞪了阿好一眼。

阿好很熟悉这眼神，知道自己又说多话说错话了，吐吐舌头，忙过去跟着摆饭，止住了话头。

今天的饭还是萝卜咸菜小米粥死面饼子……

"下次吃发面烙饼吧，这死面吃得烧心。"齐悦说道。

阿如面色有些羞愧。"是奴婢鲁钝了。"她说道。

"我一会儿就去厨房问问怎么做。"阿好在一旁补充道。

齐悦抬头看这两人。

"哦。"她恍然，"你们两个不会做饭？"

听了这话，阿如和阿好失笑。她们是陪侍主妇小姐的丫鬟，又不是厨娘，怎么会学这个？

齐悦也笑了。"不用问，我来做。"她说道，站起身来就往外走。

"少夫人吃得太少了，再吃点儿吧。"阿好看着只动了几口的米粥，忙劝道。

"不急，一会儿再吃。"齐悦摆摆手说道，迈出门。

两人不知道她要做什么，只得跟上。

这边院子里跪得浑身酸疼的素梅等人听得动静抬头，见齐悦走出来，立刻跪直了身子，做出一副备受委屈又骄傲的神情，却不料这位日上三竿才梳洗打扮完的少夫人看也没看她们一眼，几步就进了小厨房。

"素梅姐，她要是不叫咱们起，咱们就一直跪着啊？"有丫鬟在后面低声问道。

素梅嘴唇都咬破了，看着那边的小厨房，里面主仆三人不知道在做什么，隐隐有笑声传来。

"跪啊，怕什么？"她冷笑一声，回答那丫头。

"素梅姐姐，你以前在老夫人屋里，跟少夫人很熟吧？她怎么个脾气？"有丫头低声问道，"咱们跟着你来了，也好了解一下，心里有个分寸。"

哎哟我的天，不过是跪一跪，这就怕了？素梅斜眼看了那丫头一眼。一辈子也就当个四等丫头吧。

"说起这少夫人，"她的笑带着几分鄙夷，"老夫人在的时候，可真是百般疼她，不是我说瞎话，没半点儿虚情假意，咱们家那三个小姐都靠后了。不知道的，没一个能猜出她其实是从外边捡回来的……"

"是少夫人救过老夫人的命……"有丫头小声说道。

"救过命？"素梅撇了撇嘴，"一个十四五岁的乞饭丫头，能救什么命？也不知道使了什么手段，让老夫人鬼迷了心窍一般，带进来养也罢了，就当小猫小狗图个乐，居然还指给了世子，咱们世子什么人？"

她说到这里，真是气得都跪不住了，脸上也不疼了，松开手，甩着帕子。

"素梅姐姐，她配不上大家都知道，如今不是说这个的时候，你快说说她的脾气，是个混账的呢还是个面泥的？"紧挨着她的丫头忙提醒道。

素梅这才转回正题。

"都不能提这个，只要一提起来我就气得肝疼，更别说夫人得气成什么样，咱们夫人那时候大病一场，绝对跟这个有关系。"她抚着胸口低声说道，"说起她，克父克母的孤儿，没爹娘管教，吃的百家饭，穿的百家衣，整日混在庙前跟一群鸡狗抢食，当初被老夫人手把手地教，还是上不了台面，看人都是一副偷鸡摸狗的样子，三棍子也打不出一个屁来，别说见了夫人小姐连头都不敢抬，就是在咱们这些丫头面前，她也跟个蚂蚱似的，时时刻刻都能被惊得浑身发抖，还有什么性子，什么性子都没有。哎哟我的天，我不能再提这个，我干吗跪她啊？她算个什么东西啊！"

她说着话就要起身，幸好一旁的丫头按住了她。

"不管她以前算不算个东西，现在可都是咱们府里这个位置的……"那丫头忍着笑冲她伸出两根手指晃了晃。

定西侯府内宅以老夫人为尊，如今老夫人去了，则是侯爷夫人为大，接着便是这名正言顺的嫡长子媳妇，这个正室大妇的地位，家里的小姐们都比不上，侯爷的那些妾侍更是要靠后。

"位置是那个位置，那也得看是什么人在上面。"素梅哼了声。

"说得挺热闹的啊。"少夫人的声音响起来，一群跪着开茶话会的丫头才惊觉厨房里的三人已经走出来了。

"少夫人，奴婢……"素梅此时面上已经没了委屈，取而代之的是毫不掩饰的愤怒，开口要说话。

"说得那么开心，那就再说一会儿吧。"齐悦笑着摆手，脚步不停，径直进了屋子。

素梅气得差点儿仰过去。

"线儿。"她回头冲身后喊。

跪在最后面的那个粗使丫头立刻跪行挪过来。

"姐姐有什么吩咐？"她问道。

"你起来走吧。"素梅说道。

那粗使丫头早跪得不耐烦了，反正到时候问有人顶着，闻言立刻站起来扭头就跑。

"去告诉院里的妈妈，如果姨奶奶找我，替我担待些，素梅在少夫人这儿领教训走不开。"素梅没料到这丫头这么不客气，一句话不说就跑了，忙紧喊慢喊地嘱咐。好在那丫头别的本事没有，找靠山告状还是拿手的，应了声，一溜烟不见了。

素梅的声音不大不小，屋子里的人听得清楚。

"少夫人，她去请救兵了。"阿好站在门口喊道，"真是好大胆子，居然没经过允许就私自跑了。"

齐悦正在阿如捧来的水盆里洗沾了面的手，闻言笑了。"我以为早去了，现在才去啊，真实在。"她笑道，一面接着对阿如说方才没说完的话："一会儿发好了面，我烙糖饼给你们吃。"

"怎么敢劳动少夫人？"阿如一脸不安地说道，"是我们伺候得不好。"

"哎呀，你就别说这个了。"齐悦接过帕子擦手，阿如去倒水，阿好还站在门口观望，齐悦便自己走到梳妆台前，拉开抽屉，找到那日阿如给她擦的护手膏。

刚擦完手，齐悦就听阿好喊了起来。

"来了，这么快。"她说道，脸上带着几分惶惶，一面往外看，"哎呀，竟是周妈妈。"

听了这话，阿如不由得看了眼还在梳妆台前的齐悦。

齐悦还在东摸西看。

"什么来历啊？"她顺口问道。

"是夫人跟前管库房的。"阿好吓得脸儿发白。

管库房的、管后勤的、管财务的，那可都是领导的亲近人，自然地位不一般。齐悦点点头，放下手里的东西往外看去，见一个妇人在门外站住脚，身后跟着两三个妇人。

这个妇人四十多岁，穿着褐色比甲，里面着暗青中衣，头发梳得整整齐齐，脸庞圆润，看上去倒是和气。

"一大早的你们这些小蹄子跑到这里做什么？"她一眼便看见素梅等人，问道，"你们姨奶奶正收拾院子呢，你如今倒越发托大了。"

素梅等人看到她来了，面上露出惊喜的表情。

"妈妈，妈妈，"素梅跪着挪到她的跟前，又是哭又是叩头，还把头抬得高高的，好让脸上那红印抓痕能让人看得清清楚楚，"我冲撞了少夫人……"

素梅说到这里便哭得上气不接下气。

看着她的样子，周妈妈以及身后的婆子们都一脸惊讶。

这下手可真够重的。依着这位少夫人的性子，敢让丫头跪一跪就是了不得的表现了，居然还动手打了……

周妈妈不由得看向屋门口，自己这边如此动静，那边屋子里却似乎没看到没听到。

"少夫人，老奴给您问个好。"她看了素梅一眼，便迈步上前，低着头冲屋子这边施礼，含笑说道。

"是谁啊？"

屋内传来一个声音，然后便转出一个身影，手里摇着一把小扇子。

这人站出来，周妈妈等妇人眼前不由得一亮。

这个女子穿着藕荷色圆点交领衫、蜜合色长裙，绾着高髻，略施粉黛，不簪朱钗，但就这一动一开口，甚至那有一下没一下的摇扇子，都显得那么娇媚动人。

这少夫人什么模样，这些有身份地位的婆子自然知道，只是今日这一眼，远比印象中更加震撼。

或许是好久没见了吧。周妈妈心里念叨，再看那少夫人，又觉得似乎不是因为这个，而是……精气神！

对，是精气神！

因为出身来历，这女人都是给人没底气、战战兢兢的感觉，虽然当初褪去乞丐穿着，梳洗打扮后出场的相貌令人震惊，但也就是震惊了一下，再看，也就没什么味道了。

但现在不一样，感觉就像精美的绢花突然变成了真花一般，外表没变，却多了生机，以前美则美矣，但是没有活力。

活过来……周妈妈的心猛地"咯噔"一下，想起昨日听到的传闻，再看那少夫人嘴边的笑意，青天白日里竟忍不住打了个寒战。

"少夫人，是老周家的。"她忙垂目不敢再看，恭敬地回道。

齐悦"哦"了一声。

"周妈妈来得正好，我打算做些烙饼，我这里的两个丫头笨手笨脚的，什么都不会，去厨房也说不清要什么，麻烦你顺路过去给管事的说一声，给我这里送些老面来，一天到晚吃那死面饼子，烧心得都睡不着了。"她想起什么，忙说道。

周妈妈再没想到她说这个，一愣之后，忙笑着应了，心里明镜似的知道她话里话外的意思。

"真是该打，老奴失职，居然还要少夫人开口。"她立刻施礼，一面轻轻地扇了自己一巴掌。

"哎呀，这可打不得，你又不管这个，你要真管了，不就越权了？那可就是打了那位妈妈的脸了。"齐悦笑道。

瞧瞧，这就是管家娘子的厉害，别管心里是怎么看待人的，面上一点儿都挑不出错，小丫头片子好好学学吧。

周妈妈的表情有点儿跟不上趟，一怔之后才忙笑着施礼道谢。

"哦，妈妈人忙事多，不跟你闲扯了，快忙去吧。"齐悦笑道，挥了挥小扇子。

周妈妈应了声，转身要走，幸好被身后的婆子撞了下，她自己都被自己吓了一跳，居然三两句话说得都忘了自己是干什么来了。

"少夫人，不知道这素梅……"她又开口道。

话没说完，齐悦就一挥扇子开口了。

"哦，你不说我都忘了。几个小丫头闹口角，吵得我脑仁疼，就罚她们跪一跪，让我安静地吃个饭。"她说道，爽快地一挥手，"如今饭也吃完了，你们快下去吧。"

这就完了？

周妈妈等婆子以及素梅等人都怔怔地看着齐悦。

"妈妈还有什么事？"齐悦看着她们问道，一脸自然。

"啊没没。"周妈妈今日这是第三次失态了，"丫头们居然冲撞了少夫人，那自

然是要罚的，只是跪一跪怎么成，该有的规矩还是要有的。"

素梅等人顿时急了，素梅伸手就拽住周妈妈的衣角。

"哪有那么严重，快下去吧。"齐悦笑道，"阿如，替我送送周妈妈。"

素梅早准备的一大篇诉苦分辩的话都没机会出口。

"还不快谢过少夫人？"周妈妈呵斥道，一面甩开素梅的手，眼神带着警告。

素梅哭着伏在地上。"谢少夫人。"她说出这句话，死的心都有了。

"周妈妈请吧。"阿如已经走过来了，看也没看素梅一眼，对周妈妈含笑说道。

"不敢劳动姑娘，快留步。"周妈妈笑道，提脚就走。

阿如送她们到门外。因为跪得久，素梅等人走路都有些蹒跚，一个个低着头，灰头土脸，今日原本是来出气的，结果堵了这么大一口气在心里上不得下不得，尤其是素梅，那眼泪便没停过，她回头看阿如，眼神怨毒。

阿如只是淡淡地看了她一眼，便转身进去关上了门。

"少夫人，就这么算了？"里边阿好正带着几分不服问齐悦。

"对啊，我本来也没想怎么着。"齐悦笑道，看着自己手里的扇子，很是高兴，"再说，又能把人家怎么样？罚她跪一下让她受点儿罪，咱们不吃亏就够本了。"

"太便宜她了。她要是敢这么对待夫人，别说夫人了，就是几个姨奶奶，不死也要脱层皮的。"阿好愤愤地道。

"关键是人家不敢这么对待那些人啊。"齐悦笑道，"人家又不是傻子，知道什么柿子能捏，什么柿子不能捏，所以啊，别怪捏柿子的人，谁让你是个软柿子呢？"

她笑着用扇子敲了敲阿好的额头，进里屋饶有兴趣地翻看"自己"的各种物件了。

阿如静静地听完这话，看向齐悦的眼神很是复杂，旋即拉了拉犹自一脸不解的阿好，轻手轻脚地退出去了。

这一场小小的风波还没起便灭了，在这侯门大院里似乎从来没有发生过。

第二章　缝　针

五月二十三是定西侯的四十六岁寿辰，不是整寿，不好大办，但想到新摘了老夫人的孝，府里已经三年没有喜庆活动了，一家子憋得还是想热闹一下。

因为是侯爷的寿宴，酒菜单子便由侯爷夫人亲自过目。

荣安院是定西侯夫人的起居室，位于定西侯府东南正房大院，雕梁画栋，穿山游廊贯耳配房，壮丽轩昂。定西侯夫人小谢氏生性不爱热闹，因此她这院子里便少有高声笑语。

掀起清一色粉色小珍珠穿成的隔帘，周妈妈走进东边的厢房。一个三十五六岁的妇人斜倚在炕上，闭目似是睡着了。她面颊微高，身材丰腴，许是因为歇午觉，扯去了钗环，只留一支赤金点翠的簪子压发。

一个才留了头的小丫头在一旁认真地打扇子。周妈妈走过去接过小丫头手里的扇子，摆摆手，小丫头蹑手蹑脚地退了出去。

"都是怎么说的？"她忽地开口问道。

这话说得突然，能把人吓一跳，周妈妈却丝毫不惊，就如同二人方才一直在聊天一般。

"夫人，"周妈妈一面继续摇着扇子，一面说道，"家里这么多费心神的事，这上不得台面的小把戏理会它做什么？"

这位便是定西侯夫人，谢氏。

"先是上吊自尽，"她依旧闭着眼，慢悠悠地说道，"丫头们满院子哭嚷着死了，引人去看之后又活了，还说什么进了黄泉路喝了孟婆汤见了老夫人，我倒不知道，往日木头人一般，原来她还有这个编瞎话的本事。"

她说着话，睁开了眼，作势要起来，周妈妈及时将大引枕放在她手下，好让她斜倚着坐。

"说是那老贼婆推她回来的，这话说得可真漂亮，既然是那死老贼婆许她回来的，那在这家里岂不是要以她为尊了？"谢氏面上浮现出一丝笑，很是温纯和蔼，但嘴里吐出的这句话若是让外人听到了，真是要被吓得以为在做梦。

定西侯老夫人，她的婆婆，她居然是一口一个"老贼婆"。

周妈妈的神态依旧从容。

"不管她说什么，自让她说去，不过是一阵风，过去就过去了。"她捧过一杯茶来，低声说道，"夫人不必理会。"

"三年无声无息的，如今突然就开唱了。"谢氏接过茶吃了口，拿起帕子轻轻擦了擦嘴，面上神情似笑非笑，"莫非是打量着成哥要回来了还想再搏一搏？"

周妈妈沉默了一刻。

"有什么话你就说。"谢氏察觉她的欲言又止，便说道。

"那日我正好从秋桐院过，撞见一个小丫头从秋桐院里跑出来，问了话，她说朱姨娘院子里的素梅正被少夫人罚跪。"周妈妈说道。

"素梅？"谢氏用手按了按发鬓，"就是整日打扮得妖妖娆娆，被朱姨娘放在侯爷跟前晃来晃去的那个？"

"是。"周妈妈含笑说道。

谢氏没有再说话，面上拂过一丝淡淡的笑。

"齐姑娘什么性子，咱们再熟悉不过，别说让丫头下跪了，就是跟丫头说句重话，她都不敢，所以原本我不该去管，但我听说之后还是忍不住过去瞧了瞧。"周妈妈接着说道。这些日子虽然她没提起，但不知怎的，那一日那女子倚门而笑的样子时不时地在眼前晃，晃得她都有些心慌。

"你瞧着怎么了？"谢氏问道。

周妈妈抬头看了她一眼。

"就像……就像变了个人。"她说道。

谢氏看着她，面色古怪，似是想笑，又似想发脾气。

"你是说，她果然是喝过孟婆汤，忘了前尘往事，脱胎换骨，重新为人？"她问道。

周妈妈有些尴尬，不知道该做何表情。

"看来咱们少夫人说的这些话真不是骗人的。"谢氏又笑了，站起来活动下肩背，"让周妈妈你这般的老人都信了这些传言，可见这种鬼把戏也只有鬼才能教会她，果然是真上了黄泉路见到那个死鬼老贼婆了。"

她说着，笑了起来，笑得忍不住弯下腰。

"夫人，老奴惭愧。"周妈妈在一旁尴尬地低头说道。

"去查。"谢氏猛地收住笑，双目微凝，"这世上捣鬼的从来都不是鬼，只有人。给我去查，看看是谁在背后兴风作浪，倒也真是另辟蹊径，居然捡了这个废物当枪使。"

周妈妈肃然应声"是"，同时心中更加惭愧，真是糊涂了，自己活了这一把年纪，居然没想到这个。只不过，她心中还是闪过一丝迷惑犹疑……

那一日看到的少夫人，那透出的气势、说话的味道，一切的一切，并不是谁教一教就能教出来的，老夫人还在的时候亲自带了她两年，结果还不是……

"还不快去？"谢氏皱眉，打断了周妈妈的出神。

周妈妈不敢多想，应了声，匆匆地出去了。

谢氏望了摆动的珠帘一会儿，才坐下来。

"老贼妇一向算计得好，"她慢慢地说道，"但俗话说'人算不如天算'，算计得再好，也抵不过天不多留她一刻。天都不留她，死了三年了，居然还有人妄想打着她的旗号掀起风浪，真是不自量力。"

其实定西侯夫人猜得也没错，只不过她的搜查行动只能无疾而终，就是将整个定西侯府掀个底朝天也找不到这个人，因为这个人安安稳稳地住在秋桐院里，一心努力，只为让自己的日子过得舒坦一些。

天近傍晚的时候，秋桐院里开始准备晚饭。

"哈，新鲜的纯天然的无污染的……"齐悦看着眼前燎了毛、洗得干干净净的白鸡，啧啧道。

"少夫人，您说什么？"阿好问道。

"没什么。"齐悦笑道，搓着手，跃跃欲试，"那么，今晚咱们就吃鸡吧。"

阿好立刻双眼放光。自从那一日吃了齐悦烙的发面糖饼后，这个被自己的手艺养活了三年的可怜孩子对自己做出的饭菜就再也不能下咽了。

相比经过求学以及住职工宿舍锻炼出自力更生能力的现代职业女性，阿好这个古代的丫鬟反而像个娇生惯养的小姐。

"阿好喜欢什么口味的？"齐悦笑问道，"煎、炒、烹、炸、烤，你选哪一个？"

"当然是少夫人最拿手的。"阿好说道。

"那自然是烧烤派对秘制烤鸡排鸡翅了。"齐悦"啪"地打了个响指。

"弄什么？"阿好又没听清，问道，看着齐悦有些古怪的动作。

"没什么没什么，我当初在庙前跟那些乞丐学的俚语。"齐悦笑道，对于失忆的"自己"突然精湛的厨艺，她都把理由推到齐月娘十几年的乞丐生涯上。齐悦挽起袖子，哼着小曲，双手握刀，试图将那只鸡剁开。

"少夫人，这些放着我来做，您怎么能做这个？"阿如忙过去说道。

"没事，闲着也是闲着。"齐悦咬着牙，一刀剁飞鸡头，回头见阿如看着自己，眼神古怪，"你忙完了？"

阿如收回视线，忙点头。

"那去帮忙熬个汤吧。"齐悦笑道。

阿如应声"是"，走到灶台前。

"少夫人。"她又回头喊了声。

齐悦没回头，"嗯"了声。

"让奴婢做事，不用说'帮忙'的。"阿如低着头说道。

齐悦剁鸡的动作停了一下，回头看了她一眼。

"哦。"她简单地应了声。

当周妈妈带着人过来时，首先就听到院子里传出的笑声，同时闻到了烤肉的香气。

"少夫人。"周妈妈停在门口，恭敬地喊道。

笑声停了。

"是周妈妈啊，快进来吧。"齐悦的声音从屋内传来，还带着笑意。

周妈妈便推门进去，第一眼看向正屋，却没有见到人。

"周妈妈。"

她循声看去，见小厨房门边站着那个女子，笑吟吟地冲自己抬了抬手，手里握着一根铁叉。

"哎哟，我的奶奶，您这是做什么呢？"周妈妈吓了一跳，忙喊道，又四下乱看，"阿如呢？这小蹄子也偷懒耍滑了？"

阿如忙从小厨房里走出来行礼，挽着袖子，手上满是油，表明自己没有闲着。

"我自己玩呢。"齐悦笑道，将铁叉递给阿好，"妈妈来尝尝，我们烤的鸡肉。"

周妈妈却听出了别的意思。

"当初少夫人在别院养身子，厨房又离得远，冬天送来送去的，饭菜凉了，对身子不好，所以在院子里开了小厨房，如今夏天了，还是按以前由大厨房送饭菜来吧。"她立刻转身对身后的婆子们吩咐。

婆子们忙应声。

"不用不用。"齐悦笑道，一面催着阿好："端过去给周妈妈尝尝，看看咱们的手艺。"

阿好应了声，转身进厨房端了一盘子鸡翅出来。

"妈妈尝尝。"她捧到周妈妈身前，看身后还有四个婆子，忙又加上一句，"才做了这一盘子出来。"

周妈妈身后原本探头看过来的婆子们便站好了，有婆子撇了撇嘴，露出几分不屑：小丫头片子眼皮浅，我们什么没吃过？

周妈妈看着盘子里摆的七八个鸡翅。家里的鸡都是整只吃的，她还是头一次见单独做翅膀的，出于职业习惯便想定然是大厨房那边又克扣秋桐院的份例了，少夫人故意拿出来打自己脸的……

周妈妈心里想着，看着这鸡翅烤得油亮亮的，便伸手拿起一个咬了一口。

"嗯。"她眼睛一亮。

"好吃吧？"阿好带着几分得意说道，"您可别撤了我们的小厨房，只要她们把东西及时送来就好了。"

这是嫌弃大厨房的手艺……阿如瞪了阿好一眼。

周妈妈毕竟年长，虽然觉得好吃，但也没真就势吃起来。

"少夫人好手艺。"她笑着夸赞道。

"闲着没事瞎玩呢。"齐悦笑道，目光落在周妈妈身后婆子手里捧着的食盒上，"妈妈有什么事？"

"今日是侯爷的寿辰，"周妈妈说道，身后的婆子上前，将一个食盒捧上，"少夫人不便出席，夫人特意让送来寿面。"

阿如闻言大惊，又有些不安。天啊，这些日子她心绪不宁，怎么就忘了侯爷的寿辰到了？怪不得隐隐有鼓乐声传来。虽然侯爷的寿辰跟她们也没什么关系，从第一年开始夫人就发话了不许她们出现在寿宴上，也不许去叩头……

"妈妈来得正好，又有食盒更好了。"齐悦笑道，反正撒谎已经不止一个了，开口说谎便行云流水不打磕巴，"中午和丫头们在院子里叩了头恭祝了侯爷千秋，我人不便去，晚上做了一个菜为侯爷添寿，妈妈替我带过去吧。"

周妈妈倒没料到，原来少夫人亲自下厨是为了这个。

这一次齐悦自己进了厨房，端了一个碗出来。

"我手艺一般，就是个心意。"她说道。

这边阿如已经接过食盒，从里面拿出一碗汤面。

周妈妈见少夫人端着的是一碗炒的肉，闻上去挺香，看上去倒一般。

"少夫人有心了。"她笑道，点点头。

阿如将菜放进去，周妈妈便告辞了。

阿好看着远去的人，神情惆怅不舍。

"爆炒鸡块，我还没尝呢……"她喃喃地说道，话音未落就被阿如打了下头，阿好忙吐吐舌头，不敢再说。

"走，走，鸡架汤泡面。"齐悦招呼道。还有好的吃的，阿好立刻来了精神，端起那碗寿面跑进厨房。

定西侯晚上的寿宴就摆在日常起居的正堂里。午时的外宴已经闹过了，到了晚上，外边的亲朋好友都散去了，只有亲近一家子。

定西侯有四子四女，最大的常云成二十四岁，最小的女儿四岁，除了正妻小谢氏，还有五个妾侍，七八个通房丫头，再加上各主子身边随侍的丫头婆子，热热闹闹地挤了一屋子。

定西侯的嫡亲弟弟早亡，弟媳带着孩子们在隔壁居住，也就是大家俗称的"西府"，这家人自然是都要来的。

定西侯祖上虽是武将出身，但传到常荣身上就武不动了，只在武将部门里挂了个文职，幸好嫡长子常云成又继承了祖志，于是定西侯安心地休养起来，越发爱风雅讲生活，除此之外还有一点雅好，就是爱美人，所以家里不光妾侍爱婢都是相貌出众的，就连眼能看到的地方，一般丫头也都是中等以上的容貌。此时院子里但见珠环钗翠莺声燕语，如同神仙宴席。

除了嫡长子常云成从军在外，其他孩子都到齐了，大厅里摆了足足十桌，因为是自家兄弟姐妹，也没什么男女忌讳，混杂着坐了一堂。

周妈妈过来时，晚宴正酣。

"父亲，这是我为父亲寻来的一幅画。"

一个身穿蓝紫圆领袍、头戴玉冠的十七八岁的俊秀少年起身说道，一面捧上一个礼盒。

这是定西侯的三儿子，常云起。

他抬起头，与正座上笑容满面的定西侯相视，父子二人的相貌竟像是从一个模子里刻出来的。

快要到知天命年纪的定西侯因为养尊处优,倒不显老,俊秀的面容又多了几分岁月的沉淀,显得儒雅淳厚。

定西侯看着这个儿子,露出温和的笑。

"什么好东西啊?打开瞧瞧,让父亲替你看看是不是被人骗了。"他笑道,带着几分打趣。

定西侯自认为是个很风趣好脾气的人,喜欢开玩笑,想开玩笑的时候,便不分场合、辈分。对此,老侯夫人很不高兴,没少呵斥他。定西侯的好脾气也在这一点上体现出来:不管母亲怎么呵骂,他该应就应,该怎么样还怎么样。

常云起笑着,打开盒子,冲一旁坐着的一个同年纪的少年点点下巴。

"老四,帮忙。"他说道。

那少年忙起身。这是另一个妾侍生的儿子,常云宏。

兄弟两人将那卷轴展开来,竟然是一幅卧美人横轴画卷。此美人娇媚动人,似是春睡才醒,媚眼如丝,衣衫微乱,栩栩如生。

定西侯哈哈笑了,谢氏面上浮现出一丝不屑。

其他姊妹兄弟都围过来,看着这幅美人图,男子们都笑,女子们则有些害羞。

"起哥儿,"一个身量修长、十六七岁的年轻人忽地问道,"这画倒有几分唐大家的味道。"

唐大家是当今名士,姓唐,书画造诣奇高,久而久之,大家倒忘了他的本名,都称呼他为"大家"。他的字画千金难求,为人也潇洒不羁,见一面很难,求字画就更难了。

此话一出,大家都看向常云起。

"哥,你想唐大家的画想魔怔了吧。"另一个年轻人低声道,"整个永庆府都没有人能弄来唐大家的画。再说,这两年唐大家越发云深不知处了,都说他羽化登仙了……"

常云起似乎就等着这句话呢,哈哈一笑,又拿起方才装画的盒子,从中拿出一个条幅,手一抖,打开了。

"父亲,这是孩儿特意给父亲求来的画。"他大声说道。

条幅未经装裱,似乎是从一张纸上胡乱地撕下的窄窄一条,上面写着几个字——"定西侯常荣吉庆",另有一个大大的印章图案以及小篆题名。

"是唐大家的!"那最早提出疑问的年轻人大喊一声。如果不是常云起躲得快,这条幅就要被他一把攥住了。

定西侯也站起来,一脸惊喜。

定西侯原本当那幅画是孩子们的玩意，喜欢是喜欢，也没当回事，真美人他又不是没见过，但出自唐大家之手，那意义可不仅仅是一幅美人图那么简单了，更何况还有标明亲赠的条幅。

"好，好，快拿来我瞧瞧。"定西侯大声说道。

待众人小心地将画捧过来，定西侯也顾不得是在宴席上，好好地观赏了一番，笑意掩不住。

"难为你了，费了多少心思才弄来。"他看着儿子，大笑道。

"父亲高兴，儿子就值得。"常云起大声说道。

"起哥儿有心了。"坐在一旁的谢氏带着几分浅笑看着热闹的厅堂说道，余光却是看向另一侧的一个妇人。

满屋子皆是美人，但这个将近四十岁的妇人并没有黯然失色。这是定西侯的妾侍，老侯夫人的娘家侄女，周氏，生养了一子一女。当初如果不是小谢氏嫁进来，那么如今定西侯的正室便是她。

不过这都是下人私下传言的。当初为了这传言，周氏还哭着自请回娘家，说这是挑拨自己和小谢氏的关系，让她在定西侯府无立足之地，她一个父亲早亡的旁支，能来伺候侯爷和夫人是几辈子修来的福气，她对侯爷和夫人是要做牛做马报答的，这传言竟是诬蔑她云英未嫁时就和侯爷有了私情，这等污蔑侯爷毁她清白的话是想要她的命，让她没法在这里立足。

那时候小谢氏刚进门没多久，老夫人一怒之下打杀了好几个仆妇，这还不算完，又呵斥小谢氏管家不严，夺回了刚给她的管家权。此后，再无人敢说半点儿传言，但这两人之间的梁子算是结下了。无奈这周氏后有老夫人撑腰，前有侯爷宠溺，风头盛时无人能挡，直到老夫人后来有疾，渐不管家事，侯爷又有了新欢，她这才沉寂下来。等老夫人死了，她越发低调了，迷上了念佛抄经，一抄就是三年多。

这个三少爷便是她的儿子。

听到谢氏这么说，周氏只是低头一笑。"是夫人教养得好。"她说道。

"我可不敢当，起哥儿是跟着老夫人长大的，养得好也是老夫人养得好。"谢氏淡淡地笑道，"你要是念着老夫人的恩德，让他去给老夫人叩个头吧。"

"是。"周氏依旧低着头，顺从地说道。

因为有了三少爷的名家字画礼物，其他孩子的礼物便没什么惊喜了，不过定西侯一向好性子，让每个孩子都觉得没有受到冷落，一家人其乐融融，正说着话，外边有婆子急匆匆地跑进来。

"侯爷，夫人，世子派人回来了。"她大声喊道。

谢氏面上立刻浮起一丝笑，这笑意与方才的笑意完全不同，是从眼底溢出来的。

是派人来说吉庆话的吧，世子的贺寿礼早在几天前就到家了，是一方砚台，就摆在侯爷的书房里。大家都这样想着，便没有在意，除了谢氏，并无人看向门外。不多时，众人听得一阵环佩"叮当"响。家里女子多，这种响声也不为奇，但听着听着，大家就察觉出不同了，这"叮当"响竟然有节奏，似乎在奏乐，于是所有人都停下筷子酒杯，向外看去。

只见几个军伍打扮的人拥着四五个男女进来，为首的一个女子格外扎眼。

这女子的穿着打扮与常人大不相同，面蒙金纱，看不清模样，身材婀娜，行走的姿势摇曳生姿，如风摆柳，这"叮当"响便是她身上佩戴的饰物发出的。

"哎呀，是胡人。"大厅里有人喊道。

喊声刚落，便见那四五个男女拿出奇特的乐器开始弹奏，那为首的女子则翩翩起舞，就从外边一路跳进来。大厅里摆满了桌子，极为狭窄，但那女子动作流畅轻松，伴乐也与大家常听的不同，一时间，大厅里鸦雀无声，不管男女老少都看直了眼。

到最后，几个军伍之人授意仆妇撤下一桌的席面，然后那女子竟跃至桌上而舞。一曲终了，女子弯身仰面，在桌面上摇摇欲坠，引得堂中不少人低呼担忧，那女子欲坠却不坠，面纱也褪去，果然鬈发碧眼非常人模样，口中不知何时衔了一条幅，上有"恭祝千秋"四个字。

"世子请皇命，赐胡儿舞姬为侯爷祝寿。"那军伍四人这才跪下，齐声道。

"皇命"二字出口，在场的人一愣，旋即纷纷起身，定西侯面向皇城方向跪下，一屋子人都"呼啦啦"地跪下叩谢皇恩。

再起身时，定西侯激动得难以自制，其他人也都说不出话来。世子送的这份礼太惊人了，胡姬倒也罢了，很多王公贵族府上都有，但是皇帝亲赐歌舞可不是谁都有的。

"这孩子怎么也不早点儿说一声，这……这……又怎么好惊动皇上……"定西侯有些语无伦次。

"回侯爷，世子前日立了新功，俘获了一个胡人王爷，这胡姬便是其财产之一，被押解回京献与皇上，皇上大喜，要赏世子，问世子想要什么赏赐，世子说别的也没什么想要的，只是皇命在身不得归家为父尽孝，古书上有老莱子彩衣娱亲，他不能在父跟前尽孝，便想请皇上赐下些什么，也算是为父增寿，皇上很高

兴,说世子赤诚之心,忠孝两全,那些金银赏赐太俗了,就让这胡姬替世子跳支舞,算是彩衣娱亲。"一个大汉大声说道。

此话一出,本就多愁善感的定西侯眼里都闪泪花了,除了一句"好好好"之外什么也说不出来。

"世子在外都好吧?"谢氏一面用帕子擦眼泪一面问道,"我知道你们是一向报喜不报忧,他就是磕了碰了你们也不会告诉我……"

那人叩头。

"夫人安心,不敢瞒侯爷、夫人,世子一切都好,只是年前追击贼寇时受了一箭……"他说道。

话音未落,满堂就响起低呼声,谢氏更是一下子坐在椅子上。

"夫人放心,多亏了夫人让人捎去的玉牌,世子一直贴身戴着,那箭恰好射在玉牌上,人没事,只是玉牌碎了,世子心里很愧疚,怕夫人责怪,一直没敢告诉家里。"那人大声说道。

谢氏掩面哭了起来。"都什么时候了,还为这个愧疚,求来那个就是为了给他挡灾的,这傻孩子,真不知道想的是什么。"她哭道,拉住定西侯的衣袖,"老爷,成哥儿这次真的能回来了吗?三年啊,他在外受了多少苦……"

他们在家锦衣玉食、歌舞升平的,嫡长子在外吃苦征战,定西侯只觉内心又酸又涩又喜。就算没这个荣耀,他们定西侯府也能过得很好,但能多得圣心圣恩,总归是好事,可谢氏觉得儿子这荣耀得来的实在比别的大家贵族的子弟要艰难些,又是愤愤又是不平又是心疼。

"你莫要说这个,男儿家就该尽忠杀敌,更何况咱们祖上便是征战出身,成哥儿做得很好很好。"定西侯拍着妻子的手,正容说道,一面看向那人,嘱咐了几句"如此甚好""再接再厉"的场面话。

来人叩头称"是"。

"世子说最迟年底就回来了。"他又说道。

谢氏听了,带着泪笑了,满屋子的人也一迭声地说着恭喜。来人再叩头给定西侯拜了寿,定西侯命人好好招待,来人才下去了。

接下来的宴席上,所有话题都是围绕世子的,大家乐得凑趣。皇帝钦赐舞姬祝寿是其他人家从来没有的事,他们定西侯府这次真是面上大大有光了,一人得道鸡犬升天,一支繁盛荫庇合族,所以大家也都是真心高兴。高兴之下,很多人都喝多了,包括酒量很好的定西侯。

夜色深深时，酒宴散了，谢氏服侍吃醉酒的定西侯睡下，嘱咐侍婢好好伺候，便走出来，丫鬟们帮她卸去装饰，换上家常衣裳。

"这下好了，世子如此得圣眷，也算是没白受苦。"几个尚未退下的婆子欣慰地说道。

谢氏也是一脸欣慰。

"快些回来吧，他一天不到家，我这心一天就放不下来，哪家的世子会奔波在外啊，我都不知道这孩子怎么想的。"她叹了口气，带着几分厌恶地看向外边，"瞧瞧一个个不省心上蹿下跳的样子，真以为自己多能耐。有那能耐，也学成哥儿出去啊，就知道用些花里胡哨的把戏。"

婆子们低头不语，谢氏操劳几天也是累了，摆了摆手，婆子们领会，施礼告退，独周妈妈落后一步。

"有什么事？"谢氏自然明白她有话说，便问道。

"那个……"周妈妈欲言又止。

"说。"谢氏看了她一眼，有些不耐烦。

"少夫人还给侯爷送了添寿菜……"周妈妈怎么会察觉不到谢氏的不悦，但还是硬着头皮说道。

谢氏便抬头看着她。

周妈妈被她刀子般的眼神看得腿肚子转筋，忙将事情一五一十地说了。"我自然没往桌上拿也没说。"她最后补充说道，只怕受了牵连。

"算你还没糊涂。"谢氏不咸不淡地说道，"拿去喂狗吧。"

周妈妈不敢再多言，忙应声"是"就出来了，出来后擦了擦额头上的汗，夜风一吹，她也觉得自己有些荒唐。这是怎么了？自从那日见了那少夫人之后，自己行事就有些毛手毛脚的，似乎不经意间就受了蛊惑。

想到这里，恰好一阵夜风吹来，夹杂着不知道从哪里传来的嬉笑声，生生地让周妈妈打了个寒战，一身汗毛倒竖。

她将手里的食盒塞给小丫头，嘱咐她去喂狗，便自行回去了。

齐悦正在屋子里拿着自己的手术刀之类的器械对着空气做模拟手术，秋桐院的院门被"咚"地撞开了，然后就是一个小丫头喊阿如。

"阿如姐姐，货郎让我给你捎个信，说你弟弟在街上要死了。"那丫头粗声粗气地喊道。

正在厨房里兴致勃勃地准备练厨艺的阿好直接坐在了地上，反应过来后就见

阿如哭着往外跑。齐悦也被吓了一跳,"要死了"这个词直接点中了她的职业本能,她抓起急救箱就跟着出来了。

阿如已经和那个报信的丫头跑得没影了。

"快去瞧瞧怎么了。"齐悦忙冲扶着门出来的阿好喊道。

阿好应了声,飞也似的跑出去了。

这边齐悦坐立不安地等着,不多时,阿如哭着跑进来,一进门就冲齐悦跪下了。

"少夫人,求少夫人让我回去看看。"她泣不成声,叩头说道。

"自然要去的。"齐悦忙过去拉她。

阿好也气喘吁吁地跑回来了。"在街上当苦力,跟人抢活,被人用刀砍了……"她描述从货郎口中听到的具体信息。

"那你快回家啊,"齐悦说道,"还回来做什么?"

"奴婢见不到苏妈妈,求少夫人跟苏妈妈要对牌。"阿如叩头说道。

对牌就是请假条的意思吧。齐悦"哦"了声。

"好,没问题。"她点头说道,然后看阿好:"我……"

少夫人失忆了,自然不记得这些事,阿好立刻明白了。

"我拿少夫人的对牌去找苏妈妈。"她说道。

"快去快去。"齐悦摆手催道。

阿好拿了少夫人的对牌,拉着阿如,飞也似的出去了。

齐悦等了一刻,却是一个小丫头跑过来。

"少夫人。"她在门外探头,怯生生地喊道。

齐悦就在院子里,立刻看向她。

"阿好和阿如姐姐在那儿哭呢,见不到苏妈妈……"她低声说道,说完扭头就跑,似乎怕被人看到一般。

这孩子是好心来报个信,齐悦一听,立刻出门,出了门才想起自己根本就不认识路。

"她们在哪儿呢?"她忙喊道,"我不认识路。"

幸亏那小丫头还没跑远,站住脚,冲她招招手,示意跟自己走。

齐悦忙快步跟上。来到一处院子里,齐悦远远地就听见阿如的哭声,那小丫头冲她指了一个方向,自己掉头跑开了。

"求求嫂子,给苏妈妈说一声,这是我们少夫人的对牌,少夫人允了的。"阿好伸手拉着一个妇人的衣袖哀求道。

这边阿如叩头不停，额头上已经是一片血。

院门口站着四个妇人，一副漫不经心的样子，有两个在嗑瓜子，另外两个不让她们嗑瓜子。大家说着说着，哄笑起来，盖过了这边阿如的哭声。

"嫂子，"阿好急得"哇"地哭出来，"求求你跟苏妈妈说一声，阿如姐姐就这一个亲人了……"

"姑娘这话说的。"终于，一个妇人转过脸正眼瞧她，扁着嘴，似笑非笑，"姑娘好歹也是二等的份位，怎么说出这么惹人笑的话？什么叫亲人？阿如姑娘是签了死契进来的，咱们府里便是她的家，哪来的外边的亲人？真想要亲人，何必贪那几两银子？"

"天地君亲师，纵然几两银子卖了，那血亲也是抹不去的，难不成你的意思，只要用钱就能抹去这天地君亲师？"一个声音陡然插进来。

这话说得文绉绉的，那婆子又没读过书，一时间都没听懂是什么意思，但明白这话是在质问自己，竟敢为了这两个丫头出头质问自己，真是瞎了眼吃撑了自找麻烦！

"会说人话不？不会说话就……"那婆子啐了口，斜眉耷脸地说道，一面说，一面循声去看是哪个不长眼的。

"阿好。"齐悦说道。

阿好正拉着那妇人，闻声顺手就给了这妇人一巴掌。那日齐悦说的"有机会就捞本，捞了再说，且不管以后"被她牢牢地记在心里，听得一声喊她便毫不犹豫地抬手了。

一声清脆的巴掌响，让闹哄哄的场面顿时安静下来。

"怎么跟少夫人说话呢？"阿好喊道，喊完了几步跑回了齐悦的身边。

齐悦不由得抹了把冷汗，看了看阿好，有些不知道说什么好。这真不是她的意思，虽然她也很不喜欢这婆子的态度。

"少……少夫人。"终于有个婆子看清来人了，揉了揉眼，有些认得又有些认不得，结结巴巴试探地喊道。

那挨了一巴掌的婆子都蒙了。"你个小蹄子敢打我……"她就要跳起来，喊到一半，听到这声称呼，话语就戛然而止。

所有人都怔怔地看着眼前站着的女子。

"你方才说我什么？我说的不是人话？"齐悦看着那婆子问道。

"少夫人，少夫人，老奴不知道是您……"那婆子慌忙道歉，最初的惊讶过后，面上浮现出不服，捂着脸，"老奴是跟这两位姑娘说的，老奴也没说错什么，

既然签了死契,哪有随便就探亲的……"

"我看不是我说的不是人话,而是你听不懂人话。"齐悦笑了,看着这婆子,"我有问你这个吗?"

那婆子被她喝得一愣。

"那那少夫人问什么?"她结结巴巴地问道。

"你方才说我说的不是人话?"齐悦问道。

这什么跟什么啊?婆子们有些哭笑不得。这个少夫人,死了一回倒是敢说话了,只不过还是那般烂泥扶不上墙,说的都是什么乱七八糟的。

"老奴不知道是少夫人您……"那婆子也有点儿气恼了,当着这么多人的面,居然被这个死人一般的少夫人下了脸。

"你就回答是不是吧,哪来的废话啊?"齐悦打断她说道。

一旁的婆子拉了拉那婆子的衣袖。

"是,老奴说的不是人话。"那婆子咬着牙低头说道。

"这不就结了?"齐悦说道,摆摆手,声音放柔和,"既然我说的是人话,那你们可听懂了吧?纵然这丫头签了死契,那生养之恩、手足之情也是不能一笔勾销的,如今她的兄弟遭了难,当姐姐的如果不去探望,那才是畜生心呢。"

妇人们神色古怪地看着齐悦。

少夫人这是在骂她们吗?是吧是吧?

"怎么了?"院子里传出一声询问,紧接着是脚步声响,一个妇人走了出来。

口中说着话,走出门,视线落在门前的齐悦身上,她一怔。

"少夫人!"她紧走几步,面容惊喜,"您怎么过来了?这么大日头,有什么话让丫头来说,怎么自己出来了?这身子可受得了?人呢?可是丫头偷奸耍滑了?"

她一口气说完,表情惊讶、欢喜、不解、严厉依次变换,如行云流水,没有丝毫矫揉造作。

齐悦都不自觉地报以微笑,只觉得心里亲切得很。

这位莫非就是那位掌管一切杂务,侯爷夫人谢氏的第一陪房,地位类似皇帝跟前大太监总管的定西侯府内院总管苏妈妈?

"苏妈妈。"阿好喊道。

"苏妈妈,是这样的。阿好,"齐悦笑着说道,冲阿好一伸手:"对牌给我。"

阿好忙捧着对牌过来。

"少夫人是要什么?"苏妈妈忙问道。

"我这个丫头，阿如，家里有个弟弟，刚才门上有人捎信来，出了事，只怕不大好，想要回去看看。"齐悦笑道，将对牌递过去。

苏妈妈立刻明白是怎么回事了。

"拿了对牌送姑娘出去，抓些钱，请好大夫。"她转身说道。

她身后跟着的两个丫头立刻应声，一个从腰里挂着的满满一串对牌上解下一块，一个则去拉跪在地上哭的阿如。

"姐姐，咱们快去。"她们说道，面容焦急，如同此时是她们自己的紧要事。

阿如冲齐悦叩头，擦着泪，跟跄地走了。

这边齐悦看着苏妈妈一笑。

"这对牌搁的时间太久了，落了灰旧了……"她看着手里的对牌，沉香木，雕花精美，上面有她的名字，在日光下发出莹润的光泽，"我怕两个丫头拿出来没人认得，只好亲自来一趟。"

这话什么意思，苏妈妈这等人怎么会听不明白？

"掌嘴。"她面上的笑意顿时没了，细眉一挑，说道。

那几个妇人立刻都跪下来，不管是方才说话的还是看热闹的都开始自己打脸，"噼里啪啦"的声音凌乱而又清脆。

"苏妈妈，这就不好了，原本是我的缘故，俗话说'不知者不怪'嘛，这样罚，倒有些显得我斤斤计较了。"齐悦笑道。

"停了吧。"苏妈妈面色愧疚，又说道，"认不得少夫人，看来是老眼昏花当不得用了，你们几个，今日就离了这里，日后半步不许踏入内院。"

这还不如打脸呢，几个妇人顿时哭求叩头——被赶出内院，那是断了一家子的活路。

"苏妈妈也太严肃了。"齐悦笑道，"快别这么着，都有家有业有老有小的，我也打过训过了，苏妈妈看在我的面子上，饶了她们吧。"

"少夫人就是宽宏。"苏妈妈叹息着说道，又瞪着那几个妇人："还不快谢过少夫人，不长眼的东西。"

妇人们跪着给齐悦叩头道谢。

"如此我就先走了，苏妈妈快忙去吧。"齐悦让她们起来，笑着对苏妈妈说道。

苏妈妈立刻紧跟着送齐悦，直到齐悦说了"留步"，带着丫头阿好摇着扇子笑盈盈地远去了，她才站直了身子，面上的笑容全无。

"原来周姐姐不是看花了眼啊。"苏妈妈再次抬头看着齐悦远去的方向，那边已经看不到主仆二人的身影，她目光微凝，喃喃说道，"今日这一面说的话，比过

去五年中加起来的还要多，且说得这样好，看来少夫人的'病'是要好了……"

她沉吟片刻，伸手轻轻抿了抿发鬓。

"去看看夫人那边用完饭了没，侯爷是还在屋里呢还是去了书房。"苏妈妈转头说道。她身后的小丫头应声而去。

苏妈妈怎么想，齐悦没有在意，她想着方才的事，顺便问了阿好好些规矩，觉得挺有意思。

"依照你这么说，我在这府里，是除了侯爷夫人外，地位最高的？"她笑问道。

"少夫人，这还用问吗？"阿好觉得这问题太傻了，看着她说道，"您是少夫人，世子是要袭爵的，您以后自然就是侯爷夫人，是这定西侯府的女主人。"

"那小姐少爷什么的……？"齐悦又问道。

"您是长嫂。"阿好忍不住想要翻白眼了。

长嫂如母嘛。齐悦"哦哦"两声表示明白了，一面摇着小扇子，一面笑。

"这么说，在这内院里，我是二把手了？"她自言自语，"不过二把手一向地位尴尬，也不算什么好职位……那我出门也要向这个苏妈妈要对牌吗？"她想到什么，又问道。

"当然不用啦。"阿好说道，有些哭笑不得，"您跟夫人说一声就行了，一个下人哪里敢管您出门的事。"

"夫人啊？"齐悦皱眉，点点头，没有再说话。

进了院子，二人还是有些不安，惦记着阿如。

"阿如姐的爹娘两年前死了，只留下这个弟弟。他们一家原在府外后巷里租了房子住，虽说不能时时见到阿如姐，离她近些心里也是好受的。以前阿如姐跟着老夫人，老夫人体谅她自小被卖，难得家人不是那等卖了女儿就忘了的，许她逢年过节出去瞧瞧。不过自从咱们搬进秋桐院后，阿如姐就很难出去了，爹娘死的时候，要不是最后求到夫人跟前去，只怕她连最后一眼都见不到……"阿好坐在小杌子上说道。

齐悦叹了口气，想了片刻，站起身来。"我们去瞧瞧她，看有什么能帮得上忙的。"她说道。

阿好正想要去呢，闻言惊喜地站起来。

"不过，还是我去吧，少夫人您身子金贵……"她又摇头。

一个乞丐丫头金贵什么啊，齐悦忍不住笑了。

"你们毕竟是小孩子家，万一有事能有什么用？再说，我是医……我是你们的主子，就是你们的家长，我不管谁管？"她打定主意，转身去屋子里拎了急救箱，说走就走。

阿好只得前边带路。"得先去给夫人说一声。"她提醒道。

不知道见了这位侯爷夫人会怎么样……从这些日子得来的零碎信息看，只怕"自己"这个婆婆不是很喜欢自己……

齐悦心情复杂又有些好奇。不过事情却出乎她的意料，她连婆婆的院门都没进去，站在门口迎接她的是才见了的苏妈妈。

"侯爷在里面歇午觉呢，少夫人不如晚点儿再来，有什么话就和老奴说一声，别劳动少夫人来回走了。"苏妈妈笑吟吟地说道。

齐悦求之不得，松了口气。

"阿如跟了我这么些年了，我还是不放心，想去瞧瞧。也不远，就在咱们的后巷里，去去就回来。"她笑道。

"哎哟，阿如那丫头哪里来的福气受这个，少夫人要折杀她了。"苏妈妈忙说道。

齐悦只是一笑。

"妈妈替我给夫人回一声吧。"她说道，竟是没有再接腔。

苏妈妈微微一怔。她是主子，自己是下人，她可以跟夫人好好说出去的事，但跟自己却没必要多说，不过是一句话就打发了……

"让门上几个人跟着少夫人吧。"苏妈妈笑着点头说道，心里滋味复杂。

已经转身的齐悦头也没回，冲她摇了摇小扇子，示意不用。

苏妈妈望着她的背影站了片刻，才转身进去了。

荣安院里静悄悄的。

屋子里并没有侯爷，只有谢氏跪在一旁的小佛像前念经，旁边的一个大丫头正在焚香。

苏妈妈站在一旁候着，一直到谢氏放下佛珠，她立刻上前搀扶。

"挺快的啊，打鸡骂狗没几天，就开始出门串巷了。"谢氏在一旁的大炕上坐下，淡淡地说道，"让她走，爱往哪里走就往哪里走，咱们瞧瞧到底能走出什么花样子来。"

苏妈妈应声"是"。

谢氏斜倚在引枕上，吐了口气。苏妈妈和那丫头服侍她躺下，蹑手蹑脚地出去了。

这边齐悦和阿好主仆二人径直穿过两三座院子来到后门，门口坐着四个婆子正说笑。

"姑娘哪个院子的？奉谁的命出门？出门做什么？"有婆子懒洋洋地问道。

"秋桐院的。"阿好说道，将齐悦的对牌递过去。

"这不对啊，不是苏妈妈那边的对牌啊……"这婆子不识字，只认得颜色，"这颜色是哪里的？"

旁边的婆子凑过来。

"朱紫色……哎呦我的娘！"她喊了一声，瞪眼看阿好和齐悦，最终目光落在齐悦身上。

眼前这个女子梳着高髻，穿着鹅黄碎花纱衣、白色长裙，形容秀美，身材婀娜。

齐悦冲她微微一笑。

"少……少……夫人？"婆子瞪大眼，不敢置信。

齐悦含笑点头。

"我要出门。我的丫头阿如的家人不太好，方才苏妈妈那边已经拿了对牌送她出去了，我不太放心，吃过饭左右无事，便瞧瞧去。"她说道。

面前四个婆子还处在呆滞中。

"可能走了？"阿好问道。

"能，能，少夫人您走好，我去帮您叫个车。"婆子们回过神，开门的开门，说话的说话。

"不用，就在后巷里，走几步就到了。"齐悦笑道，迈出了门，懒得管这些婆子在背后怎么议论自己。

齐悦跟着阿好走进一条窄巷子。

比起一路行来的定西侯府院落，这个地方狭小、低矮、阴暗，两人走了好久，最后停在一扇简陋低矮的院门前，院门大开着。

"元宝，元宝。"

里面传来阿如的哭声。

齐悦和阿好进去，见院子里站着四五个人，有男有女，穿的都是葛布衫，一看就知道是穷苦人家。

院子当中，一块门板上躺着一个年轻人，确切地说是一个十四五岁的半大孩子，半身衣服都被血染红了，右臂上裹了好几层破布和衣裳依旧在渗血，正发出急促的喘息和痛苦的哀号声，阿如趴在他身上哭得昏天黑地。

齐悦刚要走上前，身后就有人进来。

"让让，让让，大夫来了。"一个身穿青衣的男子嚷着，眼皮耷着也不看路，一胳膊肘就将齐悦和阿好挤到一边。

听说大夫来了，围着的人忙让开，带着期盼看着来人。

这是一个二十多岁的年轻男子，长得瘦弱，人也松松垮垮地直不起腰一般，肩头背着一个破旧的药箱。他晃晃荡荡不紧不慢地走过去，人都没蹲下，反而带着几分害怕似的，就那样探头看了眼。

"不行了不行了，流了这么多血，止不住了，没救了，准备后事吧。"他摆摆手说道。

听他如此说，阿如号哭一声就晕了过去，两个妇人忙哭着又是掐人中又是喊名字，那受伤的孩子也挣扎着喊"姐姐"。

"怎么……怎么就没救了？"齐悦原本想看古代大夫如何妙手回春，没想到这人直接来了这么一句话，连望、闻、问、切都没有，而且说话粗暴，几乎能吓死患者和家属，这要是搁在自己的医院里，会被主任劈头盖脸一顿臭骂的。

听见有女声质问，这大夫转头看了眼，这一看眼睛一亮。

"这位娘子，"他晃悠悠地站起来，咳了一下清清嗓子，"此人刀斧伤致血流不止，你看，上过金疮药了，根本就止不住。既然止不住，你想想，人的血要是流干了，不就死了？"

齐悦瞪眼看着他。

这神态落在那大夫眼里，便认为这美貌小娘子是被吓到了。所谓"医者父母心"，虽然事实很残酷，但说话还是要委婉一点儿，要是吓到人就不好了。于是他清清嗓子，准备再说几句，结果还没张口，就听这小娘子"嗤"了一声。

"什么乱七八糟的。"齐悦嘟囔一句，几步走过去，用自己的急救箱将这大夫推到一边，"让让，让让。"

院子里的人这才看到多了两个年轻女子，因为不认得她们是谁，只能怔怔地看着。

齐悦已经走过去蹲下，挽起袖子。阿如的弟弟看着这个明显不应该出现在他们这个环境中的女子，不知道是吓的还是失血过多，脸上更显得苍白，被齐悦解开捆扎胳膊的衣服和布，触碰伤口，更是痛得整个人都要缩起来。

检查伤口并全身之后，齐悦的神情放松下来，伸手按住了阿如弟弟的胳膊。

"右肘部外侧伤，长约5cm，滑过骨膜，部分肌肉及关节囊破裂，无骨折。看来那人也是第一次砍人，还好还好。"她自言自语道。

阿如弟弟这伤，清创缝针，再打一针破伤风……

破伤风？！

齐悦皱起眉头。她没有这个，只能用消炎药顶上了。

这叫"还好"？周围人都因为她的话而瞠目结舌。

"去准备点儿凉开水，阿好拿我的箱子过来，我给他清创缝合伤口。"齐悦抬头说道。

她话说完，四周没有一个人动，都看着她。

"喂喂，你哪里的啊？你也是大夫？不是这条街上的吧？我怎么没见过你啊？"先前那大夫回过神，挤过来问道。

齐悦看了他一眼，对这个检查都不检查就开口下死亡通知书的大夫没好感。

"你没见过的大夫多了去了。"她说道。

"血不流了！"有个站得近的妇人忽地大喊一声，打断了这两个大夫的对话。

那年轻大夫大吃一惊，不敢置信地看过去。"这……这……你用了什么药？"他结结巴巴地问道。

"指压止血而已。"齐悦看他一眼说道，再次看四周："喂，你们先帮忙弄点儿水来，我清洗创口好缝合，缝合了才能彻底止住血，那样就没事了。"

阿如已经醒转过来，看到齐悦，吓了一跳，还没来得及称呼，齐悦转头看着她。

"我来治他，去帮我打水来。"她说道。

阿如死死地看着齐悦，咬着毫无血色的下唇，然后什么也没说，爬起来就冲向一边，跌跌撞撞地舀了一盆水，"扑通"跪在齐悦面前。

齐悦点点头，没有再说话，再次看伤口。看着她翻开那血肉模糊的伤口，站过来的阿好忍不住捂着眼，浑身颤抖，惊叫一声，倒退了几步。

齐悦洗手，打开急救箱。

"这……这是什么？"年轻大夫好奇地问道，看着这奇怪的箱子里面满满当当的器物，"刀？绳子？这是什么绳子？这么软……哎呦。"

齐悦在他伸过来就要乱翻的手上打了下，瞪了他一眼。"站远点儿。"她说道，一面戴上口罩、手套。

看着她这装扮，那年轻大夫的眼睛瞪得更大了，指着她："这这那那"地说不出完整的话。

齐悦不再理会他,用水清洁了伤口四周。这期间,她口里没停,吩咐人帮忙用草木灰盖住院子里的污迹,赶阿好去烧水,阿如听命又取了干净的凉开水过来,小小的院子里忙而不乱,只看得被遗忘在一旁的年轻大夫张大了嘴。

"这是什么?"年轻大夫的声音再次响起,看着齐悦手里的大号针筒。

齐悦没理会他。

"很痛,你们按着他一下。"她说道。

旁边围观的邻居你看我我看你。

"我……不怕痛……"阿如的弟弟挣扎着说道。

"这痛,不是怕不怕的问题。"齐悦笑了笑,说道。

"三叔,请你们……"阿如忙向四周的人哀求。

不待她说完,两个男人忙过来,按照齐悦的指示按住了阿如弟弟。

清创很痛,再加上前期救治这孩子的时候用了撒土之类的土办法,伤口污染严重,齐悦不得不扒开伤口用针筒冲洗。阿如的弟弟疼得几乎挣脱两个男人的钳制,发出的叫声比刚受伤时还要惨烈,只把一旁的妇人吓得哭了起来。

"你都用水冲了好几遍了……"年轻大夫腿肚子转筋,实在是听不下去了,忍不住阻止这残忍的治疗手段。

"我没带生理盐水,用凉白开冲洗,不多冲洗几遍,实在是不放心。"齐悦看到四周人包括阿如在内都吓得不轻,便简单地给他们解释这伤口为什么要反复清洗。

虽然齐悦的话他们一多半没听懂,但大家的面色好了很多。

"我家有酒。"一个男邻居忽地插了句话。他以前见过有人往伤口上倒酒,说是能驱散邪祟。

"酒啊,那可不能用。伤口周围可以用酒,但伤口冲洗不能,会杀死正常细胞,伤口愈合就会很慢。"齐悦随口答道。

"细……细包?"年轻大夫听到这里,再次一头雾水地问道,当然依旧没有得到回答。

这边齐悦已经清洗完伤口,确信其内没有残留的感染物,便摘下手套,再次洗手。

"女人家的……"年轻大夫对这种行为很是鄙视,嘀咕道。

齐悦不仅洗了手,还取出药箱里的消毒药棉擦手,一面对阿如的弟弟含笑夸赞一些"你好勇敢啊真是男子汉"之类的话。

"这东西坏了吗?你干吗又换?"年轻大夫不放过齐悦的每一个动作,见她摘

下手套，再次询问。

齐悦可没心情去给他讲解这个，再说，估计也讲解不清。

年轻大夫已经认命，知道得不到答案了，便死死地盯着齐悦，见这女子往手上又戴了那奇怪的东西，然后拿出一个奇怪的东西在另一个奇怪的东西上摆弄一会儿，便按住阿如弟弟的胳膊，用一根奇怪的绳子绑了起来，手也在胳膊上摸来摸去，然后停下了。

"这这……这是什么？"他再一次忍不住问道。

他又往前站了站，看到一个细细的钉子形状的东西闪着光刺入伤者的胳膊。

阿如弟弟骤然惊叫，四周的妇人们被吓得神经绷紧，跟着叫了起来，按着伤者的男人也差点儿松开手，站在一旁的阿好则腿一软，坐在了地上。

"别怕，打麻药，一会儿缝针就不痛了。"齐悦忙喊道，被周围的动静吓得差点儿失态。说这话时，她抽出取血带，推完药，拔出针头。

阿如弟弟不知道是吓的还是疼的，抖得筛糠一般。

打了麻药，齐悦便开始做缝合伤口前的准备，指挥众人将阿如弟弟换了干净的门板抬到一边，又说自己要换衣服。

"让少夫人受累了。"阿如低声说道，只当齐悦是因为衣服脏了要换，催着阿好回去拿。

"不用，我要给你弟弟缝伤口，需要换干净的衣服，不拘是男式还是女式，只要干净的就行。"齐悦忙解释道。

阿如到底是不敢拿自己弟弟的衣服给她穿，最终求了一个邻居妇人，那妇人没有推辞，立刻飞跑回家去拿了来。

这是一件新衣，妇人到底不愿意拿旧衣服给眼前这个漂亮女子穿，于是拿了自己最好的只在过年时穿一穿的衣裳过来。

这边齐悦利索地脱了沾了污迹的衣裳，套上这妇人的干净外衣，准备做缝合手术了。

看着齐悦拿起一柄小刀割向伤者的胳膊，年轻大夫再一次激动了。

"你干什么？"他大声喊道，甚至不顾男女之别抓住了齐悦的肩头，"不是说要治，怎么反而用刀割开了？"

奇怪的是，方才用水冲洗时痛得浑身哆嗦几乎晕厥的伤者，此时被刀子割破伤口，反而没什么反应，似乎已经不知道痛了，只是睁着眼惊恐地看着。

一个小小的最简单的缝合手术，怎么就这么难呢？

"这些组织已经失活，必须切除。"齐悦深吸一口气，向这年轻大夫以及其他人解释，看这年轻大夫还要唠叨，她抬手制止，"你给我闭嘴，再干扰我治疗，就立刻出去。"

"这是你家吗？"年轻大夫哼了声。

这人还真是……齐悦瞪他。

"这是我家。"一直没说话的阿如说道。

年轻大夫立刻老实了。

齐悦总算可以安静地继续了。

"这……这……"才安静没一会儿，年轻大夫忍不住又喊起来。

"这是缝针，我要把这破的伤口缝起来。"齐悦主动解释道，因为也看到其他人惊疑的眼神。她一面说话，一面用持针器捡了针头穿线。

"这这……怎么成，人又不是衣服……"一个妇人又惊又怕，哆嗦着说道。

"当然能啊，人的皮肤也是人的衣服啊，破了当然也要缝起来。"齐悦从口罩后传出的声音柔闷，似乎带着笑意。

呼吸似乎停止了，每个人似乎都听到清晰的针线穿过皮肤的缝合声，都瞪大眼，如同身处梦中。

因为没有助手协助，齐悦用了将近一个时辰才做完了四层缝合，她的衣服也被汗湿透了。

邻居们把阿如的弟弟抬进屋内，都好奇地围着看。

"侯府家的大夫就是厉害……"他们低声议论着，帮忙收拾了院子，便都散去了。

那年轻大夫却一脸激动地转来转去，没有走。

"疼不疼？"他围着阿如的弟弟问个不停，对于这期间阿如的弟弟一点儿也没有痛苦的表现很是不解，还想掀开纱布看那缝好的伤口。

"不疼。"阿如的弟弟摇头，也是一脸震惊。

"怎么会不疼？"年轻大夫叫道，一脸不信，趁着齐悦不注意，拿起放在一旁等待消毒还没收拾的针，观察了一刻，挽起袖子，便向自己的胳膊上扎去。

然后他"嗷"地叫了一声。

"你干什么？！"齐悦吓了一跳，三步两步就过来将针头从他手里打落，再看这家伙的胳膊，上面已经冒出血来，"你疯了？会感染的！"

齐悦气得脸都白了，抬手在这人的胳膊上"啪啪"就打。

阿如瞪大眼睛，愣了一会儿才忙扑过去，拉开齐悦。

"这个蠢蛋。"齐悦依旧气得不得了,转身从急救箱里取了消毒药棉过来,"擦擦。"

那年轻人被她方才这一串动作吓得怔怔的,脸一会青一会儿白,此时消毒药棉被扔过来,那上面的凉意让他回过神,竟然不自觉地脸红了下。

"那个,怎么会不疼呢?你……你有道术?"他一面讪讪地用那东西笨拙地擦拭冒血处,一面问道。

"道术!还正数呢!"齐悦哼了声。

"这位大夫,多谢你了,现在请回吧。"阿如说道。

年轻大夫哪里肯走,正纠缠着,阿好"咚咚"地跑回来了,手里捧着包袱。

"快些换上衣裳回去吧。"阿如不愿她们在此多待。

"没事,我再观察观察,看有没有渗血。"齐悦说道。

"快些吧,这里原本就不是您该来的地儿……"阿如低声说道,声音哽咽。

"什么能来不能来的,你家里有事,我就不能来看看?"齐悦笑道。

"奴婢这里算什么家,奴婢这里算什么事。"阿如看着她,叹气说道,说着就跪下了,"谢谢少夫人的大恩大德,阿如做牛做马也报答不得……"

"快别跪了,我这就回去。"齐悦为了让她安心,忙说道。

"喂,你还不走啊?"阿好瞪着屋内的年轻大夫。

年轻大夫一愣。

"我们要换衣裳了。"阿好说道。

年轻大夫这才慌乱地走出去,阿如紧跟着过去,一直赶他到门外,才插上门。

换了衣裳,阿好按照齐悦的吩咐烧水煮了那些奇怪的工具,擦干净后收起来放到原来的箱子里,顺便还熬了稀粥。齐悦也观察了伤口,见没有渗血,又拿出消炎药,思忖一刻,留下半盒,教给他们姐弟怎么吃、吃多少,这才放心地走出来。

一直坐在弟弟身边说话安抚他的阿如帮弟弟掖好被角,也出来了。

"你干吗跟着回去啊?你回去了谁照看你弟弟?"齐悦惊讶地问道。

"我托付给邻居了。"阿如说道。

"你是病人家属啊。"齐悦摇头不同意。

"少夫人,奴婢签的是死契,在这世上除了定西侯府,跟别人都没有干系了。"阿如含泪说道,一面跪下,"阿如能出来探视,已经是大恩典了,再留宿是万万不能的。"

齐悦叹气,知道这里的规矩,伸手拉她起来。

"没事，你别担心，我对我的技术很有信心，你弟弟肯定没事的，过几天拆了线，就跟以前一样了。"齐悦笑着说道，只能从这里安慰她了。

阿如哭着，到底是叩了三个头才起来。

三人出了门，看到阿如关门时身子都抖得不成样子，显然心里是舍不得，但最终还是毫不犹豫地转头就走，齐悦再次叹气，和阿好跟上去。

"娘子……"墙角跳出一个人，喊道。

阿好和阿如吓了一跳，挡在齐悦身前。

"娘子你是侯府的大夫？"年轻大夫眼睛放光，问道。

"哪有你问的份儿！"阿如低声呵斥道，"你快让开，再拦着路，唤人来送你去官府。"

年轻大夫缩缩头，慌忙让开了，看着三人走过去。

"我……我……我姓胡，我也是大夫，我……"他还是忍不住说道。

齐悦停下脚。

"没错，我是大夫，不过，"她转过头看他，摇了摇头，"我觉得你不能说自己也是大夫。"

"我们家世代都是大夫，我不过是不会你这种救治医方而已，我会的，你还不一定会呢。再说……再说你这缝是缝起来了，但能不能治好人还不一定呢……"那年轻大夫不服气地说道。

"不是这个问题。"齐悦摇头，"怎么说呢，我不知道你们这里大夫的规矩，反正就从我的理解来说，你没有大夫的心。"

"大夫的……心？"年轻大夫愣了下，"你是说医者父母心吗？"

"你如果有仁心，今天接诊这个病人，就不会只远远地看一眼就下了不能治的诊断，还当着病患家属的面说出准备后事那样的话。"齐悦说道。

"我……我医术不精治不了……"年轻大夫涨红了脸，结结巴巴地说道。

"医生，医生，当你出现的时候，就是病人生的希望，你自己都先怕了，连试一试的勇气都没有，还谈什么医者父母心？"齐悦看着他说道，"年轻人，你不适合干这一行，不如换个行当吧。"

年轻大夫站在原地，怔怔地看着她们三人远去了，半晌才回过神。

"年轻人？"他吐了口气，脸皱成一团，"谁年轻人啊？你还没我大呢，说话比我那死鬼爹还老气横秋，真是……"

齐悦主仆三人回到秋桐院。

"这果然是救命的东西啊。"阿好抱着急救箱,一脸惊讶地感叹。

齐悦"哦"了声。"那个,你也知道了,当乞丐的时候没办法啦,没有钱,被人打了,被野狗咬了,都是靠自己的,久病成医嘛。"她搓搓手说道。

"是啊,要不然当年少夫人怎么救了老夫人的命呢?"阿好认真地点头,带着满面的崇拜看着齐悦。

看着阿好那毫无怀疑的笑容,齐悦倒有些不好意思了,同时又庆幸运气好,这齐月娘以前真是懂医的,还救过老夫人的命,这一点是尽人皆知的,让她编的瞎话不至于显得太假。

"我去烧水做饭。"阿好说道,小心地将急救箱擦干净用布包好,给齐悦放回床上,用被子压上,这才心满意足地出去了。

吃饭的时候,齐悦和阿如都有些沉默,只有阿好叽叽喳喳地说些救治阿如的弟弟的事。

"少夫人……"阿好又开口说话,被阿如打断了。

"你又忘了规矩。"阿如瞪眼说道,"少夫人吃饭呢,你哪来那么多话?"

阿好吐吐舌头,安静地服侍齐悦吃饭。齐悦吃完,她们收拾了东西出去,在小厨房里坐下来吃剩下的。

"姐姐,少夫人真厉害!"阿好举着碗,还是一脸激动,"那么多血,她就一点儿也不害怕……"

说到这里,她举着筷子忘了吃饭。

"哎,姐姐,是不是走过黄泉路,就什么都不怕了?"她压低声音说道。

一直沉默着的阿如将碗筷重重地一放,吓得阿好忙低头。

"我不说了不说了。"

"不仅今日不许说了,以后也不许说。"阿如沉着脸说道。

"为什么?"阿好不解地问道,"少夫人这么厉害……"

"少夫人是金贵人儿,我们知道少夫人是菩萨心肠才为奴婢的弟弟救治,别的人呢?本来她们就背后嚼少夫人的舌根,如今你再把这事嚷得满府皆知,她们指不定还要说出什么呢。"阿如说道,"夫人原本就不喜欢少夫人的出身,私底下说她是贱命,咱们何必再添把火,让人说少夫人只会在咱们这些下人奴婢身上用心?"

阿好点点头。"是,我记下了,我一定不会往外说的。"她郑重地说道。

阿如看着她,点点头,神情放柔和了些。"快吃吧,今日你也累坏了。"她说道,"谢谢你,阿好,你不知道当我看到少夫人和你出现时,我心里……"

她说到这里,眼圈红了,哽咽不能成言。

阿好跟着掉眼泪。

"快别哭了,让少夫人听见,又要担心了。"阿如忙劝道,一面给她擦眼泪,"所以少夫人的恩德我们要记在心里,好好地做事,千万不要给她惹来事端,少夫人在这个家没别人了……"

阿好抿着嘴点点头。"好了,咱们也快收拾了,早点儿睡,早点儿起,明日还有好些活要干。"阿如泪中带笑地说道。

夜色深深,齐悦还坐在桌案前望着昏黄的烛火发呆,面前摆着急救箱。她叹了口气,又换了只手拄着下颌。

"我到底为什么会来到这里啊?"她自言自语,皱着眉头,"真是不习惯啊,难道这一辈子就困在这个院子里了吗?真是……这活着有什么劲啊?"

齐悦重重地将头碰在桌案上。

这是来到这里后齐悦第一次失眠。第二天,阿如过来后,看着趴在镜子前的齐悦,吓了一跳。

"少夫人,您怎么了?"她慌忙喊道。

"我没事。"齐悦抬起头,干巴巴地说道。

这无精打采的样子哪里是没事?阿如又是担忧又是难过。

"少夫人,都是奴婢拖累了您。"她哽咽地说道。

"哎哟,真不是你的事。"齐悦站起身伸个懒腰,冲她笑道,"只是一晚上没睡着,觉得有些,嗯……可能是失去了记忆吧,到底是有些不习惯。"

阿如看着她,终于忍不住,一咬牙问出自己的疑惑。

"少夫人,为什么您忘记的都是我们记得的那些,而您记得的却是我们都不知道的?"她问道。

是啊,为什么呢?齐悦伸手搓了搓脸。一个谎言就要有一千个谎言来圆,她受够了!

"我不知道。"她吐了口气,看着阿如说道,"或许是在你们这里过的日子都是不好的记忆吧,所以干脆忘记了,只留下那些好的记忆。"

阿如脸都白了。

"少夫人,这话您在屋里说说就是了。"她忙说道。

齐悦哈哈笑了。

"少夫人,您别想那么多,等世子爷回来了,您的病也好了,到时候……"阿

如柔声说道。

"到时候，怎么样？"齐悦转头看她。

阿如被她看得突然说不出话来，想到三年来逢年过节自己和少夫人都眼巴巴地守在门口，期盼着有人过来。然而，一次次期盼，一次次落空，一日日一夜夜缝制衣裳鞋袜，一年年一季季压在箱子里……

"少夫人，世子还没看到您的好，您这么好，世子一定会……"她忍不住眼泪落下来，哽咽道。

"没事，没事，快别哭了。"齐悦忙安慰她。

不就是一个男人吗？看把这主仆伤的，过不下去就不过了呗，谁离了谁不能活啊，至于吗？

当然这话齐悦是绝对不会说出来的，只是说些好话宽慰阿如，并再三保证一定会让那个世子看到自己的好，让他死心塌地地和自己过日子，阿如这才擦着泪笑了。

"少夫人能这样想，才不枉老夫人疼您。"她说道。

齐悦扯着嘴角，点头应"是啊是啊"。走一步看一步吧，不管怎么样，日子得好好过。想到这里，她又打起精神，也许用不了多久，自己一觉醒来就又回到了现代，而如今的日子就是做了一场梦。

第三章　祸　起

阿好正兴奋又激动地从齐悦手里接过烧烤工作。

"有明火了就浇点儿水。"齐悦在一旁的美人榻上坐下，摇着小扇子，指挥着。

阿好手忙脚乱但是满脸笑容地将各色食物放在铁丝网上，因为动作不纯熟，不小心烧到手，她赶紧把手指放在嘴里吮吸。

"这个不是图吃，就是图个乐。"齐悦笑着躺到美人榻上。

夜色朦胧，星辰点点。

这样的夜空在城市里很少见，齐悦还是来到大青山后，才有幸常常见到。

没想到，再次看到这样的星空，却是在另外一个时空。

齐悦将手枕在脖子下，望着夜空，不知道自己的亲人朋友们此时在做什么。

曾经熟悉的一切都与她无关了，她就像孤零零地坐在大银幕前，看着里面的热闹繁华却无法触及。

阿如逐一点亮院子里的灯笼。

忽地响起敲门声，打断了阿好的笑声和齐悦的魂游天外。

秋桐院很少有访客，也就这段时间齐悦和阿好总爱弄吃的，才吸引了一些小丫头，但那只不过是一群最低等的粗使丫头。

"阿好，阿好。"门外响起一个清脆的女声。

"是彩娟。"阿如听出来了，说道，有些惊异。

"彩娟是谁？"齐悦随口问道。

阿好刚要张口，门外有人替她答了。

"我是三少爷院里的彩娟。"女声说道，再次轻声叩门。

定西侯有四个儿子，齐悦点点头，便不再理会，接着躺下来摇着小扇子看星星。

"彩娟，你怎么来了？"阿如上前开门。

齐悦侧眼看了眼，见一个跟阿好差不多身材的丫头站在门口，并没有迈步进来。

"还能怎么着，被香味勾来的呗。"彩娟笑着说道，话说一半，才看到齐悦坐在院子里。借着灯光、星光，她见那女子姿态慵懒，如果不是身前的小扇子摇着，她都要以为那人是睡着了。

"少夫人。"彩娟喊道，弯下身子施礼。

齐悦没有动，摇着扇子冲她笑了笑。

"可是要尝尝阿好的手艺？"她笑道。

"阿好的手艺如今很有名了。"彩娟笑着凑趣。

正拿起两串肉串的阿好得意地笑了。"是少……"她张口就要说。

阿如咳了一下。

"这个送给你吃吧。"阿好麻溜地咽下了未说完的话，掩饰一般几步过来将手中的肉串递给她。

彩娟笑着接过来。"那我不客气了。我就是为这个来的，刚好经过，闻到香味就走不动了。"她笑道，冲齐悦再次施礼，"少夫人别笑我馋嘴。"

"能吃爱吃才是大福气呢。"齐悦笑道，坐起身来，"阿如，将这个茄子、大蒜还有鸡翅都拿去给她尝尝。"

"那真是多谢少夫人了。"彩娟笑着施礼说道。

"真是便宜你了，这可是我们少夫人亲自烤……"阿好有些不舍地说道，话没说完，又被阿如打断了。

"少夫人开口赏了人，你别想偷懒，再给少夫人烤一些拿去。"阿如笑道。

阿好有些讪讪地点头。

彩娟笑着，没说话，接过阿如递来的一把串儿，再次道谢后便转身走开了。

她迈着小碎步，很快走到不远处的大树下，走近了才看到树荫里站着一个人影。

"少爷。"彩娟低声唤道。

常云起站在树影里，视线还落在秋桐院那边，大门正在关上，遮住了那个已经有些陌生的女子的身影。

"少爷，快走吧，让人看到就……"彩娟低声说道，有些担忧。

· 60 ·

"我就不能从这里过一过了？丫鬟贪嘴，我就不能纵容一次了？"常云起笑道，提脚慢行。

"明明可以不从这里过的。"彩娟嘀咕道，"我又没说非要吃。"

"没关系，去要来尝尝，去吧去吧，别弄得少爷我多苛待你似的，去吧。"少爷之前是这样说的，弄得她不去都不好意思，明明要吃的才是让人不好意思的事。

常云起只当没听见，从她手里随便抽出一串。

"这是什么？大蒜？"他闻了闻，惊讶地说道，"这个也能烤着吃啊？"

"是啊，哪有专门吃大蒜的？"彩娟不喜欢大蒜的味道，干脆掩住了口鼻，"秋桐院如今已经到了连大蒜也要用来充饥的地步了吗？"

常云起没有说话，看着手里连皮都没剥就那样烤的大蒜，想起那个女子偷偷地烤豆子吃，被丫鬟们看到了，一时传为笑柄。

"果然是乞儿出身呢，放着美味佳肴不吃，躲起来吃烤豆子，怪不得老话说'狗儿改不了吃屎'……"

齐月娘如同受惊的兔子一般，眼里泛着泪水，惊恐地站在院子里，如果可以，她想要整个人都缩起来，缩成一团……"食不分贵贱，天地有灵生万物，不管什么都是上天的恩赐。"他缓缓地说道，一口咬下去，蒜香四溢。

"阿如姑娘请稍等，苏妈妈正和库房的人对账。"一个丫头笑眯眯地说道。阿如说了声"有劳妹妹了"，便站在一旁等着。

来往的婆子丫鬟不少，看到她都若有若无地投来视线，上前打招呼的却几乎没有。

阿如一个人站在那里，显得那样突兀，但她的脸上没有以往那种失意，反而带着些笑意。

远远的，路上走来三四个人，其中一个穿着连枝牡丹刺绣对襟衫，绾着髻，簪着一朵新开的花儿，摇摇摆摆地走在最前面，正是已经抬了通房的素梅。

她正带着笑意和身旁的小丫头说什么，抬头看到这边的阿如，脸上的笑意就凝了下。

阿如转开视线。

"阿如姐姐一大早的来这里站着做什么？"素梅晃悠悠地走过来，笑问道，"今日不忙了？院子里的活做完了？"

秋桐院没有使唤丫头，只有她们主仆三人，一开始是因为忙乱忘记了，后来则是故意忘了，所以阿如和阿好拿着一等、二等丫头的份例银子，干着粗使丫头

婆子的活。

"姑娘脸上的伤倒是好了。"阿如转过头看向她，淡淡地说道。

素梅的脸腾地红了，那日在秋桐院所受的屈辱是她想都不愿想起的。

阿如的嘴如此不留情面素梅也不是太意外，想当初在老夫人跟前，哪个丫头是好惹的？只不过这三年跟的主子让大家觉得她完全是随便捏的没脾气的泥人了。

素梅想到这里又笑了。

"少夫人最近精神了很多啊，捎带着姐姐的气色也好了，都有些扎眼。"她摇着小扇子说道，"只是不知道，是不是来得快去得也快。"

"那就不用梅姑娘操心了，还是想着怎么伺候好侯爷，尽好本分吧。"阿如淡淡地说道。

阿如这态度让素梅气得咬牙切齿。

"芽儿，我有事要见见苏妈妈，替我说一声。"她转头对一旁看戏的小丫头说道。

小丫头始终保持笑眯眯的神情。

"梅姑娘，我先来的。"阿如说道。

"你也知道叫我一声'梅姑娘'。"素梅晃着头看她，抿着染得红红的唇，"那自然知道谁先谁后的规矩吧？"

阿如微微一笑，将手里的对牌递给那小丫头。

"少夫人命我出门，请换对牌来。"她说道。

笑眯眯的小丫头立刻伸手接过对牌。阿如一开始只是以自己的身份来见苏妈妈，自然可以被稍微怠慢，但如今拿出少夫人的对牌，那就没的商量了。

"请姐姐稍等，我这就取来。"她笑着说道，又冲素梅含笑做了个请的姿势，"请梅姑娘随我进来。"

素梅看着阿如，咬牙冷笑。她本来没事，见了苏妈妈少不得费些口舌，此时却不得不进去——虽然已经当了通房丫头，但跟夫人的陪房相比，她还是个丫头，端不得架子。

"拿主子压人，但愿你能永远压住。"她冷笑一声说道。

"我没压人，这只不过是事实而已。"阿如抿嘴一笑道。

少夫人的地位就在那里摆着，你这个通房丫头永远也越不过去。

"梅姑娘，请吧。"小丫头笑眯眯地说道。热闹看得差不多了，她就转身先进去了。

素梅愤愤地看了阿如一眼，甩着扇子跟进去了。不多时，那丫头亲自拿了对牌出来给阿如，阿如自去了。

这门口发生的短短一幕，落在了或明或暗很多人的眼里，很快就在有心人中传遍了——

少夫人要出来当家理事了！

没看到少夫人的大丫鬟阿如又恢复成在老夫人身边的那般气势了？

其实阿如并没有感觉到自己多有气势，秋桐院依旧门可罗雀，走在路上她还是让人避之不及，这个月的月银还是被遗忘了，提出更换锅碗瓢盆还是没人理会，一切的一切如果她不主动，便没人主动理会。唯一的改善是，当她主动走出来时，那些故意的冷落刁难不再那么赤裸裸，但也仅此而已。

"不过，姐姐的确精神好了很多。"阿好笑道，将大早上才做好的一盒子鸡蛋糕装好，要阿如带去给她弟弟吃。

"我只是觉得有了精神，也不知道为什么。"阿如笑道。

"是觉得有了希望，不像以前那样，看不到头。"阿好歪着头想了想，说道。

说到这里，她点点头，再次肯定了自己的感觉。

"如今的少夫人真好。"她又补充了一句。

原本笑着的阿如一顿，笑容在脸上凝固了。

如今的少夫人……

"阿如，快点儿走啦。"齐悦的声音打断了两个人的谈话。

"哎，好了。"阿好将食盒用布包好，口中大声应道，"少夫人，让我也一起去吧。"

"不行，你看家吧，又不是什么好玩好看的。"

听着主仆两人的对话，阿如从厨房里走出来。

"阿如，记得拿着要给你邻居大婶的衣服。"齐悦冲她笑道。这笑容明媚而亮丽，如同这清晨的日光，能扫去一切阴霾。看着这笑脸，阿如也露出笑脸，点点头。

这是自弟弟出事后，阿如第二次回来，姐弟二人自是一番流泪。

"来，我瞧瞧伤口长得怎么样。"齐悦笑着说道，打断他们姐弟的悲伤。

要是按照她的本意，隔个两三天就要过来瞧瞧，伤口长得如何，有没有发炎，顺便换药，但阿如死活不许，齐悦没办法，只得随她去了，还好这期间没有出现感染。

"年轻人身体壮，伤口愈合得快，不错。"齐悦查看完伤口，满意地笑了。

阿如的弟弟虽然不知道这女子是什么人，但也感觉出她的身份比自己的姐姐要高得多，因此他一直低着头，局促不安，此时听了这话，更是脸红到了脖子根。

"有点儿疼，忍忍啊。"齐悦笑道，从无菌换药包里拿出剪刀、镊子。

"我帮忙按着。"阿如过来说道，带着几分紧张。

齐悦剪开包扎，露出切口。

阿如只觉得一阵心悸，下意识地转过头不敢看。

"这是做什么？"门缝里陡然传来一个声音，正是前几日那个胡大夫。

齐悦差点儿剪到肉。她吐了口气，转头看门边。

破旧的门关着，从缝里露出一只窥探的眼。

阿如气急，过去拍门，吓得那人从门边离开了。

"我……我只是想看看……"胡大夫在外说道。

这边齐悦不再理会，用镊子提了线头剪断，然后拉出缝线，阿如的弟弟身子抖动着，死死地咬住唇，不让痛呼声出口。

"好了。"齐悦拉出最后一根缝线，笑着说道。

阿如的弟弟整个身子都放松下来，下一刻感觉到冰凉，顿时又绷紧了。

齐悦笑着用酒精棉擦拭了伤口，再用干净的纱布把伤口裹上。

"过几天，自己把纱布摘下来就好了。"她这才站起身说道。

跟弟弟细细地交代后，阿如还是没有多停留一刻，便要和齐悦回去。

走出门，那胡大夫还站在墙角等着。

"快给我看看！"他一见阿如的弟弟出来，立刻双眼放光扑过来。

"你干什么？"阿如瞪眼喝道，挡在弟弟身前。

"我只是想看看。"胡大夫说道，看了眼齐悦。

齐悦笑了笑，走过去，将阿如的弟弟伤口上的纱布揭开。

"喏，看吧。"

胡大夫瞪大眼，屏住呼吸，一寸一寸地看过去，神情惊讶而激动。

缝过的长长的伤口翻着新鲜的肉色，没有腐烂，没有恶臭，最关键的是，这个伤者早已经恢复如常，跟以往那些不是流血流去半条命，就是伤口烂去半条命，躺个十天半月才能起身就是好运气的伤者完全不同。

"只要缝起来就……"他结结巴巴地说道。

话没说完就被齐悦打断了。

"不是。"齐悦说道，"台上一分钟，台下十年功。虽然是个小小的清创缝合手术，也不是你看看样子就能画成瓢的。"

技术、药方，都是医家秘而不宣的。胡大夫哼了声，如是想着，没有再说话。

"元宝，要是他再骚扰你，就去告官。"阿如说道。

胡大夫哼了声，晃了晃头，背着自己的破旧药箱，转头走了。

"姐，你回去，我没事，都好了。"元宝说道，眼里带着不舍。

阿如看着他点点头，又低声嘱咐了几句。

"就不能赎身吗？"回去的路上，齐悦问道，"是不是钱不够？"

"少夫人，阿如哪里做得不好？您要赶阿如走？"阿如惊恐地问道。

齐悦笑了。

"我赶你走干吗？我是说，要是赎身岂不自由，何必给人当奴婢？"

"奴婢就是奴婢，哪有该不该的？"阿如松了口气，低头说道，"少夫人快别说这样的话了。"

此时她们已经走进定西侯府，因为这话，阿如似乎有点儿不高兴，低着头走在前边，齐悦也不知道自己哪里说得不对，笑嘻嘻地跟在后面，不敢再提。

日头升高的时候，阿如和阿好将一口箱子搬到院子里。

"你们做什么呢？"齐悦问道，"小心点儿，你们两个小孩子，别碰破了手。"

"今日天气好，晒晒衣裳。"阿如笑道，"等少爷回来，少夫人就可以穿了。"

自从得知世子下个月就回来的消息，阿如连做梦都是笑着的。

齐悦伸手按了按额头，真是愁啊。

阿好打开箱子，齐悦看过去，忍不住"哇哦"一声。

"真漂亮！"她伸手摸上去，一脸惊叹。箱子里整整齐齐地叠放着一套套衣裳，金针银线在日光下熠熠生辉。

这是衣裳？这明明就是艺术品！

"这些都是老夫人给少夫人的陪嫁。"阿如一脸怀念地说道，"库房里还有呢，老夫人当初单独给了少夫人一间库房，里面都是她积攒下的东西……"

"单独的库房？"齐悦惊讶地说道。

阿如点点头。

这个老侯夫人，对齐月娘还真是好得很啊。齐悦心里感叹道。也真是奇怪了，老侯夫人怎么会对这个半路捡来的乞儿如此好？如果说只是为了彰显慈悲啊、善心啊之类的好名，好吃好喝好好对待也就罢了，还考虑到了身后事，不仅给齐月娘安排了婚姻大事，还给留下如此多的财物，亲爹娘也不过如此了。该不会齐月娘是这个老侯夫人的私生女？那也不对啊，年龄对不上……

"少夫人，到时候穿这件还是这件好呢？"阿如看着衣裳，皱着眉问道。

"这件好，这件大红，最配少夫人了。"阿好说道，"再配上一支大凤钗……对了，库房里老夫人留了支九凤衔珠大金钗……"

两人兴致勃勃的谈话打断了齐悦的遐思，看着两个丫头精神奕奕的笑容，她摇摇头，丢开那些乱七八糟的思绪，管它以前如何，过好现在就是了。

"你们世子是个什么样的人？"她在一旁坐下，问道。

"世子啊……"一向多话的阿好再次最先开口，张了嘴后却顿住了，似乎不知道说什么。

嗯？齐悦挑挑眉。有问题。

"世子人很好，只是顽劣了一些……不过不过……"阿好又急忙说道，"不过那是小时候的事情了。男孩子嘛，小时候都要顽皮一些，世子早就不那样了。"

"哦——"齐悦拉长声调说道。

一旁的阿如不知怎么想到了三少爷。

"世子只是脾气急一些，其实人很好的。"她插话道，"世子自小习武，所以性子硬，少夫人，您别怕世子，其实，其实他很好说话的……"

齐悦点点头，明白了，这俩丫头三两句话就已经勾勒出一个豪门大少，横行霸道、目中无人的那种。

这可怎么办呢？真跟这个世子当夫妻？齐悦只觉得一阵恶寒。

为了庆贺世子归来，府里的主子奴婢都做了新衣裳。经过半个月的赶工，衣裳做好了。放馃子、月钱、新衣的时候都是府里大小奴婢最高兴的时候。

丫头们边说边笑，忽地看到一座院子外的路旁站着一个丫头向这边张望。

"哎，瞧。"一个丫头用手撞撞另一个，低声说道，"阿好。"

另一个丫头看过去，面上浮起一丝讥讽，使了个眼色，几个大丫头便仰着头加快脚步走过去，似乎没看到阿好，狠狠地撞了她一下。

阿好看到她们过来了，只是没想到路这么宽，她们走到近前居然撞过来，结果被撞得后退几步踩在草地上。昨夜才下过雨，阿好顿时一脚泥，连裙边都污了。

"你们干什么？"阿好怒气冲冲地喊道，一面拎起裙子。

"哎哟，阿好姐姐啊，对不住，我们没看到。"几个丫头笑眯眯地说道。

"你们瞎了眼啊？"阿好气呼呼地问道，"小篆，小翠，你们故意找碴是不是？"

她的话音一落，个头最高的那个丫头就一瞪眼。

"你怎么骂人啊？"她一脸委屈地说道。

"骂人，那也是你们找骂。"阿好瞪眼喊道，说着提脚就要把泥往那几个丫头身上擦。

几个丫头一边叫一边躲，捧着衣裳包的小丫头们听到了，也纷纷跑回来，路上顿时热闹起来。

"干什么呢？"远处有几个妇人走过来，喝道。

院子里的阿如也听到动静跑出来。

"干什么呢？"妇人们走近，面带怒意，"院子里是你们混闹的？要闹滚出院子闹个够！"

"妈妈，是……"阿好开口要说。

"妈妈，是阿好姐姐骂我们，又要打我们的。"那三个丫头抢着说道。

"喂，你们怎么不说我为什么要骂你们？"阿好气呼呼地说道。

阿如伸手拉住她。

那妇人由下及上瞄了阿好一眼。

"我不管你们为什么，我只知道在这院子里丫头们不许打闹生事。"她淡淡地说道。

"是，妈妈，我们错了。"那三个丫头立刻跪下说道。

她们一跪下，跟着的小丫头自然也都跪下了，只剩下阿好和阿如站着，便显得有些突兀。

"怎么，阿好姑娘是觉得我这老婆子说得不对？"那妇人看着她，弯了弯嘴角，说道。

"干吗？让我跪啊？"阿好愣愣地问道。

"怎么？阿好姑娘是说我管不得你了？"妇人笑问道。

"我又没错，是她们先撞我的……"阿好气呼呼地说道。

阿如伸手拉住她。"刘妈妈，"她看着这妇人微微一笑，"该是什么就是什么，别扯太远了。"

刘妈妈笑了笑。

"是，我才接了这差事，比不得二位姑娘份位高，但既然如今我管着这内院的规矩，便不能乱了规矩。"她沉下脸说道，"我做得不对，委屈了姑娘，我这就去夫人跟前辞了这差事。"

阿如咬了咬下唇，转头看阿好。

"跪下认错。"她低声说道。

阿好虽然不服气，但还是依言跪下了。

妇人面上这才稍缓。

"阿好姑娘说是小篆她们先惹到你，那也不该自己动手，应该来告诉我们，我们自然会罚她们，要是都像你们这样，你惹了我我便打你，混闹在一起，那成什么样子了，你说是不是？"这妇人和颜悦色地说道。

阿好冷笑一声。

是，也不是。别的丫头们打闹倒是这么个说法，但是她阿好这等身份的丫头如果被这几个丫头冲撞，该是扬手一个巴掌，然后这管事的婆子来，点头哈腰，再给这几个丫头每人一巴掌……

规矩，定西侯府的规矩自来是踩下不踩上，犯上就是一条大错。

妇人说完了，见双方都乖乖的，面上浮现出几分满意。

"你们还不快去把衣裳拿回去，姨奶奶还等着呢，不合身裁衣师傅们还等着修改呢。"妇人又一沉脸，看着小篆等几个丫头喝道。

小篆几个立刻说声"是"，起身，"呼啦啦"地快步走了。

"姑娘别怪我不公，让她们起来走了，夫人发了话，今儿个一天必须把衣裳都办妥了，这几个丫头赶着做事，不像姑娘你这般清闲……"妇人话没说完，就听秋桐院里一声喊。

"阿如阿好，你们都死哪里去了，放着这么多活让谁干？"齐悦甩着手帕走出门，一眼看到这边，"哎哟，这么多人聚在这里玩什么呢？"

她似笑非笑地扶着门框看过来。

说起来，这刘妈妈跟齐悦是第二次见了，只不过那一次齐悦因为初来乍到惊魂未定躲了起来，只是闻声，并没有见面。

"回少夫人的话，几个丫头不知怎么在这里打闹，老奴斗胆略施惩戒。"刘妈妈看到那边的女子，便想起那日上吊的闹剧，面上的神情掩不住几分轻蔑。

这边阿好气呼呼地要说话，被阿如拉了一下。

"犯了错？"齐悦一拍门说道，"这死丫头，一会儿不见就给我惹事，还不滚进去，去屋子里面壁悔过。"

阿好还想说什么，被阿如拉着起来，应声"是"，就低着头进去了。

看吧，不是说如今这两个丫头又仗势高人一等了，怎么半句辩解的话也不说？果然在世子将要到家的时候不敢闹腾了，就怕惹恼了夫人，被寻了不是，到时候在世子跟前无法立足。刘妈妈跟几个妇人使了个眼色，暗自撇撇嘴。

"那老奴……"刘妈妈便要走。

"哎,你们来得正好,帮我收拾点儿东西。"齐悦忽地说道,打断了刘妈妈的话。

刘妈妈等人一愣。

"少夫人吩咐原是不敢不听,只是正忙着,我去给您找几个丫头来……"她忙笑着说道。

"不用了,就搭把手的事,妈妈不是也说了吗?丫头们都忙着。"齐悦笑道,摇着扇子,"许是我如今使唤不动妈妈了?"

刘妈妈强笑了下。如果这少夫人冷言恶语地折腾,自己反而好说,哭闹都行,偏偏她笑脸温语的,真是闹都没的闹,只得口里说着"少夫人这话说得重了",带着那几个妇人进来了。

齐悦指挥几个妇人先是将院子里的石桌挪了地儿,说是在树下总是掉鸟屎,差点儿让那几个妇人闪了腰,又让她们把厨房里的几口锅搬出来,说是要打了井水里外刷洗。

这是搭把手的活吗?都是小厮们干的活。刘妈妈等人已经上了手甩不开,只得咬牙一一做了。齐悦站在一旁看着,还不时训斥屋子里的丫头。

"让你们不懂规矩,跑出去跟人打闹,放着活不干,我性子好,越发惯得你们不知好歹了,当我瞎子聋子傻子三岁孩子啊,真是人善被人欺,马善被人骑,看着我脾气好,谁都想来踩一脚,纵然穿了双好鞋有了依仗,也得掂量掂量合不合脚……"

直骂得刘妈妈等几个妇人面红耳赤、心里冒火。

"少夫人,都做好了。您看,院里忙着分派衣服呢,我们实在是不敢久耽搁,您要是有什么还要做的,我出去后就叫几个婆子丫头过来……"她憋着气说道。

"好了,好了,没了,都弄好了。"齐悦看了看,笑道,又冲屋子里骂:"看你们这两个小蹄子惹的事,累坏了妈妈们,亏不亏心!"

"那我们告退了。"刘妈妈半刻也不想在这里待着,半句话也不想多听多说,忙转身走了。

她们出去后,阿如打开房门,阿好在她身后探出头,已经憋得脸都红了,用手掩着嘴,只怕笑出声。

"咦,少夫人,这不是您昨晚熬辣椒酱的那口锅?"阿好探头看到,忙问道,"不是说要在灶上烧热水熬一熬才能去辣油吗?怎么也搬出来了?"

齐悦"哦"了声,随意看了眼。

"是啊,我都没注意,这几个妈妈也太实在了。"她笑道。

"少夫人，这个沾了手，很辣吧？"阿好说道。

"应该吧。"齐悦点点头。

这边刘妈妈愤愤地走出秋桐院，气得脸儿一阵白一阵青。

"这少夫人怕是心思不小。"刘妈妈愤声说道，回首看了眼孤立在那里的秋桐院，习惯性地抬手扶了下额头，"世子归家的日子越来越近，她是越来越精神了。"

手抚过额头，才想起方才做的那些活，之前急着走，手也没洗，又是气，竟没察觉手上油腻腻的，她下意识地将手在面前甩了甩，旋即就觉得辛辣扑鼻，眼泪顿时下来了。

"哎哟，刘妈妈，你这是……这不至于吧……"

"是，这个主子是很久不像主子了，可到底名分上来说也不低，咱不委屈啊，快别哭了。"

其他妇人忙劝道，拿出手帕子要给刘妈妈擦眼泪，只把刘妈妈气得眼泪流得更欢。

"我没哭，这手上沾了东西……"她流泪说道，也不敢用手拿着帕子去擦泪，越擦越辣。听她这么一说，妇人们都忙去看自己的手，有的还放在鼻子边嗅了嗅，顿时也都跟着刘妈妈哭了起来。

"这辣椒可是好东西，你们居然都不吃，只当装饰摆盘，真是可惜。"齐悦一面将自己昨天熬制的辣椒酱在厨房里摆好，一面摇头感叹。

"少夫人。"阿如从门外进来了，神情黯然。

"姐姐，怎么样，轮到咱们拿衣服了吗？"阿好忙问道。

几天前就知道公中的衣裳做好了，府里每个人都有，阿好每天都忍不住在门外等。

"还用问，肯定没有啊。"齐悦笑道。

阿好犹自不死心地看着阿如，阿如叹了口气，低下头。

"说是按着旧例，那几年少夫人您都病着，一直没做，所以……"她低声说道。

"以前是以前，现在可是世子回来，少夫人怎么能没有呢？"阿好瞪眼说道，"明摆着就是欺负人呢，我去找她们！"

"慢着。"齐悦喊住她，"不许去。"

"少夫人。"阿好不服气地喊道。

"你这丫头,今天吃了亏还没看出来啊?"齐悦笑道,拍了拍手,走出厨房,"有不少人正盯着咱们等着寻衅滋事呢。"

"少夫人,小篆她们是朱姨娘院子里的,跟素梅很要好,应该是因为上次的事才故意跟我闹呢,不是针对少夫人的……"阿好忙说道。

齐悦看着她笑,抬手要用手指戳她。

阿好怕辣,忙捂着脸躲开了。

"傻孩子,打孩子给娘看,人家敢针对你,自然是给我这个主子看的了。"齐悦笑道。

"那……是夫人?"阿如咬了咬下唇,低声道。

"不管是谁,反正靶子都是咱们。这段时间,要避避风头。什么衣服啊、饭菜啊,没有就没有,少点儿就少点儿,只要不当面指着咱们的鼻子骂上门,她们爱怎么折腾就怎么折腾,咱们关起门不理会就是了。"

阿好虽然似懂非懂,但本着一切听少夫人的原则点点头。

"我知道了,我不会给少夫人惹麻烦的。"她郑重地说道。

齐悦笑着由她给自己洗了手擦干,阿好颠颠地倒了水,还仔细地把大门关上了。

"是夫人不想让少夫人您出去吗?"跟着齐悦进了屋子,一直沉默的阿如低声说道。

"她要是想让我当她儿媳妇,也不会把我在这里关三年了,还用问吗?"齐悦说道。

"那夫人她想怎么样?难道要关少夫人您一辈子吗?"阿如说道,眼中已经泛起泪光。

"别哭别哭,没事没事,咱们是人,又不是动物,怎么能让她关一辈子?有手有脚的。"齐悦忙笑道,扔帕子给她,"我的意思是,咱们且顺着她点儿,别硬撞她的枪口,世子回来了,当婆婆的有什么理由不让夫妻两个永不见面?晚几天就晚几天吧。"

阿如拿起帕子擦泪,点了点头,看着齐悦,眼中又升起欢喜。

"少夫人,您能这样想就好了。"她说道。

太好了,原来这么多人都不想自己去见自己的丈夫。齐悦心满意足地靠在美人榻上。真是天遂人愿啊,要是能离开这里回现代去,那就更是天遂人愿了。

齐悦仰着头,看着屋梁。到底怎么样才能回去啊?难不成再上吊一回?她叹了口气,缓缓地闭上眼。

七月初，世子归家的日子终于有了确切的消息。

阿如站在大厨房的院门外，只觉得今天的人格外少，除了几个粗使丫头，身份高点儿的一个都没见，出来已经半日了，她只得拉住一个才跑过来的小丫头。

"妈妈们都去哪里了？"她问道。

那小丫头翻着眼看她。

"都忙着呢，你改天再来吧。"她说道。

"我都来了好几次了。哪有这么忙呢，一个人都不见。"阿如忍着气问道。

"我又不管分发份例，姐姐有气别冲我撒啊，也就能欺负我了。"那小丫头翻着白眼哼了声，挣开她，"噔噔"跑了。

阿如气得跺跺脚，只得站着继续等，好容易看到四五个婆子说笑着过来了。

"妈妈，我们秋桐院的份例今日可能……"她忙迎过去问道。

话没说完就被其中一个婆子打断了。

"再等等吧姑娘，今日委实忙，等明日得闲就送去。"她说道。

忙？忙得半天都不见人影？阿如深吸了口气。

"妈妈们抽个空……"她再次低声说道。

"抽什么空啊，哪里有空？都去世子院子里了。夫人高兴，要在少爷院子里摆宴，那么多人，饭菜还整治不过来呢，怎么？要不去给上边说说，先给姑娘你们整治？"这婆子打断她，似笑非笑道。

阿如低下头。

"那自然是夫人的事要紧，我……我明日再来吧。"她说道，转身走开了。

"明日只怕也不得闲，姑娘别空跑了，我们自然记得，得闲了会送去的。"那婆子在身后高声说道。

"一天两天的，哪里就饿死了……"

"就是，以前又不是没挨饿过，这个出身嘛……"

身后响起七嘴八舌的调笑声，阿如加快脚步，一直走到秋桐院附近才放缓了脚步，神色郁郁，拎着空空的篮子，只觉得浑身无力。

真如少夫人所说的，针对她们的风头越来越紧了，似乎千方百计地想要寻她们的错，寻错的目的是再找个把她们关起来的理由吗？

她闷闷地想着，心不在焉地走路，忽地从身后跑过来一人。

"彩娟姐姐让我给你的。"一个声音说道。

阿如吓了一跳，看过去时，那人已经跑开了，是个小丫头，自己脚下放了一个篮子，里面是满满的米面菜肉。

"喂。"阿如忙喊她，"是谁给我的？"

那小丫头在远处站住脚，回头用手拢住嘴做了个口型。

三少爷……

阿如一愣，再回神时，那丫头已经跑远了。

她低头看着篮子，神情复杂，犹豫一刻，还是拎了起来。

"今日拿到了。"阿如进了门，阿好一眼看到她手里的东西，高兴地笑道。

阿如迟疑了一刻，还是没说出"三少爷"这个词，点了点头，含糊地"嗯"了声。

阿好已经接了过去，翻看着。

"少夫人，还有一瓶酒呢。"她高兴地冲屋子里说道。

齐悦笑着出来了。

"那太好了，今晚弄点儿小菜，喝点儿小酒，美美的。"她笑道。

"炒什么？"阿好一听到吃就两眼放光。

"让我瞧瞧。"齐悦也过来了，翻看着篮子里的东西，"有鸡肉，来个鸡公煲，这次有辣椒了一定很地道。再来个素小炒……"

"少夫人能做个少放点儿辣子但还是那么好吃的吗？"

看着这主仆二人兴致勃勃地讨论吃喝，阿如有些哭笑不得。

"少夫人，世子十五就到家了。"她忍不住说道。

"哦……这酒什么味……啊，你说什么？"齐悦问道。

"世子十五就到家了。"阿如看着她说道。

齐悦"哦"了声。

"真是可喜可贺。"她说道，又笑了起来，"那咱们今晚再加个菜，庆贺一下。"

"好啊好啊，我要吃拔丝山药。"阿好拍手笑道。

从七月初五开始，不断有人进出定西侯府，传来世子进了涿鹿城，出了城的实时消息。到七月初十便传来世子进了永庆府界的消息，从这时起，府里上下几乎没了日夜，一直是人来人往，灯火通明，谢氏的院子里更是热闹。

"夫人，夫人，世子回来了！"婆子丫鬟们笑着跑进来，一边跑一边喊。

谢氏猛地从炕上站下来，因为起得太猛，差点儿跌倒。苏妈妈已经掉头回来了，及时扶住她。

"夫人，世子回来了。"她流泪喊道。

"快，快！"谢氏喜极而泣，扶着苏妈妈疾步往外走。

整个定西侯府都沸腾起来。

"干什么呢？"阿好拎着两条小鱼从花树后转出来时，听见喧嚣，再看有粗使丫头从不远处跑过，她忙把人喊住问道。

那丫头头也没回。

"快点儿，世子回来了，前边放赏呢。"她说着话，一溜烟地跑了。

阿好"啊"地惊叫一声，手里的鱼也不要了，撒腿就向秋桐院跑去。

秋桐院里，齐悦正和阿如坐着说话，阿好"咣当"一下撞进来，吓了二人一跳。

"谁欺负你了？"

"怎么了？"

她们看着阿好被恶狗追一般的样子，忙问道。

"不是，"阿好手扶着膝头喘气，"世……世子……回来了。"

齐悦和阿如同时色变，不同的是齐悦是惊惧，阿如则是惊喜。

"世子回来了？"阿如不敢置信地跑过来拉着阿好问，"你看见了？"

"没，都往夫人院里跑呢，府里都闹开了，说是放赏呢。"阿好喘着气说道，一面拍着胸脯，这才"哎呀"一声，"我的鱼……"

鱼？阿如暂时顾不得问哪儿来的鱼，欢喜地扭头看齐悦，才要张口说话。

"关门，关好门，这几天谁也不准出去，也不见人，"齐悦一脸肃容，"就说我病了，有赏就接着，有喜就道着，只是谁都不许出去，尤其是不许往夫人和世子那边凑热闹。"

阿如和阿好愣了下，但很快都点点头。

秋桐院虚掩的大门"咯噔"一声插上了，将府里喧天的热闹隔绝在外。

夜色降下来时，吃过简单的饭菜，阿如和阿好收拾完，说笑着进了厨房，屋里的齐悦放下竖起的耳朵，有些头痛地搓了搓脸。

老天爷，都这么久了，怎么还不让我回去啊？连恋爱都没谈过，就直接给人家当老婆，这也太坑我了吧。

这一晚上，伴着夜风中时隐时现的丝竹管弦欢声笑语，齐悦睡得是噩梦连连，梦里一个兵马俑般的男人死死地缠着她，不是打，就是骂，甚至欲行不轨。

第二日，看着齐悦明显没睡好的样子，阿如叹了口气，神情有些黯然：哪能真不在乎呢，久别的丈夫归来了，妻子却不能相见。

晚上依旧有热闹的声音传来，据阿如分析，应该是亲朋好友都来探望了。这一天并没有人来她们这里，似乎秋桐院的三人已经完全被忘记了。

齐悦有午睡的习惯，每到这个时候，阿如和阿好都会坐在自己的屋子里做些缝纫活。虽然府里有针线婆子，但她们秋桐院的东西总是迟迟领不到，送过去的活也是排在最后，甚至活没做，东西还丢了，所以阿如和阿好干脆自己做。

"少夫人的鞋好像磨了边。"阿好一面绣着一块手帕，一面想起什么，对阿如说道，"我放到耳房的鞋柜里了。"

"我去拿来修修。"阿如便放下手里的活站起来，说道。

七月的正午有些炎热，院子里外传来蝉鸣，家里的粗使丫头日常也粘蝉赶鸟，只不过她们秋桐院这里无人理会，阿如怕吵到齐悦睡觉。

"少夫人昨晚上没睡好，你去外边粘蝉，免得吵到少夫人歇午觉。"阿如说道。

阿好应了声，在院子里拿了一根竹竿就打开门出去了。

阿如轻轻地走到齐悦屋子的门口，还没掀帘子，就透过纱帘看到齐悦正站在正堂的凳子上，手里还拿着一条单子，吓得她尖叫一声。

"少夫人，您……您……"阿如扑进去，抱住齐悦的腿就大哭。

拿着一条床单当作绳子的齐悦很是尴尬。这具身子的合法丈夫归来，她坐立不安，恨不得一觉醒来重回现代，但偏偏不能如愿，她左思右想，原主是上吊时被自己附身了，那再上吊一回是不是就能穿回去？横竖也没别的法子，她鬼使神差地便想试试，谁知刚站上来就被阿如撞到了。

"不是，不是你想的那样。"她哭笑不得地解释，一面伸手安抚阿如。

阿如积攒多日的情绪伴着这一声哭宣泄而出，根本就控制不住，哭了好一会儿，齐悦又好说歹说，才让她的情绪平复下来。

"这可不是玩的……"阿如听着齐悦磕磕巴巴的解释，流泪说道，又跪下来抱着齐悦的腿，仰头哭道，"这可玩不得……"

"是，是我错了，我不玩了。"齐悦笑道，再三伸手拉她起来，拿着手帕给她擦泪。

"少夫人，您心里难过的话，就哭出来，这么久了，您别把奴婢当外人……"阿如哽咽道。

"我真不难过。"齐悦笑道。

"阿好呢？"她岔开话问道。

"我怕少夫人睡觉嫌吵，让她出去粘蝉了。"阿如说道。

粘蝉，这个齐悦倒是没玩过。

"好玩吗？"她笑着问道。

粘蝉好不好玩，阿好没感觉，相比之下，她更想快点儿把给少夫人的帕子绣好。此时天热，帕子都不够换洗的，因此觉得做这个耽误了时间，心里很窝火。

"让你们叫，让你们叫，哼，偷懒的蹄子们，看人下菜碟的蹄子们，狗眼看人低不管我们这儿的蝉儿……"她一边围着树转，一面嘟嘟囔囔，"去，去，离了这里，都去人多的地方叫去……"

"阿好。"忽地有声音喊她。

阿好举着竹竿看去，见不远处的路上一个穿紫衣服的丫头冲她招手，大中午的日头正亮，晃得她有些睁不开眼。

"谁啊？"她问道，"叫我呢？"

"阿好，你快来。"那丫头招手喊道。

"什么事啊？"阿好拿着竹竿走过去，走近了见是一个面生的丫头，认真认了一会儿才认出来，"是夫人院里的银环啊，你找我？"

"我现在去世子院里了。"她笑道，"世子给各个院里派东西，我们忙得很，实在是没法各个屋里都送到，你闲着的话去拿一下吧。"

阿好一脸惊喜。

"真的？"她问道，有些不信，世子竟然会给她们带东西，三年来连只言片语都没……

"不信？"银环笑了，摆摆手，"那就罢了。其实世子也没说特意给你们，我不过是挨个院子传话，正好从这里过见到姐姐，就多嘴了，姐姐就当我没说……"

她说着，掉头就走。

听她这样说，阿好就信了一大半。世子没有点名要给她们，但既然是各个院子都有，秋桐院作为一个院子，去了也不算错。再说自己过去，说不定能见到世子，运气再好点儿能凑上去说句话……

"姐姐等等我。"阿好扔下竹竿，忙追上去，"夫人将你分到世子院里了？这次夫人给世子院里添了几个？"

两人说着话，渐行渐远。

齐悦和阿如说了好一会儿话，阿如才平复下来，也想起自己来做什么了，从一旁的屋子里拿出鞋子来。

"我给少夫人修补一下鞋子。"她说道，却没有回自己屋子里去，而是拿了针线来这边，就坐在床边的脚踏上做起活。

这还是防着自己呢，齐悦哭笑不得。

"我不睡了，让阿好回来吧，大中午在外头晒着。"她说道。

阿如"哦"了声，这才想起这丫头出去好一会儿了。

"我去喊她回来。"阿如放下手里的活出去了。

齐悦百无聊赖，干脆拿起那补了一半的鞋子，好奇地试着做。不多时，阿如回来了，面色古怪。

"怎么了？"齐悦问道。

"这丫头不知道跑哪里去了。"阿如说道。

齐悦抬头听她说话，失了准头，"哎呀"一声。

"少夫人怎么了？"阿如吓了一跳，忙过来看。

齐悦的手被扎破了一点儿，有血溢出来，鲜红的，很刺眼。

"出去找。"齐悦只觉得心一沉，有种不好的预感，立刻站起来说道。

此时的阿好也有不好的预感，她看着碎在地上的红珊瑚摆件，额头冒汗。

"不是我，我……拿的时候还好好的……"她看着聚过来的婆子丫鬟，忙说道。

这是世子的院子，阿好跟着银环进来后，果然见好些丫头说笑着领东西，"叽叽喳喳"的，很是热闹。

"所有的东西都是一样的。"几个婆子笑着，不断地将包装简单的盒子递给上前的丫鬟，"咱们世子一向简单……"

阿好便欢悦起来。虽然世子没标明是特意给少夫人的，但拿回去，少夫人一定很高兴吧。

她刚想排队上前，一旁有丫鬟招手。

"哎，你，过来帮个忙。"她说道。

阿好左右看看。

"就你吧，帮我把这个拿到世子屋子里去。"那丫鬟招手说道。

阿好忙跑过去。

"咦，还是位姐姐……"那丫头这才看到阿好的束腰，她自己不过是个束葱绿腰带的三等丫头，顿时态度恭敬了很多，"这个，不敢劳动姐姐，我再找个小丫头来吧。"

阿好笑着摇头，说"没事"。

"那就有劳姐姐了。"那丫鬟便笑道，将手里的盒子递给她，自己则从一旁搬起另外一个盒子，和她说笑着向正屋走去，"姐姐哪里的？"

阿好有些尴尬。

"我……少夫人那边的。"她说道。

那丫鬟明显一愣，神色也有些尴尬，好在这时她们已经进了屋子。

"把东西拿出来，放条几上吧。"丫鬟忙说道，借以转开话题。

屋里还有四五个丫鬟婆子在擦拭归置物件，并没有多看她一眼，阿好便应了声，将盒子放在条几上打开了，见其中是一个红珊瑚摆件。就在她伸手将摆件拿出来尚未放到条几上时，摆件却忽地裂开，从她手中滑落。

清脆的响声让屋子里的人都看过来，阿好也吓得呆住了。

"你这丫头，这是夫人特意给世子订购的……"一个丫鬟从震惊中回过神，一脸惊恐地喊道。

"我……我……"阿好都快哭出来了，忙跪下去，要去拼凑那些碎片，手抖得厉害。

"怎么了？"有人进来问道。

大家忙转过身，见是苏妈妈进来了。

"天啊。"她一眼看到地上的碎片，顿时色变惊呼。

阿好抬起头看到她，忙跪着向她叩头。

"苏妈妈，我不知道怎么……怎么就坏了……"她忍不住哭道。

"你……阿好？"苏妈妈惊愕地道，旋即沉下脸，"你怎么在这里？"

"是……是那个姐姐让我帮忙……"阿好忙说道，抬起头却没看到方才唤自己的那个丫头，不由得语塞。

"哪个？"苏妈妈沉脸喝道，视线扫过屋子里的人，"世子的屋子是谁都能随便进的吗？"

"不是，苏妈妈，我来领东西，正巧被一个姐姐叫住让我拿进来东西……"阿好忙说道。

"是谁让你来的？"苏妈妈打断她，沉声喝道。

"是……是……"阿好焦急地看了屋内每一个人，却并没有方才叫她的那个，"是一个姐姐……你们……你们都看到了，是哪个？"

屋子里的丫鬟婆子却都一脸讶然。

"我们都在屋子里，除了姑娘，没有别的人进来。"一个婆子说道，看着阿好，一脸不解，"我们还奇怪姑娘是哪个呢。"

阿好顿时傻了眼。

"你们……你们怎么没看到呢？"她大喊道，"就是方才那个穿黄衣服、束葱绿腰带的姑娘，往里屋去了……"

所有人看着她，又是讶然，又是同情。

"行了，阿好。"苏妈妈沉声喝道，"你为了少夫人的心思我知道，只是此事实在是太过了！"

阿好听得有些糊涂了。

"不……不……不是我们少夫人要我来的，是银环，银环叫我来的。"她喊道。

"你糊涂了吧，银环姐姐今日和世子出门了。"一个丫鬟忍不住说道，神情更加惊讶，又有几分鄙夷。

阿好张大嘴瞪大眼。

"不是啊，真的是她啊，她和我一起进来的，刚才还在院子里呢。"她大声喊道，站起来就要往外走，"你们不信，和我一起去看看……"

"行了。"苏妈妈怒喝一声，"来人，将她带下去。"

阿好才站起来又坐在地上，面色惨白。

"不是，苏妈妈，苏妈妈，我真没有……真不是我……我不是……"她心神大乱，一时竟不知道说什么，只是跪行几步抱住苏妈妈的腿，一个劲地喊"苏妈妈"。

早有几个婆子冲进来，老鹰抓小鸡一般拖着阿好就出去了，同时随便扯了帕子塞住了阿好的嘴。

院子里已经寂然无声，所有人都看着阿好挣扎着流着泪被从院子里拖行而去。

"都给我看好了，世子的院子不是谁想进就能进来的，谁起了不该起的念头，别怪我翻脸无情。"苏妈妈站在屋檐下，沉声喝道。

院子里响起低低的应答声，所有人都不敢再看，忙转过身接着做事，院子里很快又恢复了方才的热闹，似乎什么事也没发生。

苏妈妈看着阿好被拖出去的方向，轻轻吐出一口气，神色阴沉。

齐悦和阿如得到消息赶过来时，行刑已经结束了，趴在条凳上的阿好一动不动，她的爹娘跪在一旁哭，又不敢大声哭。

阿如得知消息的时候差点儿晕过去，赶来的路上眼泪就没停过，此时见了这场面更是身子一软坐在地上。

齐悦几步走过去，伸手探脉搏，还好还好……

她稍微松了口气。阿好的下半截身子盖着一件外衣，应该是她娘的衣裳，齐悦掀开，入目是斑斑血迹，顿时脑子便是一热。

"少夫人，看着厉害，其实没怎么打，不过十下而已，这是看在姑娘是少夫人您身边人的面子上。"一旁的婆子笑道。

齐悦看着她，胸口剧烈地起伏。

"请大夫来。"她从牙缝里挤出这几个字。

那婆子嘻嘻笑着，用下巴冲外边点点。

"还用少夫人吩咐？夫人最慈悲了，家里的丫头受罚，都是同时请了大夫来的。"她说道。

齐悦扭头看去，果然见一个须发皆白、颤巍巍的老头走进来，身上背着一个药箱。

老头眯着眼，先是诊了脉。

"无碍，气血逆行，养几天就好了。"他对这种情形司空见惯，慢悠悠地说道，说完竟起身就要走。

"你看看伤啊。"齐悦气道。怎么又是这种大夫，看都不看就下了论断，一个个就跟开了天眼似的。

那老者用昏花的老眼看了齐悦一眼，表情奇怪。

"看？"他问道，"这位娘子是要老夫看这姑娘的伤？"

"废话。"齐悦忍不住额头上青筋暴起。消毒清创她可以做，但她没有碘酒、碘伏以及预防破伤风等必需的药，这大夫既然常常进来诊治，对这种伤应该是得心应手。

"真是可笑，老夫是那种人吗？"大夫反而急了，涨红了脸瞪着眼，"女子体肤，又是那等私密处，你居然……居然让老夫……"

齐悦愕然，什么跟什么啊？

"你是大夫啊，还讲什么男女之别？"她气急道。

老者哼了声，带着几分倨傲不屑看了齐悦一眼，没兴趣再跟这个不懂行的人说话。

"杖刑有什么可看的？"他说道，从药箱里翻出一个瓷瓶放下，"金疮药，敷上吧。"说罢，他晃悠悠地走了。

齐悦无法，又想到自己还有消炎的药足够给阿好治伤了，愤愤地抓起瓷瓶，转头看到一旁的粗壮婆子们正在看热闹。

"还不快给我把人抬回去！"齐悦喝道。

这边的婆子们才拖拖拉拉地拿过一块门板将阿好抬回去。阿好的爹娘想要跟着又不敢跟，还是齐悦发话才进门来。

阿好的爹娘哭着想伺候女儿，却看到齐悦已经往手上、脸上都戴了奇怪的东西，蹲在女儿身边，竟然是在清理伤口。

"少夫人，这使不得……"阿好爹娘跪下哭道。

"没事，我是……我来吧。"齐悦说罢，开始一点儿一点儿地查看阿好的伤。

臀部大面积组织瘀伤，青肿已经绵延到大腿，血管破裂，皮下出血……

这还是十四五岁的孩子……

齐悦竭力控制住情绪，让清创的手不发抖。

擦拭伤口的疼痛让昏迷中的阿好发出痛苦的呻吟。

"我没有……我没有……不是我……"她喃喃地说道。

齐悦的眼泪忍不住流出来，滑过被口罩盖着的脸。

因为见过齐悦给自己弟弟清洗创口，阿如便镇定一些，按着齐悦的指示递上需要的器具。

阿好的爹娘还跪在地上，渐渐不再哭泣，而是瞪大眼，惊讶地看着少夫人动作娴熟地给自己女儿清理伤口。

"冷敷。看着她，尤其是排尿是否正常。"齐悦清理完伤口，将那大夫给的药敷上，盖上药棉纱布，起身摘下手套、口罩就往外走。

阿如反应过来，追出来跪下抱住她的腿。

"少夫人，您不能去……"阿如哭道。

"说什么打碎了东西！说什么私自跑到世子屋子里！这种睁眼说的瞎话傻子也不会信！亏她们说得出来！"齐悦气道。她是真的气坏了，身子都在发抖。

"少夫人，少夫人，您就看在阿好挨着一顿打的面上，再忍忍。"阿如哭道，"阿好她已经受了罪，您别让她这罪白受了……"

阿好的爹娘也从屋子里出来，跪下叩头。

"少夫人，做奴婢的做错事就是要受罚的，受罚是规矩，您去质问是没理的啊。"阿好的娘哭道。她虽然性子懦弱，但在这定西侯府生活了这么多年，什么道道没见过，心里是极明白的。

"该是阿好她有这一难，千叮咛万嘱咐，她还是出去了，才会被人……"阿如哭道，摇着齐悦的腿，"这都是她的命啊。"

命！命！齐悦愤愤地啐了口，却架不住阿如哭，阿好爹娘叩头，只得一甩手进了屋子。

天色渐渐黑下来，阿好中间曾经醒过来，看上去精神还不错，只是哭着说自己冤枉。

阿如叹气，阿好的爹娘也安慰她。男人不能在此留宿，阿好的爹早早地回去了，阿好的娘得齐悦的允许，留在这里陪女儿。

"今晚持续给她冷敷，减轻瘀肿，倒着班儿睡。"齐悦再次检查阿好后说道，"我守凌晨三点的……"

凌晨三点是什么意思？阿如和阿好的娘一脸不解。

"少夫人，不敢让您来守。"阿如忙截断她的话。

"是啊，哪能让您来守着？再说，就是挨了几板子而已，府里一半以上的奴婢都挨过，也就是做个样子。"阿好的娘笑着说道，给齐悦施礼，"少夫人这样倒是折杀我们了。"

已经清醒的阿好也挣扎着抬头。

"少夫人，阿好没事的，只是屁股疼。"她瘪着嘴说道。

这话让齐悦忍不住笑了笑，伸手摸了摸阿好的头。

"明天我给你做一道好吃的甜点，甜点可以止痛。"她笑道。

"真的？"一听到吃，阿好的眼睛就亮了。

阿好的娘在一旁看得目瞪口呆。这哪里有半点儿主子的样子，竟好似她这个当娘的……

怪不得当初女儿死活不肯走，非要在这没有出路的秋桐院熬着。

安抚过阿好，齐悦回屋子里去了。

"你务必看好她，尤其是体温啊、呼吸啊、排尿，一旦有异常，就来叫我。"临走前齐悦再次嘱咐阿如。

"少夫人，我记下了，您快去睡吧，没事的。"阿如失笑道。

齐悦回头看了眼她们的屋子，阿好正和坐在身边的阿好娘低声说什么，虽然脸色惨白，面色虚弱，但看起来精神倒还好。

但愿没事吧。齐悦深吸了口气走了，简单洗漱，换过衣裳，到底是没有睡意。院子里一片静谧，夜风中又传来歌舞丝竹欢笑声。

想必又是那个世子在欣赏歌舞。齐悦愤愤地呸了口，扯过被子刚要上床，就听外边有动静。

"拿水来。"

"我去倒。"

是阿如和阿好娘低低的说话声，声音焦虑不安。

齐悦披着衣裳走出来。

"怎么了？"她打开门问道。

院子里的阿如和阿好娘被吓了一跳。

"惊扰了少夫人，真是该死。"阿好娘忙要跪下赔罪。

"没事，是阿好……"阿如张口说道。

话没出口，屋子里就传出阿好的呻吟声。

"好痛啊，好痛啊……"

"这孩子，受不得痛。"阿好娘冲齐悦尴尬地笑道，"不如我明日把她带回家，免得大呼小叫地惊扰了少夫人。"

齐悦面色微凝，眉头皱起，听着那边阿好低低的痛呼。

"好痛，肚子痛……"

这句话传入耳内，齐悦顿时色变。

"怎么会肚子痛？"她低呼一声，直奔阿好的屋子。

阿如和阿好娘吓了一跳，慌忙地跟进去。

齐悦进了屋子，就看到阿好如同大虾一般缩起身子。她臀部有伤，本来面向下趴着，此时竟痛得变成侧卧，双手交叉在身前，浑身颤抖，"哎哟""哎哟"呼痛。

齐悦几步过去，还没开口，阿好就"哇哇"地呕吐。她甚至来不及探身，就那样吐在床上。

"少夫人，您快出去，脏得很。"阿好的娘忙说道。

她的话音未落，就见齐悦跑了出去。

年轻主子们总是爱干净的。阿好娘心里说道，一面慌忙地要找单子给阿好换，还没动作，门"哐当"一声，齐悦又回来了，手里还拎着一个箱子。

见到这箱子，阿如的心不由得"咯噔"一下。她还没说话，齐悦已经打开箱子，坐在了阿好身边，丝毫不顾身下的狼藉。

阿好娘看得眼睛都直了。天啊，能做到这样不嫌弃的也只有爹娘了吧？然后她看到齐悦手里拿着一个奇怪的东西，两头塞在耳朵里，一头探向阿好的肚子。

"阿如姑娘，少夫人拿的是什么啊？"她忍不住结结巴巴地问道。

阿如没有理会她，而是紧张地走上前一步，听着齐悦询问阿好哪里痛。

"少夫人，可是……"阿如忍不住问道。

齐悦放下听诊器，面色微白，伸手掀开阿好的衣裳，果然看到左肋有一个明显的瘀紫伤。

"不是杖刑吗？是谁打你这里了？"她颤声问道。

阿好痛得满面滚汗珠。

"是……她们……拉着我，我挣扎的时候……踢了我一脚……"她断断续续地说道。

齐悦手发抖。

"去请你们这里的大夫来。"她说道。

"这个时候？"阿好的娘说道，"不用了，就是痛，痛得狠了是会吐的，少夫人别担心……"

"快去！"齐悦陡然一声喊，吓得屋内另外三人一个哆嗦。阿如一句话不说，飞奔出去。

阿如费了老大力气，终于带着白日来过的那个大夫进门，半个府都被惊动了。

老大夫正睡得香，被打扰了一脸没好气，进了屋子，见齐悦在屋子里走来走去，面色不安，嘴里反复念叨着什么"没有腹部超声波"什么的怪话，他更是没好气。

"怎么了？怎么了？"他拉着脸说道。

"大夫，你……你快瞧瞧，这是不是……是不是内脏出血？"齐悦见到他，立刻扑过来喊道，吓了那老头一跳。

"什么内脏出血？"老大夫哼了声，摔着袖子躲开这个奇怪的女人，"不过是挨了顿板子，就折腾成这样，没见过这样的丫头，真是金贵得跟千金小姐一般……"

他嘟嘟囔囔地坐下来，伸手搭脉，忽地脸色变了。

看到这大夫瞬时变了脸色，齐悦的心彻底沉了下去。

"伤及脏腑，不治之症，准备后事吧。"老大夫摇头说道，松开手站起来。

屋子里顿时一片寂静，除了齐悦，其他人都怔怔地看着那老大夫，阿好也不呼痛了，看着那大夫，眼一翻，晕了过去。

齐悦苦笑。这里的大夫都有这个直率的毛病啊……

阿好晕过去后，阿好娘也"嗷"地叫了一声，瘫倒在地上。

"怎么会？"阿如颤声喊道，已经不能自制，身子抖得筛糠一般。

"大夫，你能诊出具体是哪个脏器闭合性损伤出血吗？"齐悦一把拉住要走的老大夫，急急地问道。

"闭……合……闭合性什么？"老大夫瞪着眼，不解。

"就是具体损伤的是哪个脏器？"齐悦问道。

"有必要吗？"老大夫看了她一眼，"不管哪个，都是个死。"

"你……"齐悦看着他皱眉，"怎么就非得是个死？剖腹修补就是了。"

她的话没说完，那老大夫就甩开她的手。

"老夫给你指条路。"他说道，伸手往外指了指。

齐悦大喜。

"去院子里烧香跪着，求求神医华佗，看他老人家能否显灵。"老大夫接着说道。

"你还是不是大夫啊？有你这样的吗？"她喊道。

"我不是大夫，神医扁鹊也不是大夫，见了齐桓公不治而走，真不是个大夫。"那老大夫哼了声，慢悠悠地扔下一句，背起药箱就走了。

齐悦被这老头的话气得差点儿晕过去。

屋子里阿好娘和阿如的哭声越来越大，在这黑夜里听来格外瘆人。

第四章 一 搏

伴着这半夜陡起的哭声,有灯笼向这边过来,是值夜的婆子们,在门外"啪啪"地拍门。

"人要是不行了,趁早抬出去,可不能在这里断气。"一个婆子的声音在外响起,"赵婆子,你也是老人了,这个规矩还是懂的吧?"

屋子里的阿好娘伸手捂住嘴,将哭声死死地堵住。

"滚,滚,滚。"齐悦几步冲出屋子,站在廊下大声喊道,"咒谁死呢?大半夜的,是不是也想尝尝家法啊?"

门外一阵沉默,然后便是一声冷笑。

"既然这么着,是老奴多事了,少夫人随意吧。"那婆子淡淡地说道。

值夜的婆子们转身离去了。

齐悦站在院子里,抑制不住地浑身发抖,她回过头,屋子里传出阿好娘压抑的撕心裂肺的哭声。

"少夫人。"阿如跌跌撞撞地从屋子里出来。

"再去请大夫,请最好的大夫。"齐悦看着她说道,"不是说古代的外科也是很发达的,外科手术也是存在的,一定能找到可以治这种伤的大夫的……"

阿如泪流满面,"扑通"冲她跪下。

"求求您救救阿好!"她"咚咚"叩头说道,"不管您是什么人,只要您救了阿好,阿如愿意拿命抵……"

齐悦被她说得怔住了。

"你……"

"求求您，求求您，不管您是人还是鬼，您神通广大，救救阿好，阿如愿意把命给您！"阿如只是连连叩头哭道。

"我……"齐悦看着她苦笑，她又不是傻子，是不是自己的主子还能看不出来吗？"不是我不救，而是……而是我救不得……我什么都没有，除了这双手，什么都没……"

"您要什么？您要什么？阿如死也给您找来。"阿如抬起头，跪行几步，一脸期盼地说道。

齐悦看着她摇摇头。

"我要的你找不来。"她说道。

阿如泪如泉涌，伏地以头撞地，额头上已经是血迹斑斑，嘴里只是喃喃着"求求您求求您"。

齐悦咬住下唇，心中焦急万分。她不由得抬头看向漆黑的夜空，这个时空没有丝毫现代文明造就的光污染。

"爸，为什么要我去乡下？这里什么都没有，咱们医院淘汰的器械他们居然还在用呢。"

"丫头，你不觉得咱们用的器械太好了？"

"爸，医疗器械好难道不是好事？这样可以最快、最准确地确诊病情，减少病人的痛苦。爸，你不会要和我争论科技进步是好还是坏吧？"

"哈哈，丫头，你有没有想过，离开了这些先进的器械，你怎么治病救人？"

"爸，你开什么玩笑，你这纯粹是胡搅蛮缠啊。"

"爸，我知道你的意思了……"齐悦看着夜空，喃喃地说道。

她转过身，阿如还在不停地叩头。

"阿如，你起来。"齐悦上前扶起她。

阿如看着她，神志已经有些涣散。

"我来试试，但是我不能保证一定能救活她。"齐悦一咬牙说道。

阿如的眼顿时亮起来。

"谢谢您，谢谢您。"她再次叩头。

"我一个人做不来，我需要你们帮忙。"齐悦扶住她，"时间不多了，但我们要做的事有很多。"

"您要阿如做什么，阿如就做什么。"阿如流泪，点头说道。

"好。"齐悦拍拍她,"起来,我们进屋。"

屋子里心神俱裂的阿好娘在听了齐悦的话后,更是面色惊惧。

"您……您说什么?"她结结巴巴地问道,"您要割开阿好的肚子?"

阿好也醒过来了,只是似乎处于无意识中,嘴里机械地呻吟着。

阿如清理呕吐物,齐悦打开医药箱。

她将器械逐一摆出来,听见阿好娘的问话便扭头:"阿好是腹部闭合性损伤,也就是方才那大夫说的有内脏破裂出血了。血积在肚子里,如果不尽快放血、缝合伤口就没命了。"

"可是……可是把人的肚子打开,还能活吗?"阿好娘哭道,"扑通"跪下叩头,"少夫人,您看在阿好跟您这么多年的分上,给她留个全尸……"

齐悦哭笑不得,这边阿如忙搀扶劝慰阿好娘。

齐悦的手停了下,没有说话,拿起针筒。

"我先给阿好做个腹部穿刺,如果抽出血来,那就证明就是我说的情况。"她说道。

"穿……穿刺?"阿好娘已经完全听不懂了。

齐悦伸手摸着阿好的肚子,呼吸急促,额头上冒出汗来,反复确认脾脏有没有肿大。没有B超、CT、超声波造影等,她不能确定是哪个内脏创伤,腹部穿刺虽然简单,但也是具有风险的,当体内脾脏肿大时,很可能刺上去,治病立刻成了要命……她就亲眼见过一例。

"少夫人。"阿如看着她,紧张地唤了声。

齐悦回神。

"用手,手,没了检查设备,我有手,我有经验,去感觉……"她喃喃地说道,慢慢地在阿好的腹部探摸,终于停下,"没事,没有肿大,就是这里……"

口中说着,手下利落地消毒麻醉,伴着阿好娘的尖叫,齐悦将针筒刺了进去。

"灯。"齐悦喊道。

阿如浑身颤抖着将灯举过来,伴着阿好的呻吟,那奇怪的针筒里出现了鲜红的血……

"血!"阿如再忍不住,喊了出来。

"有血,有血,果然是内脏破裂。"齐悦松了口气,没想到在这完全依靠人不靠器械的状况下,一个小小的穿刺就让她身子僵硬了,她忍不住伸手抓头,"但是到底是肝、肾、胰、胃、肠单处损伤还是多处损伤,就只有开腹探查了……"

"阿如,从我方才找出来的白衣服上剪下四四方方的一块,剩下的全都煮了,剪成小块，充作纱布。另外把那天的酒拿过来，还有，生个炭火……"她一一吩咐道。

阿如努力地记着，不停地点头。

"大婶，你去找灯，把所有能点的灯都点了拿过来。"她转过头对阿好娘说道。

阿好娘神情惊惧，已经说不出话来。

"您……您……真的是从阎王殿回来的……的鬼……鬼仙吗？"她瞪大眼，按着胸口，结结巴巴地问道。

齐悦看着她，哭笑不得。

"大婶，请快些。"她没法回答，只是说道。

阿好娘"哎哎"两声，带着几分慌乱，转身奔出去了。

半瓶酒泡着纱布，半瓶酒烧热了洒在床边，阿好已经被平放在床上。

"您要的热盐水。"阿如端着一盆水进来。

"再要一些用盐还有糖配成的水，比例是一升水加两勺盐、十勺糖，装到这个酒瓶里待用。"齐悦将麻醉药吸入针筒，说道。

"是。"阿如点头说道，拿着那个酒瓶转身出去了。

阿好娘一直站在一旁。秋桐院里所有的灯都被找过来了，全部悬挂、摆放在床边。

"少夫人，我是不是要死了？"阿好看着齐悦，虚弱地说道。

"不会，阿好，你别怕，你的肚子里破了洞，我给你打麻药，你睡一觉，我把它缝好，就没事了。"齐悦笑道。

她的头脸都罩了起来，只露出两只眼睛，眼睛里的笑意落在阿好眼里，她也露出虚弱的笑。

"好，少夫人，谢谢您。"她说道。

这话让齐悦的眼泪差点儿又涌出来。

"不用谢。来，我给你打麻药，有点儿疼哦，阿好勇敢些，不怕。"她说道。

"嗯，阿好不怕。"阿好喃喃地说道。

"这是……这是做什么？"阿好娘看着那奇怪的工具刺入女儿的胳膊，只觉得大腿转筋，颤声问道。

齐悦打完针，看向她。

"大婶，一会儿手术，还请你先出去。"她说道。

"为什么？"阿好娘一脸惊恐地问道，"我……我……"

"一是因为消毒不好，本身这里就不干净，少一个人就少一分感染。再说，你

会害怕的。"齐悦看着她，认真地说道。

"我不怕，我不怕的，求求您让我看着，看着她。人死的时候，亲人不在身边，不渡上一口气，是走不到黄泉路要成为孤魂野鬼的……"阿好娘哭着跪在地上。

说到底还是不信任自己，齐悦苦笑了一下。别说人家不信任了，就连她自己都不信自己。

她重重地吐了口气。

"好，那你去我屋子里，找一件干净的衣裳穿上，再像我这样，蒙住头嘴。"齐悦说道，"还有，待会儿不管你看到什么，都不能干扰我。"

阿好娘慌乱地点头，擦着眼泪出去了。

没有监护仪，没有助手，没有麻醉师，什么都没有。

齐悦站在床前，看着已经被麻醉的阿好。她身旁是用白布包住头脸的阿如和阿好娘，露出的眼里满是惶恐惊惧。

"那么，我们开始吧。"齐悦深吸一口气说道，是在对阿如和阿好娘说，也是在对自己说。

说出这句话，她似乎又回到现代的手术室内，周围是精密的仪器以及分工明确的助手护士，大家齐声应声"开始吧"。

手术刀划过腹膜，血渗出来。阿如和阿好娘同时发出惊呼，齐悦充耳不闻，动作稳健、娴熟、流畅，虽然因为缺少助手牵拉而有些忙乱。伴着切口越来越大，阿好娘整个人都蜷缩在一起，抖得不能自制，最后"扑通"一声，晕倒在床前。阿如也好不到哪里去，整个人都抖得筛糠一般。

"肝没问题……食管没问题……脾……果然是脾……"

齐悦弯下身子，抓起一个奇怪的脏器。

阿如终于撑不下去了，转身呕吐起来。

齐悦对于这一切都视而不见、听而不闻，脑子里全是熟悉的手术步骤，额头上的汗不断地滴下来，她只是靠眨眼来缓解。

烧红的针止血，缝合，盐水冲洗，纱布吸尽……

阿好的爹过来时，已经是第二天的午后了。他站在门外，感觉秋桐院里安静得似乎没有活人……

阿好爹打了个寒战，忙抬手，轻轻地打了自己一耳光。

他抬手轻轻敲门，敲了好久，才听得有人走过来。

"大叔，你来了。"阿如开门，说道。

看着阿如惨白的面庞、肿胀布满血丝的眼，阿好爹吓了一跳。

"她娘不是在这里，怎么还是劳动姑娘了？"他满含歉意地说道。

阿如叹了口气。

"大叔，你明日再来探望吧。今日……消……消毒……防止感……感染那个什么的不方便。"她用力地说出那些奇怪的字眼，果然见阿好爹一脸茫然。

"那我改日再来吧。你给她娘说，我给她告了假，不行就带着阿好回去，在这里尽给姑娘和少夫人添乱。"阿好爹没有再问，而是点点头，说道。

"好，我知道了。"阿如答道。看着阿好爹走开了，她轻轻地关上门，轻手轻脚地进了屋子，就见齐悦站在屋子里。

"少夫人，您怎么起来了？再休息会儿。"她忙低声说道。

齐悦弯腰探查阿好的体温、脉搏、呼吸，又翻开被子看腹部。

"少夫人，按您说的，一刻钟前查过体温。"阿如忙低声说道，一面看向一旁放着的那个叫作体温计的奇怪东西，"是……是三十七……度三……"

昨晚做完手术，齐悦守了一夜，直到天大亮才在阿如的跪求下去歇息，走之前教她如何查体温，阿如勉强学会了记下那些从未见过的用于计数的数字。

"略高，不过也正常。"齐悦松了口气，"阿好再醒过来的话，给她换换体位。"

阿如点点头。

阿好娘从外边进来了，手里捧着一个酒瓶。

"少夫人，这个做好了。"她带着几分敬畏看着齐悦说道。

齐悦接过，取过一支抗生素打了进去。

这是用注射针筒以及一根注射捆扎用的胶管做成的点滴器，里面装的是抽检绝对不合格，但聊胜于无的生理盐水，以给阿好补充体液。

"少夫人，阿好她是不是……"阿好娘忍不住低声问道。

"再观察观察，如果没有感染以及再出血，阿好就闯过一关了。"齐悦将针头刺入阿好的胳膊，再将酒瓶挂在衣物架上，"还好她这次伤得不重，不用切除……"

阿好娘看着女儿，却是一脸悲伤，对于齐悦的话根本就不信，昨晚那打开肚子的场景实在是太惊悚了……

可是又有什么办法？这都是做奴婢的命啊——生前死后都不属于自己，只是主子的玩物。

虽然说得轻松，但是齐悦心里一点儿也不轻松。她学的以及习惯的都是在手术室里做手术，身边有各种监护仪器，更有无数抗生素等药物相助，离开那个环

境，她就像刚学会走路的孩子一般忐忑不敢迈步，成功率有多少她真心没把握。

到了晚上，阿好已经彻底清醒了，前后都是伤，手术切口疼得厉害，趴着不是仰着不是，很是受罪。

阿好娘惊喜得几乎再次晕过去，跑到齐悦跟前叩头不止。

阿如亦是如此。虽然她求了齐悦，但也不过是病急乱投医，心里没抱什么希望，没想到……

"受罪也比死了强。"阿好娘抹泪说道。

"我的肚子上真的被打开了个洞？这个管子就是从我肚子里出来的？"阿好虚弱又好奇地问，倒是没多少害怕，只是疼得不住地呻吟。

"娘吓死过去了，什么也没看到。"阿好娘说道。

阿如回想当时，脸上也出现惧怕。

"阿如姐姐也害怕了。"阿好虚弱地咧嘴笑，笑引起伤口疼，她又"嗞嗞"地倒吸凉气，吓得阿如和阿好娘忙小心地查看。

"是啊，我都没帮上忙。原本是想帮忙的，没想到……"阿如带着几分惭愧笑道。

"嗯，上一次给你弟弟缝伤口的时候，我也吓坏了呢。"阿好说道。

"少夫人还给阿如的弟弟治过？"阿好娘惊讶地问道。

"娘，你可别告诉别人。"阿好用力地抬手拉住自己的娘，急急地说道。

"我知道。"阿好娘笑着拍拍女儿的手，又看阿如，"娘不是那种乱说话的人。"

"感觉怎么样啊？"齐悦从外边进来，笑着问道。

阿好对着她笑。

"看来精神不错。来，我瞧瞧伤口有没有淘气。"齐悦笑道，拿过听诊器检查。

阿好娘在一旁看得更是合不拢嘴。这神态，这说话的语气，还有那奇怪的在女儿身上探来探去的工具，天哪，是从来没有见过的……真的是……鬼仙啊。她不由得腿一软，又跪下来。

齐悦和阿如都扭头看她，面露不解。

"多谢少夫人！"阿好娘叩头说道。

"你又来了，不用谢。"齐悦笑道。

两天的观察期很顺利地通过了，没有感染，没有再出血，也没有其他并发症，这丫头还是命大。齐悦终于松了口气，坐在院子里的长椅上看着湛蓝的天空。

爸，我已经知道你为什么要我到乡下医院了……

爸，我不会再嘻嘻哈哈的不当回事了……

我可以回去了吧？

有人轻轻地给她搭上一条薄毯，齐悦睁开眼。

"少夫人，您睡会儿吧，我看着阿好。"阿如忙说道。她的袖子卷得很高，手上湿乎乎的。

阿好伤口疼痛，这里也没有麻醉药，齐悦便嘱咐大家多和她说话，转移她的注意力，以此缓解疼痛，因此她们三人总有两人守着阿好。

齐悦摇摇头。

"我不困。倒是你，洗完了就快去睡会儿，这两天都没怎么合眼。"她说道，目光移向院子里。小小的院子里架起了好几根绳子，上面晒满了白色的衣服做的纱布，大大小小。

阿如笑着说"我没事"，接着进了厨房，将锅里煮着的那些手术器具端出来。

"少夫人，这些也是放在日头下晒吗？"她问道。

齐悦点点头。

主仆二人正说着话，门外响起脚步声以及低低的交谈声。

"什么人？"阿如放下手里的东西，对着外边喊道。

外边安静了一下。

"阿如姑娘，那个……我们是来看看……有什么要帮忙的……"一个妇人迟疑地说道。

齐悦笑着示意阿如开门。门打开了，外边站着四五个婆子，个个面色阴沉，眼睛滴溜溜地转，为首的正是刘婆子。

"少夫人……"刘婆子看到齐悦，忙说道，话没说完，就看到满院子晒的东西，她惊讶地瞪大眼，忘了自己要做什么，"这……这……怎么这么多白布？"

"哎呀，该不会已经死了？"

其他婆子也惊讶地乱看，低声议论着。

"少夫人，这可不行！人死了要即刻抬……"刘婆子立刻喊道，话没说完，眼睛又睁大了，旋即发出一声惊叫，"鬼啊！"

其他婆子也随着她的视线看过去，顿时也都被吓得叫着倒退两步，挤在一起瑟瑟发抖。

阿好被自己的娘扶着站在屋门口，因为有伤，身子微微佝偻着，面色苍白，但是还活着。

"谁让你起来的！"齐悦吓得从椅子上跳起来，"快给我进去，最少半个月不

能下床！真是胡闹！"

阿好疼得已经浑身打摆子，但还是倔强地等那些婆子看清自己，才由她娘扶着退回去关上了门。

齐悦气得不行，到底跟过去在门口低声训斥了她一顿，这才转身看着那些婆子。

"你们是来做什么的？"齐悦问道。

"少……少……夫人……怎么没死？"刘婆子尚处于震惊中，结结巴巴地说道。

"掌嘴！"齐悦竖眉喝道，"你说什么呢？"

刘婆子这才察觉自己失言，连连赔礼。

"这位妈妈，你听不懂我说的话？"齐悦冷笑着问道。

刘婆子一愣。掌嘴……她面带几分不甘。

"回少夫人的话，老奴还有夫人那边的差事，不敢久留，等了了夫人那边的差事，再来少夫人这边领罚。"她一咬牙，说道，一面站直了身子，看着齐悦。

齐悦并没有她意料中的暴怒，反而缓和了脸色。

"哦，那你们快去吧。"她笑着点头说道。

这少夫人，脾气一阵一阵的，怎么总是让人摸不着头脑？

想好应对之策的婆子们就像点燃的炮仗被泼了水一般一脸郁郁，弯腰施礼退了出去。

"你瞧瞧，都准备好来抬尸体了。"齐悦嘴边浮现出嘲讽的笑，"到底有什么深仇大恨，值得如此害人命？这可是人命啊……"

"少夫人，许是误伤。"阿如迟疑了一下说道。

阿好挨的是杖刑，致命的却是身前的踢伤。

"就算是误会，也是因为有让人误会的机会。"齐悦叹息着笑道，"看来，落后就挨打是千古不变放之四海皆准的道理啊。"

阿如不解地看着她。

"阿如，你是不是说过，当初老夫人是让我管家的？"齐悦看着她，忽地问道。

阿如一愣，不明白她突然问这个做什么。

"是。"她答道，面上有几分惊异，"少夫人，您……"

"看来我得去见见你们这位夫人了。"齐悦一拍手，从椅子上站起来。

阿如看着她，神情由惊愕到惊喜又到担忧，"扑通"跪下了。

"少夫人,您……您不用为了奴婢们……"她伏地,哽咽道。

"人善被人欺,马善被人骑,我总不能眼睁睁地看着跟着我的人倒霉,不然我就是一闭眼走了,心里也不安。再说,我也不单单是为了你们。谁不想让自己过得舒服点儿,总是这样,我可过不下去。"齐悦笑道,"来,给我更衣吧。"

库房这边相对来说清闲一些,于是那个拿着扫帚认真打扫库房墙角、窗户的妇人就显得格外扎眼。

其他婆子不时嘲笑讥讽几句用于取乐,那冯姓的妇人却依旧低着头做自己的事,如同什么也听不到。

大家说得正热闹,忽见不远处匆匆走来一人。巷子里背光,婆子们眯着眼,一时看不清。

"冯妈妈在吗?"那人问道。

那人走近,还没看清面容,单看这穿着,是大丫头的打扮,婆子们都忙站起来。

"姐姐是要找……咦?是……是阿如!"几个婆子上赶着问好,点头哈腰,陡然看清来人的形容,便是一惊。

"是。冯妈妈在吗?"阿如含笑说道,对她们的一惊一乍并不在意,而是向里面看去。

那个妇人依旧孤零零地打扫着,听到阿如喊了声,手微微一顿。

"冯妈妈,我来取件首饰。"阿如看到她,高兴地说道,避开那些妇人走过去。

那妇人似乎有些不敢相信,转过身,怔怔地看着走近的阿如。

"喏,这是少夫人的对牌。少夫人要用那支九凤金钗,我记得是收在这里的。"阿如说道,伸出手,递过来一块对牌。

冯妈妈的身子微微颤抖,看着那递到眼前的朱紫色对牌。

"少夫人。"她猛地抓过对牌,激动地跪地叩头,"老奴这就给您开库房!"

且说另一边,刘妈妈匆匆地离开了秋桐院,径直来到荣安院。

"没死?"苏妈妈听了她的话很是惊讶,"怎么可能?你看清楚了?那晚那大夫不是说没治了?"

"可不是,先前那几个都是最多熬个两三天就……"刘妈妈忙说道,话说了一半,被苏妈妈瞪了一眼,这才发觉自己说了什么,吓得一头汗,咬住了舌头。

"这丫头身子好福气大,好了就好了。"苏妈妈恢复了淡然的神情,"你下

去吧。"

刘妈妈应了声,退了出去,才走出门,就见不远处有人走来,周围来往的丫鬟婆子们都停下看着那人。

"谁啊?"刘妈妈嘟囔一句,眯起眼看着来人。能穿那样的好衣裳的,除了府里的小姐们……

她看着看着终于看清了,猛地拍了下腿,转身又跑进院子。

"苏妈妈,苏妈妈,了不得了,来了……"她喊道。

苏妈妈刚掀起正屋的门帘,被她这一嗓子喊得一股火。

"干什么大呼小叫的,像什么样子!夫人在里面呢。"她低声喝道。

"少夫人来了。"刘妈妈顾不得她的呵斥,慌忙地说道。

苏妈妈闻言一愣。

"她来了?"

"是,一定是为了那丫头的事。"刘妈妈低声说道。

苏妈妈嗤了声,笑了。

"她?别说有没有那个心,先说有没有那个胆子吧。再说,怎么,丫头犯了错,还不能管教了?"她一脸不屑地说道,瞪了那刘妈妈一眼,再看了外边一眼,就要掀帘子进去,随即又停下来,不敢置信般转过身,看向门外。

刘妈妈见她脸色有异,跟着看过去。齐悦已经走到院门口了,正迈过门槛,身后跟着丫鬟阿如。

"我来给夫人请安,夫人可在?"齐悦含笑说道。

两边站着的丫鬟都瞪大眼,有些失态地看着她。

"少夫人,夫人她……"苏妈妈最先反应过来,才要说话,就听内里传来脚步响动。

两个丫鬟低着头走出来,将珠帘分两边打起。

"少夫人请。"她们齐声说道。

齐悦停下脚,看向正堂里那个妇人。她来这里算下来也快两个月了,还是第一次见到这具身子的婆婆。古代人结婚早,眼前这妇人不过三十五六的年纪,这在单位就是和自己一起玩的同辈人呢。妇人面色端庄,神态祥和,端坐在椅子上,不喜不怒,此时正看过来。

这也是谢氏三年来第一次见到自己的儿媳妇。

当然,她的心里是绝不会用"儿媳妇"来称呼这个女人的。

这个小贱人头上戴着一支九凤衔珠钗,珍珠流苏在日光下映衬得脸庞更加靓丽，化了精致妆容的脸上是灿烂得有些刺眼的笑。她就这样一步一步而来，两边的丫鬟婆子皆是看呆了眼，戳在原地，目光追随她迈上台阶，站到屋门口。

"你来了。"谢氏缓缓地说道，面上没有丝毫笑意。

"是，夫人，我来了。"齐悦笑答道，一手拎起裙子，迈过高高的门槛，走入堂屋。

少夫人进了荣安院的消息飞也似的传遍了定西侯府。

齐悦看向端坐的谢氏。

除了方才进门时那句话，谢氏再没和她说过一句话，此时微微垂着眼，手里转动着佛珠，似乎入定了。

"夫人，养了三年病，让夫人您挂念了。"齐悦笑道。

谢氏嘴边浮起一丝嘲讽的笑。

"这么说，你如今是好了？"她淡淡地说道。

"是，所以过来给夫人请安，也让夫人看看。"

谢氏便果真转过脸看了她一眼。

"我看过了。"她点点头，"气色果然不错。"

"是夫人您照顾得周到。"齐悦笑道。

如果不看表情只听对话，这是多么融洽的婆媳关系啊。屋子里的丫鬟们都低下头。

谢氏端起茶慢慢地吃，屋子里一阵沉默。这是明显的送客的意思了，屋子里的其他人都明白，只是那位少夫人好像不明白。

"父亲可在家？过寿的时候我也没去叩头，只怕过了病气给他。"齐悦笑问道。

"在书房理作画呢，没人敢去打扰。"谢氏简单地说道。

"弟弟妹妹们都好？"齐悦接着问。

谢氏放下茶杯。

"家里都好。你如今才好，没什么事的话，还是回去多静养吧。"她直接下逐客令了。

齐悦依旧含笑，面上没有丝毫尴尬惶恐，站起身来。

"多谢母亲关心。媳妇病了这么久，让母亲操劳了，听说还要两个妹妹帮着管家，媳妇心里真是惭愧得很。如今我好了，那今后家里的事还是我来接手吧。"她说道。

她说出这句话，别说谢氏了，就连那些努力装作不存在的丫鬟婆子们都掩不

住惊讶抬头看她。

"你说什么?"谢氏挑眉问道,失笑,"你要管家?"

"对啊。原本就是老太太交予我的事,可我这不争气的身子……"齐悦没有笑,点点头,说道,"母亲该颐养天年了,却还替媳妇操劳,如今我好了,再让母亲如此,实在是媳妇不孝了。"

谢氏盯着她看了一时,笑了。

"好,你既然有这个孝心,我又怎么会不成全你?"

"多谢母亲成全。"齐悦毫不客气地笑着道谢,学着阿如等人日常那样微微施礼,没有再说一句话,转身出去了。

看着齐悦的身影消失在院子里,屋子里的人才从震惊中恢复过来。

"夫人,这……这……"苏妈妈低声说道,"她这胆子也太大了,简直是目无尊长,哪有这样跟婆婆说话的?"

谢氏倒没有什么表情,慢吞吞地又吃起茶。

就在请皇命给世子和齐月娘定了亲之后,老侯夫人就当着全府人的面将管家权交予了准孙媳妇。他们家自来已经习惯了侯夫人不管事,对于这个决定也没什么惊讶,再加上那时候老侯夫人的身体还很结实,说是孙媳妇当家,其实是她在背后扶持,跟她自己当家也没什么两样。

年少的媳妇,后有老侯夫人,下有老侯夫人积年培养的忠心耿耿的管事娘子们,中有管家权,又无须在婆婆跟前立规矩赔小心,那么这个婆婆在家里也就仅仅是婆婆而已。

"可是,夫人,那也只是老侯夫人她自己想的……"苏妈妈低声说道,"她想的是好,只不过也仅仅是想想而已,如今早已经不是当初了,您何必理她?"

"这样也好,她要是安安稳稳、老老实实地混吃等死,我真要犯愁了。"谢氏笑道,一面站起身来,"成哥儿如今已经二十四了,别的人这么大儿子都能跑了,偏偏成哥儿被她拖累,有她戳在家里,好人家的姑娘难道来做小吗?"

苏妈妈也叹了口气。世子一走三年,何尝不是不想面对这桩亲事?

"这老贼妇,死了还要恶心我们成哥儿一辈子。我要是让她如愿,就对不起我那死去的姐姐,就让雷劈死我!"谢氏咬牙说道,神情似悲似怒。

"四小姐,这话说不得。"苏妈妈的声音有些哽咽,忙伸手拉住她的胳膊,真情流露之下,喊出谢氏当姑娘时的称呼,"大小姐心里不知怎么感激您,您为她们母子做的实在是够多了……"

谢氏身形微微发抖,慢慢地吐出一口气,让情绪平复。

"她既然这么迫不及待地跳出来,那我就让她如意,让她身后那些小鬼如意,人不做事不出错,做得越多,才会错得越多。那老贼妇已经死了,难不成还能从地下跳出来给她撑腰压我?"谢氏笑道。

不知怎的,听到"从地下跳出来"这句话,苏妈妈不自觉地打了个寒战。意识到这一点,她苦笑了一下,不得不承认,少夫人那个黄泉路上走了一遭的谎言实在是深入人心。

少夫人亲口跟侯夫人要了管家权的消息自齐悦迈出荣安院的那一刻起就飞也似的传开了。

第二天一大早,一向冷清得连洒扫的婆子丫头都不见的秋桐院附近便出现了很多人。

这种当家人对峙的场面大家可是第一次见。当初老侯夫人一支独大,后来侯夫人又一支独大,虽然最初周姨娘跃跃欲试,但到底身份地位在那里,翻不起大风浪。现在不同了,少夫人要依据有依据,要资格有资格,这场戏也许真的能唱起来。但是考虑到少夫人的出身来历,最关键的是世子对这个媳妇三年不闻不问的态度,大家心里又笃定这场戏唱不了几天就会落幕,一时间府里的风向变幻不定。

外边关注的人紧张又带着几分激动,秋桐院里的人也好不到哪里去。

"到底用哪支头钗?"阿如焦躁不安地说道。

在她面前,各色首饰依次排开。

"我刚才选的那金坠呢?"阿如伸手乱翻,口中喊道。

齐悦正对着镜子整理衣裳。

"看这里看这里。"她笑道,伸手指着自己的头。

阿如这才看到齐悦头上戴着的凤翅金坠,带着几分羞愧笑了。

"我真是没用,都不好意思说自己是从老夫人屋里出来的,如今居然上不得台面,见不得阵仗。"她低头说道。

"我都不怕呢,你慌什么?可见是关心则乱。"齐悦笑道,一面透过窗户往外看。

秋桐院的大门已经大开。

窗户边陡然浮现出阿好的脸,吓了齐悦一跳。

"你怎么又出来了?你动过手术,那可是伤元气的,快回去。"齐悦瞪眼说道。

"我没用,除了给少夫人您添乱,什么也帮不上,这么个关键时候我还不能梳

头。"阿好哭道。

齐悦哭笑不得，忙和阿如出去。

"你这是嫌弃我梳头梳得不好了？"阿如说道，伸手扶住她，"你怎么不听话？你听话就是给少夫人帮最大的忙了。"

不说这个还好，一说阿好立刻想到这一切都是因为自己自作主张被人骗走惹出的，哭声更大了。

"少夫人要不是为了给我出气，怎么会去招惹夫人？"她哭道。

阿如又是气又是好笑，轻轻地打她的头。

"美的你，还为了给你出气。"

"这是怎么了？"苏妈妈的声音在外边响起。三人忙看过去，见她正迈步进来，身后跟着几个妇人。

"没受过罪，又屁股疼哭呢。"齐悦笑道。

一进门，大家的视线便不自觉地落在阿好身上。这个在所有人眼里注定做鬼的姑娘，此时好好地站在眼前，面色有些苍白，身形也有些佝偻，却是鲜活的，不带一丝死气。

这怎么可能？难道，这秋桐院真有鬼神相助？

"妈妈们来了。"阿好抹着泪说道，"我先进去了。"

苏妈妈等人回过神，忙笑着应声。似乎更是为了进一步印证她们的想法，阿好竟不用搀扶，歪歪扭扭地自己扶着墙要走。

齐悦和阿如忙上前扶着她，不容她再挣扎，由阿如搀着进了屋子。

"苏妈妈，都来了吗？"齐悦这才笑道，打断了婆子们望着阿好出神。

"这个……"苏妈妈回头看了眼，"有几个手里还有些活没完，还没来。"

齐悦"哦"了声，阿如从屋子里搬了椅子出来。

"没事，那咱们就等等吧。"她坐下来笑道。

苏妈妈等人愣了下。

"少夫人不知，这几个婆子也不是打紧的，再说还有苏妈妈，有什么交代的说给苏妈妈听，断然不会误少夫人的事。"有个婆子笑着说道。

齐悦也笑了。

"是，其实今日也没什么打紧的事，因我多年没出门，又因为病呢忘了点儿事，瞧着妈妈们都面生得很，所以叫来，大家互相认认，免得到时候谁也不认得谁，闹了误会。"

苏妈妈等人便笑着纷纷说"怎么会""怎么会认不得少夫人"。

"那就有劳苏妈妈以及各位妈妈，告诉那些没来的人，以后要认得我这对牌就是了。"齐悦说道，一面伸手。

一旁侍立的阿如立刻将手里的对牌亮给大家看。

苏妈妈等人响起参差不齐的应答声，齐悦也不以为意，让这几人做了自我介绍，听她们分别管什么，又让苏妈妈拿来人口册，便让其他人都散了。

"还当有什么厉害的呢。"大家出了门纷纷低声笑道，"就说嘛，年纪轻轻的能懂什么，早知道也不来了，白起了个大早。"

这边苏妈妈留下来，等人送来人口册子。

"少夫人是还住在这个院子里，还是……？"苏妈妈问道。

齐悦的手顿了下。前后迎敌是有点儿不利，先对付这个再说吧。

"不了，我才好，又刚接家事，忙忙乱乱的，世子好容易才回家，不好扰了他的清净，等过了这段时间安定下来再换地方吧。"齐悦笑道。

再过一段时间，说不定她就能回去了，齐悦心里是这么打算的。

果然还是不敢去招惹世子，也就敢在夫人面前用曾经的老侯夫人的令来闹一闹，去世子跟前，就凭世子的脾气，一脚踹飞她。

看来闹不了几天，闹完这几天，也就是你这个少夫人滚蛋的时候了。苏妈妈脸上也露出笑容。

双方各有满意的设想，对视一眼，笑容满满，气氛顿时活跃起来。

"别的先不说，先给我配几个丫头婆子来。"齐悦说道。

苏妈妈笑着应声。

"少夫人这里该有四个二等丫头，如今只有阿好一个，还可以添三个，您看是把从前那几个都叫回来？"苏妈妈问道。

"那怎么成？别人都用顺手了，哪有夺人手脚的道理？"齐悦摇头说道，看着苏妈妈，有些不满意。

苏妈妈忙应声"是"，又说"老奴糊涂了"。

"那就从小的里面选几个，老奴选好了让少夫人定夺。"她说道。

齐悦点点头。

"今日就到这里吧，我先把事情理一下。"她说道。

苏妈妈应声退了出去。

要提拔三个二等丫头的消息让满府的人都激动起来，但当听到是给少夫人选的时候，所有人又都避之唯恐不及了。听说家长们得知自己家的女儿在名册上后，还偷偷地给苏妈妈送礼，求的是将女儿的名字销去，一时间成了定西侯府茶余饭

后的笑谈。

因这件事最近府里流行的一句埋汰人的话便是"你被选去当二等丫头呢"。

这话传到秋桐院，阿如气得浑身哆嗦。

"她们，她们真是太过分了！"

齐悦坐在临窗的大炕上继续翻看那人口册子，桌子上还放了好些纸，她不时提笔在上面写几个字。

"少夫人，您看人口册子看了几天了，这能看出什么？"阿如忍不住问道。

齐悦合上册子，放下笔，伸了个懒腰。

"一个单位嘛，不就人事、财务两件要紧的？这其中，人事最重要，看花名册当然是第一要事，能看出的事多了。"她笑道。

阿如"哦"了声。"那选丫头的事，肯定是婆子们在后嚼舌根，不如让我出去走走，找一找那些老姐妹，总比让她们埋汰的好。"她说道。

"不用，那成什么了？我这当家理事的，连个新班子都拉不起来，笑死个人哪。"齐悦摇头笑道，往外边看了眼，"这不是来了？"

阿如忙看去，果然见苏妈妈带着几个丫头进来了。

"少夫人，人选好了，您来瞧瞧，定夺下留下哪几个。"她迈进来笑道，招呼身后的丫头在台阶下"一"字排好。

阿如站在门口先看了眼，见这十个丫头高高矮矮、胖胖瘦瘦都有，长得也多是粗傻的，再不然就是一瞧就妖娆不安分的，心里就憋了火：以往这等货色第一轮就过不去，还能站到主子眼前备选？

齐悦倒是高高兴兴地说着"我来瞧瞧，站过来"，目光逐一扫过这些丫头，见有的肆无忌惮地打量自己，有的害羞低头不敢看人。

"先做个自我介绍吧，我听听。"齐悦笑道，"说自己叫什么，多大了，擅长些什么，原先在哪里当差就行了。"

丫头们一番缩手缩脚之后便都说了，有的词不达意，有的声如蚊蝇，有的干脆就没听明白齐悦要她们说什么，寒碜得让苏妈妈都有些不忍听。

齐悦却含笑从头听到尾，没有露出丝毫不悦，然后指了三个声音最亮、说得最利索的人留下了，其中就有那个长得妖娆的。

这一下出乎大家意料，就连那个丫头本人都很意外。

"少夫人，"那丫头"扑通"就跪下了，媚眼闪闪的，"奴婢一定伺候好您和世子。"

此话一出，齐悦、苏妈妈、阿如皆是一脸黑。

这丫头不仅不安分，还是个傻的……

一个大丫头阿如，四个二等丫头，定西侯府大妇身边的基本配置规格算是达到了，虽然四个二等丫头一个病着，另外三个是水平参差不齐的新手，但拉出去至少面子上过得去了。

"余下的八个三等丫头，十个四等丫头，直接从府里拨过来。"阿如拿着名册子说道。齐悦点点头。不到天黑，余下的丫头和使唤婆子也找齐了。

手下配齐了，第二日，苏妈妈带领管事娘子们也按时过来了，只不过依旧没齐，今日这个没来，明日那个没来，甚至有些一直没来。齐悦只是点点头，并没有说什么，每日让这些管事婆子来也没别的事，就是让每个人说说今天有什么事要做，打算怎么做，第二日再让说说做得怎么样，好了夸两句，不好了也只是让再做去，渐渐地，来的人更少了。

连鹊枝等人都看不下去了，齐悦却依旧没事人一般。

"这也没什么可愁的啊，府里什么都有定制，有管事娘子，你别总紧张地板着脸。"她笑着打趣阿如。

"对呀对呀，姐姐，少夫人肯定没问题，这不是都挺好的吗？"阿好也说道。

阿好已经能下床活动了，只是做不得重活，也不敢剧烈活动，按照齐悦的嘱咐，完全被当作小姐养起来，每天被抬到院子里晒太阳呼吸新鲜空气，好汤好水地喂着。

"你可给我争气点儿，阎王殿上把你拉回来的，多有面子。"齐悦笑道。

这话让本来愧疚自责、觉得自己无用而经常哭的阿好又"扑哧"笑了。

"听少夫人的话。"阿如看着她说道。

当初自己就是因为不听少夫人的话才惹来这场祸事，阿好点点头。

阿好歇着，原本该她作为第一位的二等丫头做的事都由鹊枝来做了，鹊枝成了齐悦对外发号施令的人，就连阿如如今也清闲得很。

"姐姐会不会觉得少夫人不喜欢咱们了？咱们也帮不上忙，反而不如新来的鹊枝。"阿好偷偷地问阿如。

"怎么会？"阿如笑道，看了眼屋内，"少夫人这是要把你我摘出来。"

"摘出来？"阿好歪着头看着她。

"你和我是老夫人留给少夫人最后的两个人了，在大家眼里，我们和少夫人是一体的，少夫人的身份摆在那里，别人不好动她，有什么事便只能冲我们两个

来……"阿如看着阿好病后苍白的小脸,低声说道,一面伸手扶着她坐起来,帮她换换体位。

阿好却是刚坐起来就被针扎一般颤了一下,又侧身躺下。

"如今少夫人找了这么多丫头,什么事都让她们去做,渐渐地,大家就会将视线落在她们身上,这是少夫人为了我们煞费苦心,等将来少夫人走了,我们也可以安全……"

阿好惊讶地瞪眼。

"少夫人走了?"她忍不住拔高声音,"少夫人走哪里去?"

阿如吓得忙拉她,知道自己失言了,眼中也满是不安。

"我?"齐悦走出来,正好听到阿好的话,笑着答道,"我去趟库房,你们看家,别淘气。"

阿好"哦"了声,阿如忙站起来,见鹊枝和篮儿在齐悦身后紧紧地跟着。

"阿如姐姐,门上有你兄弟找你。"一个小丫头跑来说道。

阿如高兴地放下手里的活走出去,见她的兄弟并没有像往常那样蹲在门口的墙角下,而是被让进了门房里。看来少夫人这段日子的行动还是拉了不少人气,捎带着她们鸡犬升天,对此,阿如说不上是高兴还是难过。

两人聊了几句,元宝出了巷子,并没有回家,而是径直来到街上往铁匠铺走去,刚走到街口,就听见一阵喧闹。

"让开,让开!"

两匹马并行疾驰,街上如同水沸腾起来,孩子哭,大人喊,乱成一团。

两匹马之后是一辆疾驰的马车,车夫将皮鞭甩得催命一般,所过之处一片狼藉。

"赶着投胎呢。"元宝从地上站起来,一面拍打身上的土,一面挤出人群,嘀咕着走了。

千金堂不敢说是永庆府最好的医馆,却敢说是治疗跌打损伤最好的医馆。医馆的主人刘普成出身杏林世家,祖上还曾做过太医,他本人更是有一手好医术,手下学徒甚多,但今日这两个伤者抬进来,还是让千金堂手忙脚乱。那几位随着伤者来的大爷个个凶神恶煞,直接将还在医馆内看病的人赶走了。

更不巧的是,刘普成没在——回乡祭祖去了。

伤者躺在门板上,被抬进来时已经陷入昏迷,浑身血肉模糊,血从进门到现在染了一地,那些胆小的年轻学徒吓得都不敢上前。

土匪打架也没这么惨，这些人的穿着打扮也不像土匪，反而一个个衣着华贵，头戴金冠。

看着满屋子的大夫轮番上阵，却始终止不住血，"叽叽喳喳"嚷着"流这么多血救不得了"，来人中一个大汉大吼一声，一脚踢碎了一张条凳，吓得满屋子都安静了。

"刘大夫已经去接了。你们难道都是废物，救不得命，难道连血都止不住吗？"大汉吼道。

这位爷如同黑塔一般，腰里还挂着刀，吓得众位学徒抖了三抖。

"这……这委实……委实伤口太大……撒上去的药根本就没用啊。"大弟子硬着头皮说道，"等师父回来或可。"

"你们这些废物！"黑大汉喝道，又一脚踢碎了一张条凳。

满堂的学徒们噤声缩头。

"先包上，所有的药都撒上。"大弟子只得催着其他人道。

满屋子人忙得团团转。

"缝起来就好了嘛。"

身后忽地响起低低的声音，让急得一头汗的大弟子很是恼火。

"谁在这里添乱呢？"他回头低声喝道。

身后不添乱的学徒们"嗖"地让开了，露出站在最后的一个年轻学徒。

那学徒正和另一个人低声说话，陡然被晾在人前，不由得吓了一跳。

"胡三，谁让你进来的？回后院去！"大弟子看到此人，没好气地喝道。

这个被唤作胡三的年轻人，正是那位给阿如兄弟诊治过的胡大夫。

此时被这大弟子呵斥，再看到满屋子鄙视的眼神，他心里不由得冒火气。

想他也是杏林世家出身，只不过名气不大，爹又死得早，自己没得到真传，好容易走了门路进来这千金堂，想要学好医术重振家风，结果来了三年，连靠近刘普成的机会都没有，更别提学医术了，还要被这些学徒呼来喝去。

你们有什么本事啊，还不是不会诊治这样的伤，还不如小爷我见多识广！

"我知道怎么治。"胡三头脑一热，喊道。

大堂里顿时一片安静。

喊出这话，胡三就慌了，再看所有的视线都落在自己身上，更是心跳得厉害。

"滚下去。"大弟子瞪眼喝道。

大堂里又恢复了热闹，大家各自忙去，胡三被晾在原地，忍不住松了口气。

"说你们见识少还不信。"他满脸庆幸，但又想挽回点儿面子，嘀咕了一句，

转身就走。

刚提脚，他就听身后"哒"的一声大喝。

"那个家伙，给我过来治！"

这声音吓得胡三腿一软就要坐在地上。

"大爷，这个是我们这里的杂工，日常也就负责拣药，根本不会治病。"大弟子忙向那人解释。虽然胡三很让人讨厌，但毕竟挂着千金堂的名字，万一出点儿事，倒霉的还是千金堂。

"你们难道就不是杂工了？照样治不得，反正都是废物！"大汉喝道，大手一伸，便有两个挎刀的冷面侍从几步过来，将已经腿软的胡三拎过来，一把摁在伤者跟前。

"快给我治！"大汉喝道。

胡三欲哭无泪，脸儿惨白。

"我……我……"如果自己说不会治，不知道会不会被这大汉一巴掌打飞脑袋？

"我治。"他一咬牙喊道，将颤成一片的手往外一伸，"拿水来！"

其他人根本没料到他会说出这句话，一时间都吓傻了。

胡三喊得太有气势了，旁边一个学徒也被吓呆了，怔怔地果真端了水给他。

胡三抖着手瞪着眼想着那日所见，一咬牙扯下包裹伤口的布条，却因动作过于笨拙让伤者痛呼一声。大汉的眉头跳了跳，强忍住了。

"我……我现在要给他……他清……清那个伤口……"胡三看着血肉模糊的伤口，哆嗦着说道，一面伸手按住伤口，将水"唰"地倒了上去。

伤者因着突然的刺激打了个哆嗦，血和水混在一起，在地上散开。

"你！"大汉站起来，瞪着胡三，咬了咬牙，还是忍下了。

胡三迈出了第一步，胆子就大了些，要了更多水冲洗伤口，甚至在伤者"嗷嗷"叫痛的时候还敢说几句话。

"这……感染了……那个……细胞什么的……得冲洗干净，要不然，嗯……好不了……忍忍啊，当日那个十四五岁的半大孩子都忍得住，你这么个大人可不能比不过一个孩子……"

那伤者在剧痛下意识清醒，听到他含混不清的唠叨，一咬牙，果真生生地忍住了。

黑脸大汉等几人慢慢地放松肌肉，发出"嘎巴嘎巴"的声音，让周围的其他学徒都吓得脸色惨白。

"好了。"胡三满头大汗，终于冲洗完了，虽然血还在冒出来，但至少伤口处不那么狼藉了。

"拿针线来。"他又一伸手，说道。

学徒们你看我我看你。

"什么针线？"大弟子黑着脸问道。

"咱们这里肯定没有那样的……那……那就拿缝衣服的……反正都是缝……"胡三嘟囔一句，抬头说道。

所有人都"啊"了一声，你看我我看你。

"胡三，你自己寻死的，别怪我不讲情面，待会儿出了事，你就从我千金堂滚出去。"大弟子低声说道。

胡三抖了抖，咽了口唾沫。

"给他拿！"黑脸大汉喝道。

他的话管用，立刻有人飞也似的拿去了。

胡三接过针，针上还体贴地被穿了线……

所有人都瞪眼看着胡三，然后见他抖了又抖，慢慢地将针刺向那伤者的胳膊……

"嗷"的一声惨叫响起，紧接着就是又一声惨叫，还有"吧嗒"一声人和地面相撞的声音。

刚才还在伤者跟前的胡三已经被拍飞，跌落在屋角，撞到桌子上，趴在地上翻着白眼。

"你敢耍老子玩！"黑脸大汉骂道，将拳头握得"嘎吱"响。

所有人都吓得半句话不敢说，那个去拿针线的学徒只怕遭了牵连，"扑通"就跪下叩头求饶。

"我……我真的见过人这样治……"胡三趴在地上，看着似乎还要过来打自己的大汉，吓得鼻涕都出来了，颤声喊道，"就在……就在街上……那个人好好的……"

"你个小兔崽子！"黑脸大汉根本就不听他的，迈步上前一把将他提起，大拳头就要往他头上招呼。

所有人都闭上眼不忍看。

"老马，慢着。"一个低沉的男声忽地响起，听在胡三耳内无疑是天籁。

胡三睁开眼，见自门外又迈进来一个男子，背对着光线也看不清模样，但见身形挺拔如苍松。

"果真有人是这样被治好的?"他站在门口,一手将马鞭子甩啊甩,问道。

"是,是,大爷,果真是。那人原本也是胳膊被砍了流血止不住,那大夫用针缝起来就好了,当时就能下床了,三天就没事了,如今……如今还在郑四铁匠铺子里抡铁锤呢。"胡三大声说道,只怕慢了一步就被大拳头砸碎了脑袋。

"将那人带来我瞧瞧。"刚进门的男子说道,一面大步进来。

他身后有人应声去了。

元宝被带进千金堂时,还处于惊吓中,待看到堂内的情景,更是脸色惨白。

"你们……你们抓我做什么?我没有……没有打架……"他梗着脖子喊道。

"你的胳膊让我瞧瞧。"屋子靠里的一角有人说道。

元宝还没说话,旁边押解他过来的男人就一把按住他,撕烂了他两边的袖子,露出瘦瘦的胳膊。

"右边……"胡三的声音微弱得几乎听不见。

"我瞧瞧。"黑脸大汉几步迈过来,一把揪住元宝拎到亮处。

"你们干什么?"元宝大叫道。

在亮光下,可以看到元宝的胳膊上有一条明显的疤痕,弯弯曲曲如蛇一般,与那些自我愈合的伤口完全不同,上面缝针的针脚清晰可见。

"这果真是缝起来的?"黑脸大汉惊讶地喊道。

元宝忽地明白他们这是要做什么了,扭头向室内看去,果然见到了胡三。

"小兄弟,这是哪个大夫治好的?"黑脸大汉有些激动地问道。

元宝闭着嘴不说话,青涩的脸上满是倔强。

当初姐姐曾经嘱咐过他,千万不能告诉别人给他治伤的人的身份。

"不说?"黑脸大汉有些意外,"这有什么好瞒的?莫非是什么见不得人的人?"

元宝只是不言语,任凭他抓着胳膊的手越来越用力。

"是……是侯府的大夫。"胡三在一旁说道。

元宝恶狠狠地瞪他。

"小兄弟,救人一命胜造七级浮屠,你看这个伤者,可不能再耽误了……"胡三迎着他的目光,急道。

"哦?"堂内坐着的那个男人站起来,声音有些好奇,"侯府的大夫?哪个侯府?可是这永庆府的侯府?"

元宝干脆低下头。

"你这浑小子!"黑脸大汉一巴掌打过去,"信不信老子一刀劈了你?"

元宝栽倒在地上,抬起头,擦去嘴角的血,看着黑脸大汉作势拔出的刀,依旧紧闭嘴巴。

"三庆，咱们家什么时候养着大夫了？"那男人一步一步走出来，问道。

"回世子，并没有。"屋里一个站着的侍从低声答道，"要不小的回去问问？"

那男人已经一步步走到屋门口，元宝抬着头，看清了他的模样。

这是个二十四五岁的男子，皮肤微黑，浓眉大眼，眼睛炯炯有神，鼻梁高挺，薄唇钝颌，眉宇间带着天生的威严。

世子？元宝心里闪过这个念头，面上有些惊讶，还没来得及再想什么，就见这男子薄唇微翘，露出一丝笑意。

"不用，既然这个孩子被这般吓也不敢说，那人的身份必定是瞒着人的，你去问也问不出来，何必浪费那工夫。"他说道，伸手扶住黑脸大汉佩刀的刀柄，"不如，再治一次……"

他的话音一落，元宝就听"锵啷"一声，旋即面前刀光闪过，一阵剧痛瞬时传遍全身。

元宝惨叫一声，抱着胳膊跌滚在地上。

看着那拿着刀依旧微笑的男子，满堂的人只觉得头皮发麻，胡三更是"扑通"一声坐在地上。

这下麻烦大了……

阿如得到消息出门的时候与从库房回来的齐悦正好撞见，阿如本想撒个谎，但她那眼睛肿得像桃子的样子只能骗过一个瞎子。

三言两语就把整件事情都问出来了，听说是自己来这里后的第一个病人又受了伤，齐悦说什么也要跟着去。

"要是旧伤再受创，会很不好治，上次那样的小伤那个家伙都说不能治，我不去，你们怎么办？"齐悦利索地打发了屋子里的其他丫头，让阿如伺候自己换衣裳，"你们两个半大孩子，也没有爹娘，我不去看着不放心。"

阿如还在纠结，齐悦已经换了简单的衣裳，让阿如拿着急救箱。

这边阿如和齐悦出了门，便见到墙角蹲着个妇人，见阿如出来，她明显松了口气。

"快瞧瞧去，就在千金堂呢，那些大夫都救不得。"妇人一脸煞白地说道。

这是邻居家的大嫂子，日常多亏她照顾弟弟，阿如拉着她又哭又道谢。

那妇人一边说话一边带路，阿如和齐悦跟着，走出巷子一拐弯，便来到街上。

"就是这里。"

也不知道走了多远，听到那妇人喊了声，齐悦抬手擦了下脸上密密的汗。

她抬起头，目光落在门匾上。

千金堂。

阿如和那妇人已经奔进去了，屋内传出阿如的哭声，她忙收起视线迈进去。

堂内有很多人，或站着，或坐着，或躺着，却很安静，只能听见伤者持续不断的呻吟。

齐悦顾不得看一下这古代的医院，直奔阿如而去，一看元宝，果然胳膊上受了伤，不过还好，是另一条胳膊。

阿如又是难过又是气，一边哭一边数落元宝，无非是"怎么又去打架"之类的话。

"我没事，姐你别管我，走啊走啊快走啊！"元宝挣扎着要起身，一面大喊。

但很快，站在旁边的两人就伸手将他按住，瘦弱的元宝在这两人的手下如同小鸡崽子一般半点儿动不得，连声音也喊不出来了。

"别动，小心血流得更快。"他们低声说道。

阿如没有怀疑，反而感激地看了他们一眼。

"你是大夫？"

阿如听到旁边有人问。

"我怎么是大夫？你们这里的大夫呢？快给他治啊！"她听到这话，更急了。

旁边没人回答她，齐悦已经走上前。"天啊，你们这里的大夫难道连止血都不会吗？"她皱眉说道，同时伸手，"快，衣服，口罩。"

"还是让这里的大夫……"阿如的视线终于从弟弟身上转开，这才看到室内的人。心"咯噔"一下，她伸手就抱住了齐悦的手。

"他们能治的话还让元宝流血流到现在？"齐悦问道，一面看四周的人。

胡三被身后的男人踹了一脚，颤巍巍地走出来。

"娘子……"他结结巴巴地说道。

看到他，齐悦和阿如恍然。

"又是你啊。"齐悦看着大堂，"这是你的医馆？看上去挺气派的，真是可惜……"

胡三知道她在可惜什么，尴尬地弯了弯嘴角。

"是啊，真巧……"他额头上汗珠滚滚，干脆一弯身施礼，"还得有劳娘子，小子无能……"

"她不能治，咱们回家，回家去。"阿如慌乱地喊道，一面要去抬元宝身下的门板，"大嫂子，大嫂子帮帮我。"

"算了，来不及了！"齐悦说道，神色焦急，将放在一边的包袱打开，周围的人忍不住探头看过来。

这些都是什么啊？白色的布块？

齐悦利索地罩上衣裳，戴上口罩、帽子。

"拿水来。"她说道。

其他人终于从最初的呆滞中苏醒过来，第一反应便是看向堂内的那几个男人，在见到其中一个男人一摆头之后，便有人依言去捧水盆，面带惊异地送过来。

"阿如，剪开伤口周围的衣裳，准备清创。你们再端水来，要烧开的水放凉，越多越好……"齐悦一面飞快地洗手，一面说道，随后"啪"地打开急救箱。

"小娘子，这……这是什么啊？"站在最前边的大弟子忍不住问道。

戴着帽子、口罩，只露出两只眼的齐悦看了他一眼。

"药箱。"她简单地答道。

阿如还在迟疑，被齐悦瞪了一眼。

"我跟你说过什么？动作要快，反应要快，大夫治病都是和死神赛跑，半点儿延误不得。"她皱起眉头，严厉地说道。

齐悦并不是一个态度和蔼的大夫，尤其是在一年的急诊室轮岗之后，虽然那时她自己也不过是个刚毕业的学生，但对实习的学弟学妹们已经很严厉了。

阿如被她喊得一个激灵，忍住了眼泪。

齐悦没有再说话，拿起剪刀剪开了元宝的袖子。接下来的场面对这里的人来说有些熟悉，因为方才那个胡三做过，只不过这个看起来更狠。

看着那女人一次又一次地用凉开水冲洗伤口，甚至用手扒开血肉，围观的人都忍不住打了个寒战。

"这……你这样是……"新奇的诊疗方法对大夫来说都是无法抗拒的诱惑，当然，胡三来展示就是另外一回事了，毕竟外来的和尚会念经嘛。千金堂的学徒们也都忘了堂里这些凶神恶煞的男人，忍不住拥上来，还有人提问，场面一时乱哄哄的。

"清创啊。"齐悦低着头再次洗手，换手套，一面答道，"清洗干净了才能缝合伤口，要不然会感染的。"

"感染？清创？"大家更是一头雾水。

"你……你真的要把伤口缝起来？"大弟子瞪大眼问道。

齐悦拿出针筒抽取麻醉药，奇怪的器械和动作又引来一片问询。

齐悦"嗯嗯啊啊"没有回答，也没法回答啊，这又不是一时半会儿能说清的。

阿如已经不再挣扎，低着头也洗了手，看到齐悦摆出针头拿出线来，忙主动选了块手术巾罩住元宝的胳膊。

这又引来一阵问询，自然也没有得到回答。

很快大家都停止了问询，因为齐悦开始飞针走线。虽然动作跟日常缝衣裳完全不同，针也很奇怪，夹住针的工具更奇怪，总之什么都奇怪，却真的是在胳膊上飞针走线。堂里一片静谧，甚至连呼吸都停止了，所有人都瞪大眼，目不转睛地看着这一幕。

"我就说是这样治的嘛，你们不信……还打我……"又窝回墙角那个黑脸大汉脚边的胡三委屈得只想流眼泪，嘟嘟囔囔道。

察觉一道黑影罩住他，胡三只当又要挨打了，忙抱住头，却并没有拳头落下来，他松开手，看到那个面带笑意手起刀落砍人之后就一直坐着的男人走向堂中。

但愿他不打女人……胡三在心里祈祷。

齐悦缝完最后一针，用消毒纱布盖住伤口包扎了起来。

"好了，这次的伤没有上次严重。不过，性质可是比上次严重。"她对着元宝说道，故作严肃，"你把你姐姐吓坏了，不是说好了不去打架的？男子汉大丈夫，说话怎么不算话？"

元宝涨红了脸，要说什么却说不出来。

"他没事了，不用按着了。"齐悦看向一直站在旁边的两个男人，说道。

这是这药铺的人吧？怕伤者挣扎才按住伤者，果然是药铺，专业人士多，都不用她吩咐，只是这个大夫的技术差了点儿……

那两个男人看了她一眼，然后向她的身后看了眼，得到首肯后，松开手站开了。

"咱们快回去。"阿如忙去搀扶元宝。

"别急着走啊，这边还有个伤者没治呢。"有男声忽地说道。

"姐，快走啊，是他们砍伤我的，骗你们来治病！"元宝终于能说话了，嘶声喊道。

"什么？"齐悦和阿如没听明白，但她们都已经转过身来，然后就看到一个身材高大的男人戳在面前。

哎哟，齐悦只觉得眼前一亮，帅哥啊，就跟从电视中走出来的古装明星一般，瞧这五官，这身材，这气势……

但下一刻，她的眼便是一黑。

"世……世……世子……"阿如颤声喊道，"扑通"跪下了。

第五章　　相　逢

这"扑通"一声在安静的大堂里听起来格外清晰。

齐悦觉得自己的耳膜都"突突"地响。

能让阿如跪下喊世子的人会是谁？

怎么会这么……巧？在家里那么近都碰不上，出个门居然面对面……

如果此时她晕过去，情况会不会好一点儿？但装晕也是个技术活，她一时间还上不了手，于是只能呆呆地看着眼前这张帅气的脸。

帅哥也看看她，神情淡然，目光深沉，眉头微皱，似乎很是诧异。

齐悦被这目光看着，就觉得似乎有双手伸过来，"唰啦"一下将她披着的这身皮撕开了，露出她齐悦见不得光的灵魂，然后在日光下，她当场魂飞魄散。

齐悦还是觉得，自己晕过去是最好的结果，但事实是，她站得稳稳的，还说出了一句很傻的话。

"伤者在哪儿？"

跪在地上的阿如如果说之前已经是心惊胆战，那么在听到齐悦的这句话之后，就是魂飞魄散了。

"世子，世子，是奴婢的错，是奴婢死缠……来这里的，都是奴婢的错。"她连连叩头哭道，饶是此时乱了心智，也还记得不能说出齐悦的身份。

帅哥看看跪在地上哭的阿如。

"你是……？"他面上闪过一丝疑惑。旁边有个侍从及时凑上前，在他耳边低声说了句话，他这才恍然，旋即更惊讶地看向齐悦。

但很快，他恢复了平静，不再理会阿如，而是冲齐悦摆了摆手。

"这边。"他简单地吐出两个字,声音淡淡的,没有感情。

这是在回答自己的话。齐悦咽了口口水,顺着他的手看过去。

随着那帅哥摆手,原本混乱地站在一起的人群瞬时分开了。

"大夫,大夫,这边,这边。"一个大汉冲她大声喊道。在他身前是一块门板,门板上果然躺着一个伤者。

齐悦提脚就往那边走,阿如扑过去抱住她的腿。

"都是奴婢的错,都是奴婢的错……"她哭道,泪流满面地抬头看着齐悦,满面惊恐地摇头。

齐悦明白她的意思,伸手拍拍她的头。

"见死不救是要遭雷劈的。"她笑道。

爱咋咋的吧,反正已经这样了。齐悦挣开阿如,大步走了过去。

这个伤者吓了齐悦一跳。

"我的天,这是你们的仇人吗?"她忍不住喊道。

"这是我兄弟,我能用命换的兄弟。"黑大汉听这话,感觉受到了严重的侮辱,瞪眼拍着胸脯喊道。

齐悦笑了。

"那他伤得这么重,你们也不管,就这样晾着,这人就要休克了,这不是要他的命吗?"她惊讶地说道。

"这不是等着你这位神医来救吗?"黑大汉大声说道,眼中满是惊奇,"原来真的可以把伤口缝起来啊。快,快,已经看到了,你快给我兄弟治。"

齐悦皱眉,这句话的意思她听出来了,正飞快剪去层层包裹伤者的衣裳的手停了下,然后去看缩在一边的胡三。

"喂,你是不是果真试着做了?我不是告诉过你……"她喊道。

想要装作不存在的胡三把头埋在膝盖上。

"元宝的伤……"齐悦又想起元宝刚才的话,一时间所有的事都被串联起来,她猛地站直身子,"哦,是你们干的!"

很显然是这个胡大夫见了伤者,不管当时是怎么回事吧,反正是说出了自己治伤的事,然后这些人可能不信,于是把活标本元宝弄来了……

"姐,我没有说,我没有说,他们……"元宝对阿如说话的声音传来,"我没有和人打架。我在铁匠铺,他们抓我来的,我不说,他……他们就砍我!"

"你们太过分了!"齐悦喊道,这次是真的生气了,"哪有这样干的!"

阿如忙伸手拉住还要说话的元宝,冲他摇头,又按着他给眼前的男人——定西侯世子叩头。

听到齐悦的话，包括黑大汉在内的几个人都互相看了眼。

"这位娘子，我们救人心切，偏这小子就是不说……"黑大汉迟疑了一下，说道。

"你兄弟的命是命，那他的就不是了？"齐悦气急失笑。这是什么逻辑啊？

"行了，人是我砍伤的，有什么大不了的，谁让你这个大夫这么神秘呢？"定西侯世子哼了声打断她的话，从腰里解下一个钱袋，"啪嗒"一声扔在元宝和阿如面前："赏你的，拿着养伤吧。"

齐悦的眼睛瞪得更大了。

这是阿如和阿好口中那个只是有点儿顽劣，脾气有点儿急，其实人可好了的世子？这要是搁在现代，围观群众还不用板砖砸花他的脸？！

看看四周这些群众的神情，居然更多的是感动感激。

"谢世子，奴婢不敢，奴婢不敢。"当事人家属阿如拉着元宝诚惶诚恐地叩头道谢，却是不敢接那个钱。

受害者元宝也知道这个男人是谁了，已经不再愤怒，只是有点儿委屈，跟着姐姐低着头，不说话了。

"这人快不行了！"忽地一个大嗓门喊起来。

这话让所有人都看向那伤者。

"江海，江海。"黑大汉以及定西侯世子忙过去大声喊道。

"让开。"齐悦喊道，制止了陡然围过来的人，"刺啦"一声撕开了伤者的上衣。

"表情淡漠，意识模糊……口唇苍白渐紫……心律加快，肢端温度降低……外创性出血不止导致失血性休克……"

齐悦转身从急救箱里翻出一大包弹性绷带。

"两条静脉通道……"齐悦看着手里那唯一一条橡胶管，一咬牙，用剪刀剪开了。

"阿如，起来，去熬我教给你的盐糖水。"她口中喊道："给我备酒、备炭火、备水……"

阿如在地上咬唇，一狠心站起来，大声应道"是"。

"请带我去能烧水的地方，还要糖和盐。再给我找一个瓶子，空的瓶子。"她大声说道。

满堂学徒此时才回过神，其他人都看向大弟子。

师父不在，他就是主心骨。

大弟子也是一脸震惊,面色纠结,看了看齐悦,又看了看一旁坐着的元宝,最终一咬牙,摆摆手。

"跟我来。"一个学徒立刻说道。

其他学徒也都像无头苍蝇一般跑开了。

这个伤者的伤口大多集中在右臂以及前胸。

"帮我抬起他。"齐悦喊道。

伴着一声喊,那黑大汉等人立刻上前,将伤者平平地抬起来,看着齐悦利索地用大大小小的白布包裹伤者。

"这止不住的,不是说缝起来吗?"黑大汉喊道。

"他休克了,先要抗休克。"齐悦在百忙之中答道,一面压住血管。

不多时,阿如捧着一个酒瓶跑过来。"在冷水里冰好了。"她喊道,"我还在熬。"

齐悦在指压止血,冲她点头。

"在那个胶皮手套上铰下一块,包住瓶口,再把针管扎上去,接上这个胶皮管。"

"我……我来吗?"阿如一脸惊慌,捧着酒瓶的手有些发抖,"我不行的……"

"阿如,你行的,你见过我怎么做的。"齐悦冲她喊道,鼓励地点头。

阿如咬着下唇,咽了口口水,重重地点头,转身站到急救箱一旁摆开的工具前。

"先消毒。"齐悦提醒她。

阿如点点头,用颤抖的手拿起剪刀,学着齐悦的样子放入一旁盛酒的盆子里;然后从封闭袋里拿出一只手套,笨拙地从上面剪下一个圆。

"做好了。"她捧着这个简陋的点滴器给齐悦看,神情忐忑不安。

"很好。"齐悦点点头。扎针阿如是无论如何也做不了的……

她扭着头四下看。

"那个,姓胡的。"她喊道。

一直站在人群里的胡三被喊得一愣。

"你过来,给我按着。"齐悦冲他摆摆头。

"我?"胡三瞪大眼,一脸不敢置信。

"你惹的麻烦,难道想一点儿也不管吗?"齐悦瞪眼喝道。

胡三三步并作两步就过来了。

"用酒洗手,去拿个手套戴上。"齐悦瞪他一眼。

胡三尴尬地站开,果真撩了酒擦手,但这个手套……怎么弄?

"这个，这样戴上去。"阿如站过来，低声说道，给他指了指其中一个封闭袋。

"多谢姑娘。"胡三一脸讨好地笑着对她说道，这笑容里更多的是歉意。

阿如转过头，没有再理会他。

胡三讨个没趣，笨拙地戴好这个难戴的手套，满眼惊奇。

"过来，按着这边。"齐悦已经等得不耐烦了，喊道。

胡三忙过去了，看着齐悦指点他，同时带着几分防备看了看身边的人，尤其是自己那些学徒师兄弟。

"是这样？是这里？"

好容易胡三按对了地方，齐悦这才再次消毒，接过针头给伤者扎上。

"这……这是什么东西啊？"看着奇怪的东西刺入皮肤，那大弟子问道。

"这是盐水，嗯，算是吧，反正就是补充体液的……呃，体液嘛就是体液……"齐悦含糊地解释道。

大弟子开了口，而且齐悦还不是那种什么都不说的人，一群人"呜里哇啦"地开始询问。

黑大汉敲着桌子喊道："你们这些废物，都给我闭嘴。"

这话让这些人安静下来，面色很是难堪。

"人也不可能什么都会啊。怎么，当医生，不是，当大夫的就该包治百病啦？治不好就是废物了？就成罪人了？什么逻辑！别人会，你不会，你就是废物了？"齐悦哼道。

相比来说，她还是跟同行亲近，更何况这些人，哼哼……我救人是职责，可不是原谅你们了。

黑大汉瞪眼。

"看在你是常爷家里人的面子上，我不和你计较。"他哼了声，不说话了。

没想到齐悦会帮他们说话，学徒们的神色都欢悦起来，但也没有人再问了。

"你们遇到休克是怎么治的？"齐悦反而和他们说话了。

大家精神一振。

"我……我们……"胡三抢着开口，张开嘴才发觉自己不知道。

"娘子，你说的休……休克，也就是脱阳之症吧？"大弟子开口了。

哦对，中医是这样说的。齐悦点点头。

"自然是固气防脱，煎生黄芪、山药灌服。"大弟子答道。

"那快煎来给他服下，双管齐下起效更快。"齐悦忙说道。

大弟子迟疑了一下，最终点头。学徒们立刻去了，不多时便端了药过来，用

鹤嘴壶给伤者灌下去。

就跟方才他们看齐悦那般，齐悦也好奇地看着他们的动作。

过了一刻，拿出血压计量了量，齐悦稍微松了口气。不管黑猫白猫，老鼠有被抓住的希望了。

"可以给他缝针了吗？"

黑大汉忍不住又问道，看看齐悦手里的奇怪东西，又看着那边胳膊酸痛、满头大汗却动也不敢动的胡三，觉得伤者这样太受罪了。

"下一步就可以了，不过，在这之前，我需要备血。"齐悦看向眼前的急救箱，黑大汉清楚地听到她说了一串自己听不懂的话，"这家伙是什么血……哦太好了，急救箱果然齐全……竟然还有ABO血型快速检测卡……来来……"

"这……是什么？"大弟子看到她拿着一张奇怪的纸片，忍不住问道。这是纸吧？从来没见过这样的纸啊。

齐悦从伤者身上取了血，认真地看着试纸的变化。

"这个啊，可以分辨人的血型。"她答道。

"血型？是什么？"大弟子非但没明白，反而更糊涂了。

"血型就是……就是人和人的血不一样，呃……就是……好了。"齐悦有些为难地说道，从口罩后发出闷闷的声音，"A……"

然后她停手，看着堂中的人。

"现在，这个伤者需要血，谁来把自己的血给他？"她问道。

"什么？血？把血给他？"

"这位娘子，你说的是什么意思？"

满堂的人哗然。

"就是说，这个人身上的血流出的太多了，失血过多，人是会死的，知道吧？"齐悦说道。

知道，知道，满堂的人都点头，傻子都知道。

"所以呢，就需要补充血，也就是把别人的血给他一些，这样，他就不会因为失血过多死去了。"齐悦接着说道，"那么现在，谁来试试？看血合适不合适，好给伤者一些。"

这话让大堂里瞬时乱起来，每个人都面色惊惧，议论纷纷。

"我来。"黑大汉大声说道，毫不犹豫地站出来，"我的命就是我兄弟的命！把我的命给他！"

齐悦虽然是对着大家说话，但看向的是站在一旁的定西侯世子，"自己"的丈夫。

定西侯世子同样看着她，嘴边浮现出一丝笑。

"我来。"他迈步上前。

见他居然开口说话且站出来，很多人大惊。

"世子，不可。"他们站出来阻止。然后更多人站出来，争先恐后地要用自己的血。

看起来倒真是兄弟，且有些血性，齐悦心里的火气小了一些。

"不是要命，只是要一点儿血，也不是谁都可以的，我得看看，那个人的血必须跟这个伤者的相同。"她说道，从盒子里捡起一个干净的针头。

"怎么看？"定西侯世子问道。他已经走到齐悦的面前，俯视着她。

"伸手。"齐悦说道。

定西侯世子毫不犹豫地伸出手，身边一片劝阻声。

齐悦伸手拉住他的手。

身旁的人都瞪大眼，还有些人不好意思地转过头。众目睽睽之下，这女子是要做什么啊？

定西侯世子的手被女子的手突然拉住，身子也是一僵，下意识地就想收手，但齐悦已经拿着棉球擦拭了他的一个指尖。

"别怕疼啊。"齐悦说道。

定西侯世子心里嗤笑一声，还没说话，指尖刺痛，身子本能地绷紧，齐悦已经取了血松开了他。

"大夫，我的。"

立刻有很多人把手递过来。

"等一下，一个一个来。"齐悦说道，看着手中的试纸，慢慢露出惊喜的笑，抬头看着定西侯世子："嘿，真是好运气啊，你的正合适。"

她的脸被口罩罩住，笑容自然看不到，那双眼睛里的笑意却是清晰地落在定西侯世子的眼里。

这句话让周围的人愣了一下，旋即乱起来。

"他不行，他绝对不能。"大家大声嚷着。

"看来我的血合适，你很高兴啊。"定西侯世子摆手制止众人的喧哗，看着齐悦，忽地哈哈笑起来。

这有什么好笑的？被看穿心思的齐悦有些不自在。你伤了人，自然要受点儿惩罚。

"大夫，你莫要胡闹。"另一个男人站出来，伸手按住定西侯世子的肩头，"你也别胡闹了。"

"谁胡闹！"

齐悦和定西侯世子同时说道，说完有些意外地对视一眼。

"我说过了，死不了，只是用一点点血而已。"齐悦转开视线说道，将这个用过的针头在酒里涮了涮，扔进一旁的炭火里，再次拿起一个针头，"只要从每个人身上取一点儿，就足够他用了。来，下一个谁来试试？"

听到这话，所有人都松了口气，争先恐后地伸出手来。

还不错，这个伤者运气好，这里有四个和他血型相同的人。虽然定西侯世子是真的打算献血，但还是被众人劝住了，毕竟这种事闻所未闻。

那根用来输液的橡皮管子再一次派上了用场。供血者躺在桌子上，伤者躺在地上的门板上，两个针头，一根橡胶管，这就是齐悦来到古代后第一次输血的场景，简陋而且违规，令她不忍直视。但在场的所有人都瞪大眼，死死地看着这场面，看着那血从一个人的身体里流向另一个人的身体里，而那个快要死去的人一点儿一点儿地恢复了神志。

"我死了吗？"伤者慢慢地睁开眼，发出呢喃声。

"没死，有哥哥在，没人能让你死。"黑大汉第一个冲上去，将大头伸到他眼前，大声喊道。

伤者的脸上浮现出一丝笑。

"有哥哥这大嗓门，就是有阎王在，也要被吓跑了。"他虚弱地说道。

这人还挺幽默的，精神不错。齐悦心想。

"我瞧瞧血压。"她说道，拿着血压计走过来。

伤者这才看到这个打扮奇怪、只露出两只眼的女人，眼神困惑。

"这是世子爷特意从家里请来的好大夫。"黑大汉忙说道。

他并不知道齐悦和自己世子爷的关系，阿如见到世子的时候已经吓得魂飞魄散，哪里敢喊出齐悦的真实身份。

"多谢世子爷，江海无以为报……"伤者挣扎着要起身，这才发现自己身上的怪异，"这……这是什么？"他看着双臂上的奇怪东西，然后顺着管子看到了人……

"小爷，咱们的血是一样的。"那位供血者咧嘴一笑，满脸红光，与有荣焉。

"你失血过多，这是在给你补血。"齐悦笑道。伤者的脸变得苍白，显然被这一幕吓得不轻。

"别动，让……让……"走过来的定西侯世子最终含糊地略过了对齐悦的称呼，"给你治伤，早些好起来，好去讨回公道。"

伤者带着满满的感激点头。齐悦也量完了血压。

"可以动手术缝合了。"她吐了口气，说道。

算起来，她齐悦从实习那天开始到穿越前，做过的这种诊疗不计其数，但这次是成就感最强的。

"阿如铺单。"她说着，走到急救箱前，视线逐一扫过那些再熟悉不过的器械，忽地脸色一变，"糟了！"

这话让众人吓了一跳。

"少……怎么了？"刚拿起充当手术巾的白布的阿如忙问道。

齐悦拿起一个又一个药瓶，头上"噌噌"地冒出汗来。

"没了……都没了……"她"喃喃"说道。

"什么没了？"站在一旁的定西侯世子问道。

"麻醉药……所有的，局部的、全身的……全都用完了……"齐悦"喃喃"答道。

她就知道会有这么一天，何止麻醉药……

齐悦的视线扫过急救箱，面上浮现出苦笑。她带的急救箱是临时超配的，比平常急诊室配备的还要齐全些，饶是如此，手套、针头那些不能报废的都被她消毒煮过、晒过接着用了，但有一些东西是不可能重复利用的，比如麻醉药，比如抗生素、碘酒片、消毒片、缝线……

"回去拿。"定西侯世子浑不在意地说道，抬手招待从过来。

齐悦摇摇头。

"没了。"她说道，神情沮丧。

"没了？"定西侯世子皱眉，对她的话不能理解。

"这手术我做不了。"齐悦"啪"地放下手里的东西，说道。

满堂哗然。

"大夫，你是还在恼火我们砍伤了这个人吧？"黑大汉大声喊道，涨红了脸，"当啷"一声拔出腰里的刀。

四周人吓得"轰"的一声散开。

"不能打女人，不能打女人，要打打我。"胡三也顾不得按着血管了，"扑通"就跪在那大汉身前。

"我砍伤自己给他赔罪，如何？"黑脸大汉并没有举刀砍向齐悦，而是反手把

刀架在自己胳膊上，瞪着血红的眼喊道。

伴着他的动作，更多人拔出刀或者剑。

"我来。"他们纷纷喊道。

看着这些急红了眼的人，齐悦又是急又是恼火又是难过。

"不是因为这个。"她只得举着手大声喊道，盖过这乱哄哄的叫喊声。

"那是为什么？"定西侯世子问道。

"这个药，"齐悦将麻醉药的药瓶一把抓起来举给他们看，"是用来消除手术时疼痛的药，现在全部用完了。"

说到这里她又笑了。

"本来还有点儿，不过被你们用来试验了……"她看向一旁的元宝，"可见害人者必自害。"

"少废话！"定西侯世子喝道，面容瞬时变得阴沉。

这句话吼出来，让大堂里所有人的心跳都停了下。他们已经知道这个男人是这永庆府第一高门贵族定西侯府的世子，别说骂个人了，就是打死人，也没人敢把他怎么样。

"世子爷。"阿如眼泪涌出来，"扑通"跪下叩头。

"你喊什么喊？还好意思骂我？"齐悦"啪"地将手里的药瓶砸在桌子上，并没有如大家猜测的那样掩面哭起来，而是竖眉瞪眼喝道，"自作孽不可活，你活该！"

满堂人刚恢复正常的心跳顿时又停了，阿如更是吓得连眼泪都不流了。

"你……"定西侯世子盯着她，面上阴云密布，额头青筋渐突。

"我说得不对吗？"齐悦毫不退让，也瞪着他。她什么样的家属没见过，什么样的医闹没见过，治病的时候，这里是医生的地盘，才不会轻易就被别人控制！怕你？才怪！

"好了，都别吵了。"一个男人摇头说道，一面伸手将定西侯世子拉住，一面冲齐悦温和一笑，"这位娘子，没有这种药，手术是不是真的不能做了？"

"那当然。你要知道，这个手术是要用针线把血管、肉、皮缝起来，那得有多疼，没有麻醉药，人根本受不了。"人给我笑脸，我自然给人笑脸，齐悦神情缓和下来说道，叹了口气，想起什么，看向那大弟子："哎，对了，你们，你们有没有麻醉药？"

"麻醉药？"

"你们叫什么？麻沸散？就是华佗、李时珍都发明过的。"

"华佗我知道，只是这李时珍是何人？"大弟子问道。

齐悦张口结舌。

"不管是什么人，你们中医应该也有麻醉的药，快些给他用。"她甩开这个问题，忙忙地说道。

"华佗神医所创的麻沸散我们无缘得见，如今只有睡圣散，不知道可否？"一个声音从外边传进来。

大家循声看去。

"师父！"千金堂的学徒们顿时满面惊喜。

那是一个年约五十的老者，须发斑白，穿着长衫，面容慈祥，他便是千金堂的主人——刘普成。

不知道他是什么时候站在这里的，所有人的注意力都被齐悦这边吸引了，竟无一人察觉。

刘普成说话时，从元宝旁边站起身来，一面放下元宝的袖子，显然刚查看过他的伤口。

弟子们纷纷拥过去问候。

"且不说这个，救人要紧。"刘普成摆手制止徒弟们的喧哗，迈步上前，口中说道："这位娘子，可能一试？"

齐悦看着这老者，点点头。

老者归来，满堂学徒有了主心骨，很快按照他的吩咐端来了药。

齐悦停止输血，看着那老者亲自喂伤者喝下药，然后等待药起效。

"娘子，请试一试吧。"刘普成说道，让开位置。

也不知道行不行。齐悦深吸一口气，剪开包扎的纱布，拿着剪刀，慢慢接近失活的肌肤。伴着她的动作，伤者陡然发出一声惨叫，但他很快咬牙忍住，却已经痛得浑身不自觉地发抖。

齐悦咬着牙剪下这块肌肤，然后拿起持针器，慢慢地穿向一根血管……

呼痛声无法克制，伤者浑身痉挛。

"不行，不行。"齐悦放下针和镊子，摇头喊道。

所有人这才见识到有多痛，忍不住去看一旁的元宝，想起方才他缝合的时候就跟没事人一般。

"这么厉害的麻醉药啊……"有人忍不住"喃喃"自语，看向被齐悦扔在一旁滚落在地上的空瓶子。

伴着方才的动作，再加上解除了止血带的束缚，血又开始从伤口处涌出。

"果然是不行啊。"刘普成脸上也满是失望，"当年传华佗神医剖腹救人，一碗麻沸散吃下去，无痛无觉，看来是真的，只是偏偏失传了。"

齐悦一脸沮丧。

爸，离开了那些器械，离开了那个环境，我真是什么都不行……

"大夫，"伤者虚弱地喊道，"没关系，我能忍，给我拿根棍子咬住，你别管我，继续缝吧……"

"不行的，这痛不是你想忍就能忍的。"齐悦蹲在他面前，声音低沉地说道。

"大夫长得这么漂亮，不是说秀色可餐吗？我看着大夫，就能止痛了。"伤者咧嘴一笑，露出两排白白的牙。

谁也没料到他会说这个，众人先是愕然，旋即失笑，除了惊惧的阿如以及依旧沉着脸的世子爷。

"你这臭小子，都什么时候了，还不忘油嘴滑舌。"黑大汉笑骂一句，揉了揉红红的眼。

齐悦也忍不住笑了。

"要是真这样管用就好了。"她说道，旋即又叹了口气。

"不管怎样，还是试试吧。"刘普成说道。

"可是，真不行，会活活痛死的。"齐悦摇头看着他。

"不会，我们只会被人杀死，绝不会痛死。"定西侯世子慢慢地说道。

"话说得很好，但是这不科学。"齐悦没好气地说道。

"娘子，如果还有救的机会，那就试试吧。"刘普成再次说道，"如果不试的话，岂不是连一点儿希望都没有？"

齐悦看着他的神情，忍不住一怔。这个突然出现的老者，怎么会对她如此鼓励？他也是位中医吧，难道竟然没有丝毫质疑？

"我看了这孩子的伤口，"刘普成似乎知道她在想什么，微微一笑，伸手指了指一旁的元宝，"你如果还能实现跟他旧伤一般的效果，娘子，这是大功德。"

他郑重地说道。

"可是，没有麻醉……"齐悦犹豫地道。

"治病不一定都要靠药，人的意志，不试一试怎么知道呢？"刘普成含笑打断了齐悦的话，神情鼓励中带着坚定。

这种神情好像她的老师啊，带着她们上第一次实习课、第一台手术的老师。

没关系，别怕，胆子要大，心要细，手要稳，来吧，试试吧。

齐悦咬着下唇，再一次拿起持针器和镊子。

千金堂门外的行人被吓到了。

"这是怎么了？里面杀人呢？"大家听着传来的痛呼惨叫声，吓得纷纷询问，有胆子大的要来看，被学徒们拦住关上门。

"没事，没事，治伤呢。"学徒们维持秩序，驱散围观者。

门窗关上，惨叫痛呼声依旧传出来，让这些跟着师父见过不少重伤者的学徒都忍不住浑身发抖。

齐悦的眼泪忍不住流出来，但她很快用肩头蹭了蹭。

渐渐地，她的手由缓慢颤抖变得稳健，似乎已经听不到伤者的痛呼声。四五个人帮忙按着伤者，以防剧烈的颤抖和无意识的挣扎影响了齐悦的动作。

齐悦抬肩，用口罩擦去影响视线的眼泪，缝线，打结，剪断，穿线……

额头上的汗一层层地流下来，模糊了她的双眼，她不得不眨着眼。忽地，一只手拿着手帕伸过来，有些笨拙地擦着她的额头。

齐悦微微愕然。终于有"护士"助手了，阿如这次真是长进了。她抬起头，要给阿如一个感激的笑，却看到这个"护士"是定西侯世子。

见她看过来，再看周围人也投来惊讶的视线，定西侯世子有些尴尬地收回手。

他也不知道为什么会这样做，只是似乎汗水很让她受影响——不时地眨眼，还偶尔用胳膊擦拭……会影响给伤者治病吧……

"这边。"齐悦从口罩后发出闷闷的声音，将头微微扭了下，将右边的额头展现给他。

这女人……定西侯世子有些不自然地看了下周围，迟疑了下，还是伸出手给她擦了。

"世子，我来吧。"阿如这时才反应过来，忙上前，低声说道。

定西侯世子将手帕扔给她，站开了。

伤者果然因为剧痛休克了，但这一次，齐悦没有停手。

"阿如，再拿盐水来。"她喊道，又看向一直在一旁认真看着的刘大夫，"再熬你们的那个……那个……"

"熬当归四逆汤来。"刘普成接过她的话，对徒弟们说道。

齐悦感激地看着他。

"娘子，继续吧。"刘普成看着她，微微一笑。

齐悦缝合完毕的时候，天已经黑透了。

"你说用了这个就可以不生脓疮？"刘普成拿着小小的药瓶，眯起眼，在灯下仔细地看，小心又好奇。

"是啊，这是抗生素。"齐悦说道，将针筒里的药打进酒瓶里。

"少……娘子，这些东西……"阿如过来请示。那些针头、剪子、镊子她都煮过收好了，剩下那些用过的手套、棉布、棉球、手术巾等东西堆在那里。

"挖个坑，烧了深埋。"齐悦说道。

"都烧了吗？这些还能用……"阿如有些舍不得。

来时满当当的急救箱已经空了一大半，那些绷带、无纺布还是小事，关键是那些药，都已经告罄。

"手套留下吧，用酒泡一下，然后找个锅大火蒸一下，也许还能派上用途。至于别的，烧了吧。"齐悦说道。

阿如点点头，转身去做了。

"我帮你，我帮你。"胡三忙说道。

"你别乱动，你不会。"阿如低声喝止他，低着头也不看他，"免得感染了，添乱。"

胡三讪讪地摸头。

"我帮你烧水。"他又说道，撒腿先行一步。

这边刘普成放下药，又来看伤者的包扎情况。所有的外伤消毒药棉齐悦都用上了，但创口太大，她还是有些忐忑。

"这些都是能阻止生脓疮的？"刘普成问道。

齐悦点点头。

刘普成弯身给伤者诊脉，面上浮现出惊讶，又有些迷惑，但什么也没有说。

"老夫一直在旁边看着，你是怎么用这个管子就把别人的血给他换入体内的？"他站起身问道。

齐悦简单地说了原理，但因为词汇交流困难，听者越发糊涂。

"也就是说，并不是任何人的血都能随便给别人输送？"刘普成问道。

齐悦点点头。这一点她可得好好嘱咐，免得又出现胡三那样随便拿针就去给人缝伤口的。

"娘子师承何人？"刘普成问道。

这话问得齐悦一愣，不知道该怎么作答。

"这个，我的师父很多，不……不是叫师父……"她说道，陡然想起屋子里还坐着一个人，一个对"自己"比自己还熟悉的人，舌头一转，"说出来不怕刘大夫你笑，我原本是个乞儿……"

刘普成"哦"了声，面上并没有瞧不起，反而多了几分敬佩。

"所以呢，一路行来，遇到了很多人，这个人教点儿，那个人教点儿，东一榔头西一棒子，也没个系统……"齐悦笑道，"还有，我奶奶会的更多，我都是跟她学的，这些东西也是她留给我的……"

她指了指已经收拾好的急救箱。

齐月娘的祖母在齐月娘被接入定西侯府前就死了，定西侯府见过她的人只有老侯夫人，而老侯夫人如今也不在了，死无对证，齐悦就将那些无法解释的事都推到她身上。

刘普成面上没有丝毫怀疑，点点头。

"俗世多奇技。"他说道，伸手捻着胡须，带着几分追忆，"我们刘家祖上原本是木匠，给了一个上门乞讨的乞丐一个炊饼，那乞丐便留下一个能治蛇缠腰的方子，借着这个方子，我的先祖才一举成名，开始走上这条路。所以祖上留下规矩，子孙后代见了乞丐上门不可慢待，每年还要专为乞儿施粥一次……"

真是神奇的传承，齐悦觉得很好玩。

还有蛇缠腰这个病……

"你们怎么治这个急性疱疹的？那个方子真的特别管用？我们一般用阿昔洛韦片，也没什么好的办法……"齐悦带着几分好奇说道。

"疱疹？什么阿……起微？"刘普成听得一头雾水，不解地问道。

齐悦搓搓手，讪讪地笑了。

"娘子，时候不早了。"阿如从后边走出来，低声说道，打断了他们的谈话。

夜色浓重，街上早已经没了白日的喧嚣。

"那这个伤者……"齐悦有些迟疑。

"娘子放心，老夫会亲自看着，娘子白日再来。"刘普成说道。

阿如偷偷地看了眼一直坐在一边的世子，伸手扯齐悦的衣袖。

"那好吧，该做的都已经做了，尽人事听天命吧。"齐悦说道，"我明日一早就来，今晚这个点滴不要停。"

点滴……刘普成顺着她所指，看向那个倒挂的酒瓶。

"这里面的东西怎么熬制，我已经让阿如告诉你的学生了。"齐悦说道。

她话音才落，就见刘普成肃然站直身子。

"是哪个？"他大声问道，"哪个知道娘子这个点……点滴怎么做的？"

立刻有一个小学徒诚惶诚恐地跑过来。

"叩头。"刘普成肃容说道。

小学徒"扑通"就给齐悦跪下叩头。

"这是干什么?"齐悦吓了一跳,忙阻止。

"你向娘子发誓,此后便是娘子门下,绝不会欺师灭祖,吐露半点儿秘方。"刘普成继续肃容说道。

那学徒看着刘普成,又看着齐悦,一脸纠结。

"师父,徒儿……"他眼圈都红了。

"不是,这算什么秘方啊?不是什么秘方,就是盐水糖而已。"齐悦笑道。她对这个老者很是敬佩,不想让他如此生分,不待他拒绝就快速地把成分说了。

"这不是什么稀罕的东西,大家就算都知道,用起来也不能救很多人,还不如你们的药管用。就是快速补充体液时用用而已,没有输液管子,没有静脉注射,就算知道配方照样没用。"齐悦说道。

刘普成这才稍微心安,但还是冲齐悦恭敬地施礼道谢。

"娘子,放心,我会好好照看这个伤者的。"他再次说道。

齐悦点点头,冲阿如摆摆手。

"那我们走了。"她说道。

阿如忙拎起已经包好的急救箱跟着,看齐悦看也不看坐在一旁的世子,她忙又伸手拉住齐悦。

"世子爷。"她低声唤道。

"我这就回去了,你们在这里看着江海。"定西侯世子站起身,对黑大汉以及其他几个人说道。

"世子爷放心。"

"世子爷快回吧。"

纷乱的道谢、告别声中,定西侯世子迈出门。

门外早有侍从牵马等候,他没有看齐悦和阿如,翻身上马,拍马而去,留下惊恐的阿如。

"世子爷。"她不由得追上几步,却哪里赶得上马儿的速度。

人早已经不见了,就连那跑步跟随的侍从都远去了。

"少夫人,世子爷一定是生气了。"阿如转身哭道。

齐悦撇撇嘴,悠悠地慢行。没个男人气概,大半夜的把两个女人扔下跑了,更何况这个女人从法律上说还是他老婆……

齐月娘啊齐月娘,你说你这是什么倒霉命啊,摊上这么个人。

"这个人就是那个常云成啊？"齐悦问道。

"是啊。"阿如一脸忧愁地答道。

长得倒是比兵马俑强些，只不过这脾气真是……齐悦摇头。

"真是太过分了，居然随意伤人，不把人当人看！"她愤愤地说道。

"奴婢们在世子爷眼里算什么人……"阿如苦笑道，反而对她摇头。

齐悦还能说什么？普及一下人权概念？阿如只会当她疯了。齐悦只能摇头，不再继续这个话题。

"回去可怎么办啊？"阿如才没她那个心思，一路上焦躁不安，又哭了，"出来这么久，家里可怎么交代啊？"

说着她抬手打自己，责怪自己惹祸。齐悦少不得安慰她，两人又是哭又是说地走到家门口。

"咱们从这边绕过去，离角门近……"阿如哽咽地说道，一面抬手擦泪，一面想着回去后怎么解释，忽地眼睛一亮，"世子爷。"

齐悦随着她的视线看去，就见离定西侯府邸不远处，果然有几个人站着等候，她眯起眼，在夜色中分辨出那个男人挺拔的身姿。

"那女人到现在都没回来？"谢氏冷着脸问道。

"是啊，夫人，您要不要去那个丫头家里找找？"苏妈妈低声说道。

"找？"谢氏笑了，旋即脸一沉，"堂堂侯府少夫人半夜不归，她还想留在这个家里？是万万不能了。"

那是自然，苏妈妈点头。"夫人，我已经吩咐人把角门插上。"她低声说道，脸上带着满满的笑。

谢氏点点头，亦露出满意的笑。

"夫人，世子爷回来了。"有丫头在外说道。

谢氏顿时鲜活起来。

"不是说要在外面住几天，怎么今日回来了？"她忙起身。

"还是记挂夫人您。"苏妈妈笑着扶着她，一面问小丫头："快问世子爷吃过饭没？吃了酒没？谁跟着呢？有人去接没？"

"奴婢没问，世子爷和少夫人一起回来的。"小丫头答道。

正往外走的谢氏和苏妈妈顿时脚步一顿。

"什么？"谢氏一脸惊愕，"跟少夫人一起回来的？"

她转头看苏妈妈，苏妈妈也是一脸惊愕。

"不是说她去丫头阿如家里了？怎么……怎么又跟世子一起？"她瞪那小丫头，"你没看错吧？"

"奴婢没有。"小丫头忙说道。

这边苏妈妈已经不问了，因为她看到，在几盏灯的引路下，世子迈进了院门，而在世子身后，便是那个女人。

看着那一前一后走来的一对人，谢氏慢慢地收回手，转身又回了里屋，脸色冰冷。

这是她第一次在外出的儿子进门时没有在堂屋或者门口迎接。

在灯光的照耀下，齐悦那粉色交领上的金线刺绣莹莹发光，谢氏的视线不自觉地扫过时，便觉得一阵气闷，于是听儿子说话都有些心不在焉。

"……没想到他带着妻子过来，便让人请了……"常云成说到这里，顿了一下，不由得看了一旁的齐悦一眼。

这个女人叫什么来着？

齐悦没有看他，低着头，看上去很是恭敬，其实目光锐利的人还是能看到她偶尔打一下哈欠。

"原本打算吃过饭就回来，结果许久未见，说着说着就晚了。"常云成干脆不再提名字，反正大家也知道他说的是谁。

"也该派人说一声，大半夜的，吓得一家人不安生。"谢氏淡淡地说道。

"是，母亲，媳妇错了。"齐悦略一施礼，从善如流地说道，"当时媳妇正好出去了，回来进家门时遇到世子爷派人来请，说是挺急的，媳妇不敢耽搁，便急忙地去了。"

这也是事实，一切麻烦都是这个常云成惹出来的，我又没错，你们母子俩解释去吧。

室内沉默了一刻。

母子两人都不是傻子，自然听得懂她的意思。

这个贱婢粗俗得令人恶心，从前是，如今更是。谢氏轻轻地握了下放在膝上的手。

"时候不早了，回去早点儿歇息吧。"谢氏说道。

"让母亲担忧了，母亲也早点儿歇息吧。"常云成起身，一面施礼，一面说道。

谢氏看着儿子露出笑容："快去吧。"

常云成这才转身，一直被当作透明人的齐悦自然跟着转身。

苏妈妈亲自送他们出去，看着两人走远了才转身回来。

"出了门,世子一句话也没说,看也没看她一眼。"她一面帮谢氏卸去钗环,一面低声说道,"夫人,看来真是叫她去陪郭小公爷的夫人而已。您看,方才世子爷连她的名字都懒得喊,更是瞄都不瞄她一眼。"

谢氏也想起方才的场景。自己这个儿子性子直爽,喜欢就是喜欢,不喜欢就是不喜欢,从来不藏着,方才的表现的确是对这女人比对陌生人好不到哪里去。她的面色这才好点儿,散开头发,倚在引枕上。

"也怪不得他。"她缓声说道,"那女人说到底是他的妻子,顶着个名,有些事还真非得她去不可。"

说到这里,她面色阴沉:"由不得咱们成哥儿愿意还是不愿意。"这句话说得就有些咬牙切齿了。

苏妈妈也叹了口气,轻轻地给她揉着腿脚。

这边主仆怎么怨愤,齐悦并不理会,只觉得今天身心疲惫,但还有一丝兴奋,因此离了荣安院就一路面容欢悦地走回去。至于那个世子,他走得快,自己走得也不慢,两个不同的方向,井水不犯河水。

没有现代麻醉药完成一次大面积的外创缝合手术,虽然还不知道结果如何,但光是敢下手这一点,搁在现代就是想也不敢想的事,有也是在艰苦的抗战时期了。到时候她回去,跟别人说起,只怕都没人信。唉,不知道自己什么时候才能回去……

"少夫人,您怎么不跟世子爷说句话就走了?"阿如在一旁打断了齐悦的胡思乱想,"认个错……"

"那种人,我根本就不指望他能认错。"齐悦摆摆头说道。

阿如哭笑不得。

"少夫人,是您认错。"她紧走几步跟上,低声说道。

"我?"齐悦看她,"我有什么错?我救死扶伤还有错了?"

"您是少夫人,是不能随便出门的,更别提做这个。"阿如苦笑道。

齐悦冲她摇摇头,停下脚步。

"这是什么道理?是他骗我去的,还是用那么恶劣的手段。"

阿如也不知道说什么好了,想一想的确是。

"还是怪奴婢,那次就不该让您给元宝治伤,要不然也就没有这么多事了。"她叹了口气,又自责起来,哽咽地说道。

"天哪,你想什么呢?"齐悦瞪眼看她,"你这是说,宁愿自己兄弟死了?"

阿如凄凄一笑。

"奴婢们都是贱命，死了也就死了。"她"喃喃"说道，眼泪滑下来。

齐悦看着她，无语。这都什么逻辑啊？

"阿如，我不是少夫人。"齐悦略一沉默，说道。

阿如一怔之后自然明白她说的是什么，顿时吓得魂飞魄散，抬手就去捂齐悦的嘴。

"您是少夫人，您就是少夫人。"阿如咬着下唇，眼中含泪，说道。

齐悦被她逗笑了，拉下她的手。

"我是说，阿如，我知道你们规矩多，但是，我是做不到的。"齐悦继续前行，看着明亮的星空，"在规矩、身份和救死扶伤之间选择，我永远不可能选择前者。在面临紧急情况的时候，我所考虑的只是怎么最好最快地救人，或许这就是生活习惯和环境的差别造就的，又或许是我不想变得不是我吧。"

而且，也许，这只是一场梦而已。

阿如似懂非懂。

"可是，您这样会不讨喜的，不讨喜的话……"阿如低声说道。

"为了讨喜，就改变自己吗？"齐悦若有所思地问道，叹了口气。

这种问题阿如实在是听不懂也答不上来。

"您，果真是个大夫？"阿如迟疑片刻，第一次问出这个问题。

"是啊。"齐悦也是第一次正面回答这个问题，对她一笑，点点头。

"可是，做少夫人不好吗？"阿如忽地说道。

这次倒让齐悦一愣，没明白她的话。

"将来是侯夫人，不知多少女子都希望这样过一辈子。"阿如低头说道，"不惹恼夫人和世子，让他们都喜欢，这样不是也挺好的吗？"

"这样啊。"齐悦倒是从来没想过这个，忍不住皱眉，若有所思，"吃得好，穿得好，还有人伺候……"

"对呀。"阿如点点头，看着她，"将来可是侯府夫人呢。"

她在"侯府"二字上加重语气。

齐悦抬手抓了抓额头，笑了。"我也不知道啊。"她皱着眉说道，"我不知道，或许这样也很好吧。"

阿如被她的表情弄得有些迷糊。很好，为什么她的表情一点儿不像好的样子？

"可是，我还是想回去。"齐悦放下手，看了看夜空。

如果只能做齐月娘，过着齐月娘该过的生活……

那么她还是她吗？

如果我不再是我……

阿好看着她，感受到这女子的忧伤、寂寞以及恐惧……

"阿如第一天来到这里的时候，也很害怕。"她低声说道，"一个人也不认识，吃的、穿的、用的、说话都是从来没有见过的……"

齐悦看着这丫头，惊讶过后，脸上浮现出笑容以及感激。

"你那时候多大？"

"我啊，那时候十岁。"阿如答道，带着几分追忆，"娘病了，弟弟还小，家里的地也抵了债，没活路了，一家人在一起也是等着饿死，爹便把我卖了，这样家里和我都能寻个生路。后来跟着人牙子，正赶上侯府要人，我运气好，就被挑了进来……"

"这么小啊。那你刚进来时都做些什么？他们打不打你啊？晚上让睡觉不？还是跟凡卡似的干活无数？"

"刚进来就是洒扫，然后才有机会学规矩。做不好事当然会挨打，打手，罚跪……睡觉还是让睡的，偶尔饿一顿罢了。那个，凡卡是谁？"主仆二人一边走一边低声交谈，随着夜色弥散在身旁的忧伤、寂寞、恐惧渐渐地散去。

秋桐院里灯火通明。

"少夫人去哪里，轮得到她们这些下人打听？少夫人要做什么便做什么，轮得到她们指手画脚？"阿好正竖眉训斥一个低眉顺眼的丫头，"再有人乱打听，给她一大耳光。"

"对，把名字都记下来，明日都赶出去。"鹊枝在一旁跟着说道，一面伸手扶着阿好，"姐姐站了好一会儿，去躺一躺……"

正说着话，外边小丫头们乱嚷"少夫人回来了"，待听到还是和世子一起回来的，满院子的丫头婆子都感觉跟做梦一般。

自从世子爷回来，夫妻二人连面都没见过，满府的人都嚷嚷着世子这是要休了少夫人……

这一下，少夫人不声不响地竟然和世子爷做伴出去了，看谁还敢乱嚼舌头！

齐悦就这样被欢天喜地众星捧月一般接了进去，待院门关上，还可以听到院里的欢笑声，一直站在路边树影里的两个丫头才转过身。

"好了，让角门那里的人都回来吧，快去告诉三少爷，没事了。"其中一个丫

头说道。

另外一个丫头点点头，飞也似的跑了。

由于齐悦进府前和常云成对好了"口供"，所以院子里的人都知道少夫人是和世子出去会客了，只有阿好在晚上睡觉时才从阿如的口里听到事情的真相。

"我的天啊，这太太……巧了！"阿好唯有重复这句话来表达心情。

"你可千万别说出去。"阿如忙拉她躺下，嘱咐道。

"我又不是傻子。"阿好忙点头，手在枕上拄着头，"少夫人和世子见面时是什么表情？"

她说着，掩嘴笑了起来。

阿如忍不住也抿嘴一笑。"我当时吓死了，哪里还看得到少夫人和世子是什么表情。"她说道，"不过，世子爷好像也吓到了……"

"那当然了，换谁都得吓到。"阿好的眼睛眨啊眨，"世子爷还跟以前一样吗？是不是又好看了很多？他看到少夫人做那些，是不是惊讶得很？是不是看着看着就特喜欢少夫人了？我看着少夫人做那些的时候，就感觉特别……嗯，特别好看……"

又是血又是肉的哪里好看？阿如被她逗笑了，抬手拍了拍她的头，将阿好拍倒在枕头上。

"快睡吧。"她说道，吹熄了灯。

"那明日，少夫人还要和世子一起出去吧？"阿好又低声说道，声音里满是喜悦，"这样，世子会越来越喜欢少夫人的……"

会吧……阿如"嗯"了声，又重重地点点头，虽然黑夜里谁也看不到。

一定会的，少夫人那么好的人，世子一定会喜欢的，只要他们能多在一起。

虽然昨晚歇息得晚，但早晨齐悦还是准时醒来。用早饭时，看到管事婆子们走进来，齐悦有些惊讶。

"哎哟，今日怎么来的人多了几个？"她一面擦嘴，一面对阿如低声笑道。

透过软丝垂纱帘，齐悦看到那边屋子里站着的妇人比前几日多了很多，也没有像往日那样在齐悦没出来时聚在一起低声说笑，而是恭敬地垂手侍立等候着。

鹊枝从外边走进来，婆子们都笑着和她打招呼。这是以前鹊枝从未得到过的待遇，顿时让她喜上眉梢，她下意识地就要弯身顺着说几句讨喜的话，忽地想到自己如今的身份，再想到以前那些情景……

你们也有今天！

鹊枝将头抬高几分，学着这些管事婆子往日的姿态，不咸不淡地"嗯"了声，没多说一句话，晃晃悠悠地掀起帘子就进了齐悦这边的屋子，只把身后的管事婆子们气得撇嘴。

看到鹊枝这样，阿如摇头，齐悦则笑了起来。

"少夫人，少夫人，您昨日出门真是出得太好了！"鹊枝一进来便没了那故作的高高在上的姿态，三步并作两步冲过来，压着声音笑道。

"怎么好？不是说吓死你们了要？"齐悦笑道。

"一开始是吓死了嘛，谁知道原来是世子爷和您一起出去的。"鹊枝的眼睛都笑没了，一面晃着头看了眼外间，"这一下看她们还怎么瞎说世子爷不待见少夫人您。"

这也不算她们瞎说，这个世子爷还真的有些不待见自己……

"我今日还要出去呢。"齐悦站起身来，对鹊枝说道，"待会儿有些事，你就替我办了。"

"去吧，去吧，少夫人您和世子好好玩，奴婢一定把家里的事办得妥妥的。"鹊枝笑道。

齐悦笑着用扇子拍了拍她的肩头。

"真是奇怪。"她皱眉看着鹊枝说道。

"奴婢怎么了？"鹊枝被她看得有些不安，忐忑地问道。自己虽然有些小心思，但这段日子可是尽心尽力地干活呢。

"你这样一个又聪明又漂亮又能干的丫头，怎么以前都没人要去用？居然留到现在白白便宜了我。"齐悦笑道。

从来没有主子和下人这样说过话，要是换作别的丫头，听了这话，或者呆呆的不知道该怎么作答，或者就认为齐悦这是说反话讽刺自己呢，鹊枝则瞬时又笑容满面。

"那是她们瞎了眼。"她一晃头，翠玉水滴耳坠子摇出漂亮的弧线。

阿如愕然，旋即扭过视线，实在是一句话也不想说了。

齐悦哈哈笑了。

"对，没错，"她笑道，"就是她们瞎了眼。"

这边的说笑声自然落在了外边的管事婆子们的耳内，大家的神情更精彩了几分，唯有苏妈妈一如既往地淡然。

阿如和鹊枝打起帘子，齐悦含笑走出来。

管事婆子们纷纷笑着问好。

"少夫人今日气色真好。"一个妇人更是亲自上前扶着齐悦,恭维道。

齐悦认得这个妇人,姓唐,夫家排行老四,人唤"唐四嫂子",是管内院花草树木的,属于后勤部门中末尾的物业园艺总管。

"那要多谢唐四嫂子。"齐悦笑道,伸手搭在她的手上,"这几日院子里的花草越发好,小丫头每日送来的花也都好得很,一大早睁开眼就看到新开的嫩嫩的花儿,自然心情好得很。"

"哎哟我的奶奶……"唐四嫂子被这话说得浑身舒坦,笑都不知道该怎么笑,只是反复地说,"这是老奴该做的。"

"该做是该做,可是该做的也有做得好的和做不好的。"齐悦扶着她的手坐下来。

鹊枝亲自端上茶,然后站到齐悦身旁。

听了她这话,在场的婆子们都诧异地抬头看她。

"少夫人,我今日要做的事也简单。快到中秋节了,为了图个吉利,这个月的月钱提前放,所以我打算今日放月钱。"苏妈妈似乎没有听到齐悦的话,含笑开始每日的例行答话。

苏妈妈一开口,其他的管事婆子也说了起来。

齐悦没有再说话,一面吃茶一面听她们说,待最后一个管事婆子闭了口,她才慢慢地放下茶杯。

"快到中秋节啦。"她笑道,"真快啊。"

屋子里有一半的婆子笑着应"是啊是啊",还有另外一半如同木桩子戳着,不过这已经比昨日的冷场要好很多了。

"月钱呢,先等一等。"齐悦看向苏妈妈,笑道。

苏妈妈一愣。

"少夫人,这个,是定制,如果要等的话,怕大家心里……何况又是赶着过节……"她说道。

"没事,最迟明日。"齐悦笑道。

苏妈妈面上有些不好看。

"少夫人说怎么样就怎么样吧。"她说完,不再言语。

气氛有些冷,管事婆子们不由得都低下头,互相交换了一个眼神。

"我今日还要跟世子爷出去一趟。"齐悦站起身来,"你们这些日子每日要做的事、做得如何我也听了不少,今日呢,鹊枝你就代我去瞧瞧,她们做得都如何。做得好呢,比如唐四嫂子这样的……"

她说着，对唐四嫂子一笑，唐四嫂子忙躬身赔笑。

"月钱照放，还要额外加个红包。"齐悦说道，"至于那些做得不好的……"

她说到这里，停顿了下，似笑非笑地看着诸人。

"那就对不住了，咱们得赏罚分明不是？"

这个责任可太重大了，鹊枝没想到是要她做这个，迟疑了一下。她还没开口，就有管事婆子开口了。

"这可是从来没有过的。"这个妇人笑道，"不知道怎么算做好，怎么算没做好？我们都是鲁钝的……"

"没什么。"齐悦笑道，冲站在角落里的一个小丫头招招手："小碟。"

大家这才注意到那里还站着一个小丫头，手里拿着笔和一个本子。

"少夫人。"她过来施礼，说道。

"每日你们说的要做的事以及做得如何，她都记着呢。鹊枝，你就拿着这个去看，这都是大娘们自己说的，这样也不怕人说你不懂瞎评判。"齐悦笑道。

什么？管事婆子们大惊，纷纷看着那个小丫头，然后不由得都去看苏妈妈。苏妈妈最初也是一惊，但很快就恢复了平静。

"这就好办了。我也不懂这个，只怕做不好呢，既然有了这个，那就好了，大娘们怎么说我怎么看就是了。"鹊枝顿时松了口气，高高兴兴地接过那小丫头手里的本子。

"你今日跟着我，把这些念给我听。"她立刻说道。

小丫头并没有直接回答，而是看了眼齐悦。

齐悦笑着点头，一脸惊叹。古代的孩子们就是早熟，这么个小丫头，瞧瞧这心窍，竟然知道做事先听直属领导的。

"识文断字就是好，鹊枝你闲着时也跟着小碟学一学。"她笑道。

这便是允许了。

"奴婢可没那伶俐劲，榆木疙瘩一样，学不来的。"鹊枝笑道。

"奴婢不敢，有什么事姐姐只管吩咐就是了。"小碟这才说道。

管事婆子们听到这里，知道事情已经无可挽回，但她们什么阵仗没见过，最初的慌乱过后便也镇定了，只不过再不掩饰脸上的不悦。

好啊，居然想拿她们的错，也不掂量掂量自己几斤几两，那就试试吧，也好让你知道什么叫踢到铁板。

齐悦说完，也不待管事婆子们说话，也不看她们的脸色。

"都散了吧。"她起身先往外走，"我也该走了。"

苏妈妈等人停下脚步低头施礼，待她先行，才跟着走出来。

阿如已经收拾好东西站在屋檐下等着，见她出来便跟上，刚走到院子里，就见两个丫头走进来。

这两个丫头看在齐悦和阿如的眼里很是陌生，管事婆子们却是一怔，苏妈妈更甚。

"少夫人，世子让来问，可能走了？"其中一个身穿比甲衫裙的丫头施礼说道。

她口中说着话，面上也是掩饰不住的惊讶，似乎不相信自己会来传这个话。

齐悦抿嘴一笑，忽地转过身，看着这些管事婆子。

管事婆子们正因为世子院里的丫头过来而惊讶，再看到齐悦的笑，青天白日里不由得打了个寒战。

"对了，苏妈妈，月钱的事明日办不迟，但有一件事今日就要办了。"她笑道，一面喊了声"小碟"。

小碟站出来。

"我让你整理的从来不来回事的人的名单，你可弄好了？"齐悦问道。

小碟点点头，将手中的本子翻了几页，捧过来。

"给苏妈妈。"齐悦说道，并没有接。

苏妈妈看着走过来的小碟，心里有种不祥的预感。

"这些人，是自我说了每日来回事之后，一日都不来的，或者只来过两三次的。我想，不来回事自然是无事可回……"齐悦笑道。

"不是的，有几个是因为忙，走不开。"苏妈妈忍不住插话道，心里已经猜到齐悦这是要做什么了。

齐悦不说话，只是看着她，原本总是出现在脸上的笑也慢慢不见了。

苏妈妈被她这样看着，声音不由得小了，慢慢地垂下头。

"忙？"齐悦这才说道，冷笑一声，"别人难道都是闲的？还是说根本就做不来这些活？既然如此，那就换别人来干吧！"

看着这么多日子以来第一次露出冷面的齐悦，管事婆子们的心都"咯噔"一下：原来在这里等着呢，原来就等着杀鸡给猴看呢。

只是这鸡会乖乖地把头伸出来给杀吗？

大家低着头，面色变幻不定，却是谁也没出声。

"怎么？苏妈妈，还没听懂我的话？"齐悦问道。

"少夫人，这几位管事婆子都是积年的老人儿，这样是不是太仓促了？"苏妈妈迟疑一下，含笑说道。

齐悦原本要转身，又停下来了。

"太仓促？"她看着苏妈妈，"那好，咱们今天慢慢说。"

说罢，她又看向那两个早已经看呆了的世子院里的丫头。

"你们两个回去跟世子爷说一声，我今日要处理家事走不开，就不去了。"

此话一出，满院子的人色变。

"少夫人？"那俩丫头更是张口结舌。

这是要挟？苏妈妈等管事婆子都惊愕地看向齐悦。

"还不去？"齐悦说道，看也不看众人的脸色，转身往屋子里走。

那两个丫头你看我我看你，看齐悦的确不是开玩笑，只得一咬牙，转身就走。

"少夫人，这可耽误不得。"苏妈妈忙唤住那两个丫头。

苏妈妈这一开口，让紧绷的气氛松弛下来。

两个丫头也松了口气，有些埋怨地看了眼苏妈妈：早说啊，也不看什么时候。她们还真不知道回去怎么跟世子爷开口呢，太荒唐了！

"少夫人，您快去吧，这事老奴知道了，即刻就办。"苏妈妈说道。

齐悦也松了口气。要知道，她心里可比谁都急着出去……

还好，这个世子爷很管用。

"苏妈妈要是为难的话……"她慢悠悠地说道。

哎哟，您就别得了便宜还卖乖了。

"不为难，有少夫人的话，有什么为难的？"苏妈妈说道。

齐悦这才笑了。

"那就有劳苏妈妈了。做事嘛，自然要赏罚分明，要不然，干得好、干不好一个样，谁还肯干好？你们自按我说的去做，有什么埋怨的，让她们冲我来，与你、你们无关。"她笑道，视线逐一扫过这些管事婆子，最后一句是对鹊枝说的。

鹊枝领会，不由得将胸脯又挺了挺。

场面一定很精彩！她都迫不及待地要去看看那些人的神情了！

"那咱们快走吧，别让世子等。"齐悦笑道。

您还知道让世子等了……

两个丫头腹诽，但面上半点儿不敢显，看了眼那些垂手肃立的管事婆子，忙跟着齐悦走了。

"大家都散了吧。"鹊枝看着还站在原地的管事婆子们，带着几分倨傲，"回去准备准备，我一会儿就过去。"

这个狗仗人势的死丫头！管事婆子们看着鹊枝，目光是毫不掩饰的鄙视。

鹊枝似乎没有看到，依旧带着几分得意仰着头。

"我知道婶子们想什么呢。"她笑道。

这话气得管事婆子们又多看了她几眼。听听，才几天，就连"妈妈"都不喊了，直接称呼"婶子"了，那过几天是不是又该称呼"嫂子"了，再接着就该直呼其名了？这死丫头也太张狂了！

"大家别怨我，我也不想的，在人手下听差，不得不这样。"鹊枝笑得越发得意。

"鹊枝姑娘说得是，在人手下听差而已，大家都散了吧，该怎么样便怎么样。"苏妈妈说道，先行走出去，管事婆子们便慌忙地跟着出来了。

苏妈妈走出好远，才扶着树儿站住脚，重重地吐了口气。

"这个女人是留不得了……"她"喃喃"说道。

所有人都畏惧的常云成其实早已经走了，并不知道自己被人当枪用了一次，当齐悦从马车上下来时，站在千金堂里的他已经很是不耐烦。

"出个门，架子还真大。"他冷着脸说道，看着迈进门的齐悦。

齐悦因为让那些人吃瘪而心情大好，再加上第一次坐古代的马车很兴奋，脸上带着笑。

这笑正好迎着常云成而来，让他不由得怔了下。

他对这个人最深的印象，便是下人口中提起的，是个美人……

美人，定西侯府最不缺的就是美人，看多了，美人也就那样，还不是两只眼睛、一个鼻子、一张嘴？

后来这个美人成了他的妻子，不过，盖头都没掀他就守孝去了，孝期还没过他就出征去了，都要忘了自己还有个妻子……

这个美人，这么看来，还真是个美人，至少笑得很好看。

但下一刻，美人的笑脸"嗖"地不见了，小鼻子还哼了下，转头向另一边去了。

"世子爷。"跟在她身后的丫鬟忙施礼说道，一脸惶恐不安。

常云成不会和一个丫头有什么交流，理也没理就走开了。

第六章 入 室

伤者已经醒了，确切地说，凌晨就醒了，疼醒的。

"真的没有别的法子止痛吗？"齐悦向刘普成请教。

"疼也不一定是坏事，该疼的时候就得疼，强行止疼，对伤情不是什么好事。"刘普成含笑说道，"娘子好像特别在意止疼这一点，哪有伤病不疼的？"

齐悦讪讪地笑，也不知道说什么好。

"习惯了。"她含糊地说道。

"习惯了？"刘普成却又好奇地问，"莫非娘子惯用止疼之法？"

齐悦哈哈两声。

"我先看看病人。"她忙说道。

"你……你是……"另一边的伤者对这个突然出现的女人很惊讶，听到说话声就成惊愕了，"你是昨天那个给我治伤的大夫？"

今天齐悦没有戴上口罩、帽子，也没有穿白布做的罩衫，绾着简单的发髻，穿着米白薄纱褙子，搭浅紫纱裙，分明就是个富贵人家的小娘子。没想到她径直进这大堂来，动作随意，问话自然，一开口，伤者才认出声音。

齐悦站得远远的，对他一笑，一面冲阿如伸手，口罩、罩衫、手套这才穿戴上。

"我待会儿看看情况。还是给他换个单间，进出的人员都要注意消毒。"齐悦说道。

"消毒？"刘普成不解地问道。

"哦，就是用烧酒、盐水之类的消除细菌。"齐悦说道。

"细菌？"刘普成更不解了。

细菌微生物学……

"就是，就是引起脓疮、腐烂的那些东西。"齐悦说道。

刘普成点点头。

"这么说，只要按照娘子说的这样做，就能避免脓疮、腐烂？"他忙问道。

"至少比不这样做要好一些。"齐悦叹了口气，说道。

刘普成点点头，若有所思。

齐悦这才过来查看伤者。

"听诊器。"她说道，然后又转过头问："睡得怎么样？"

这是问一旁的刘普成了。

"盗汗，不安，体热，伤口痛。"刘普成说道。

"排尿如何？尿液颜色如何？"齐悦又问道，伸手接过阿如递来的听诊器，然后掀开伤者身上搭着的一条薄单子，露出层层包扎了精壮的胸膛。下身只穿了一条短裤，伤者吓得"啊"了一声，下意识地就要伸手去扯被子。

"你……你……"他涨红了脸。

还排尿如何？一个女人家怎么开口问这个？她……她不会还要看吧？

"还好。"刘普成也有些不习惯，但还是认真地答道，然后便被齐悦手里的听诊器吸引了。

"这个……娘子是用来做什么的？"他问道。

齐悦在伤者的胸膛上听来听去。

"这个啊，是听诊器，"她答道，"可以测心压、听心率，方便对炎症以及胸腔积液做出诊断……"

她说着，站直身子，摘下听诊器看了看。这个听诊器有些旧，在燕京的时候，她不常用，还是来到大青山后，因为设备缺乏，才又拿起来。在燕京，连诊治个感冒都靠医疗检测设备，开口就是抽个血、化个验，谁还用听诊器？

"以前导师称它是'医生手中的三宝'，大家还笑，那么多设备呢，这几个算什么宝？"齐悦又拿过温度计和血压计，叹了口气，喃喃道，"我今日才真正体会到。"

她说着话，俯身拍了拍早已经听他们的对话听傻了的伤者的胳膊。

"来，小伙子，咱们试试体温，量量血压。"

伤者被她温热的小手拍得一阵僵硬。

"喂，小娘子，你可是把我看遍了也摸遍了。"他说道。

齐悦哈哈笑了。

"休得胡说。"阿如听不下去了，低声呵斥道，悄悄看了眼站在一旁的常云成。

常云成肤色有些黑，看不出喜怒。

齐悦很快做完检查，神情放松。第一天的情况不错，三日都能如此的话，就闯过这一关了。

"不错，小伙子身体壮。"她笑道，"两日后我就能帮你换药……"

说到换药，齐悦神情一滞，转头看向急救箱。

急救箱里那些用完的药瓶都被收起来了，余下的只有手术器械以及几包重复使用的手套，碘伏片、酒精片以及伤口敷料包都已经没有了，以后这个急救箱就没有必要再带出来了。

"娘子？"刘普成诧异地唤了声，察觉了齐悦的异样。

齐悦回过神，冲他笑。

"我会每天来看看伤口的变化。"她接着未说完的话说道，一面转过身，拿出最后一支抗生素，看了又看，似乎要看到眼里、死死地记在心里，看得周围的人都有些奇怪。

不过，这娘子自出现以来，哪个动作不奇怪呢？

"再见了……"齐悦自言自语，忍不住将药瓶凑到嘴边亲了下。

"娘子的意思是，用针缝合如此大的创伤，最终能够痊愈，是因为这种药？"刘普成问道。此时他邀请齐悦到一旁的小室里略坐坐，因为提前说明是要交流一些医术问题，所以身份尊贵的常云成并没有获得邀请，但阿如跟着进来了，安静地侍立在齐悦身后。

"这种创伤引起死亡的原因多数是失血过多以及感染，而这种药叫作'抗生素'，能够解决感染问题。"齐悦说道。

刘普成神色郑重，起身从一旁的小格子里拿出一个盒子。

齐悦好奇地看着他，不知道他要做什么。刘普成将盒子放到桌子上，打开了。

里面放着的是几根大小不等的针以及奇怪的线。

"这是……"齐悦惊讶地站起来，看向刘普成，"原来您也会缝合术啊？"

"这是桑白皮做的线。这是分别打制的弯针、直针、钩针……"

刘普成伸手拿起一根针，神情有种隐忍的悲凉。

"我的师父曾经授我技艺，他自己也曾实施过这等技艺，但经此法治疗的伤者

都起脓疮，皮肉腐烂，或高热、抽搐、昏厥而亡，为此，我师父被人追打，药铺也被砸过多次，最终，师父将针线封存，认为此法并非治病良法，有违天理、医理，不可行，并嘱咐我不可再如此为人诊治。"他缓缓地说道，抬头看向齐悦，眼中有难掩的激动，"那日老夫归来，见堂中一片混乱，本有心呵斥，却看到娘子您在实施此技，老夫大吃一惊，又看了那位小哥的伤，竟然……竟然愈合得如此之好……"

他说到这里，激动得有些不能成言。

"娘子，请受老夫一拜，如果老夫的师父尚在的话，不知道该多么……多么高兴……"说着，他果真郑重地俯身一拜。

"刘大夫，使不得。"齐悦忙起身扶住他。

齐悦也是大夫，自己一贯认为无法救治的病忽然有了治愈的方法，那种激动的心情她深有体会。

"这都是……都是前人的功劳。"她又带着惭愧说道。

"如今好了，有了这种药，是天下人之福啊！"刘普成一脸激动地说道。

齐悦神情一滞。

这药……

"没了。"她苦笑着说道。

刘普成一愣，显然不明白。

"娘子，此话何意？"他问道，"当然，老夫不是问娘子要此药，只是因缝合术能再施行而高兴。"

齐悦叹口气，将面前的盒子慢慢地盖上了。

"刘大夫，这缝合术，以后还是不要轻易用了……"她苦笑道，"就连我自己，以后也不会再做了。"

刘普成大惊。

"娘子此话何意？"他问道，"可还是因为麻醉药？"

"麻醉药是一个，最重要的是，这种抗生素药，我也没有了。"齐悦说道。

没有了，是什么意思？

"刚才那一支后，世间再无第二支了。"齐悦看着他说道。

这话让刘普成和阿如都吓了一跳。

刘普成想到那时齐悦提到麻醉药的神情。

阿如则想到自己兄弟以及阿好用过的那些。

这药竟然如此珍贵？天啊，世间再无，那岂不是稀世珍宝？

天啊，少夫人竟然就这样给她们这些下人用了！

阿如不由得伸手掩住嘴，有眼泪在眼中打转。

"娘子，难道没有配方？"刘普成大惊问道。

"配方啊……"齐悦不由得伸手捏了捏鬓角，一脸苦笑。

早知道有这一天，她一定申请去药厂进修三年，而不是去大青山。

"这也是我祖母从一个异人手中得来的，并不知道配方。"齐悦说道。

刘普成顿时神色颓败，竟"扑通"一声坐在椅子上，整个人都呆滞了。

"刘大夫，刘大夫。"齐悦吓得忙上前探问，"您没事吧？"

"没了……没了……"刘普成喃喃自语，眼神涣散，忽地捶桌大恸，"没了啊……没了啊……"

希望出现了，又没了，世间还有比这更让人悲痛的事吗？

这个老者竟如同孩子一般放声大哭起来，捶桌子顿脚，伤心得无以复加。

齐悦看傻了，慌忙上前劝。阿如看到刘大夫哭成这样，想到那些药用完基本上都是跟自己有关系，忍不住跪下来哭。

齐悦劝了这边劝那边，颇有些哭笑不得。

这边的哭声引起了外边的注意，门"唰啦"一响，常云成一步迈进来。

"人还没死呢，你们号什么号？！真是晦气！"他厉声喝道，满眼不耐烦。

在他身后跟着探头的学徒等人忙缩头噤声。

刘大夫和阿如被这声喝喊得激灵了一下，果然不敢再发出半点儿声音。

齐悦瞪眼看着他。这人怎么这脾气啊？

常云成扫了眼这两人，对自己的话造成的震慑看起来很满意，转身出去了。

"刘大夫，您别难过，这些药将来有一天肯定还会有的，那时候，我们想做什么缝合手术就做，开膛、剖肚、开颅什么的也不在话下，一定会有的。"齐悦柔声说道。

刘普成枯皱的脸上泪水纵横，抬头看她。

"是，既然那位高人能制出来……"他"喃喃"说道，原本迷茫无助的眼一下子亮了起来，"最重要的是，那高人证明了，这种技艺可行。"

"是啊，正是如此，既然有人能造出来，那么早晚有一天，还会有人能造出来。"齐悦笑道。

"是啊，造出来，有人能造出来，能造出来……"刘普成"喃喃"说道，动作麻利地站起来，一把推开齐悦，转身就奔了出去。

直到齐悦告辞离开，刘普成还在药房里。

"刘大夫没事吧？"齐悦有些担心地对刘普成的大弟子说道。

后世的西药对这位老者刺激太大了吧……

"娘子放心，师弟们已经看过了，师父是在看书。"大弟子说道。

齐悦点点头。

"我明日再来。根据你们的诊断用药吧，这个我就不太懂了，总之是补充元气、驱邪败毒之类的吧。"她对刘普成的大弟子嘱咐道，"还有，关注他的体温啊、排尿啊等情况……"

阿如忍不住扯齐悦，示意她别再说那个词。

"哪个词？"齐悦扭头问她，没明白。

阿如尴尬得想要找条地缝钻进去，那位大弟子也好不到哪里去。

"弟子明白弟子明白，娘子放心。"他慌忙说道。

齐悦和阿如坐上马车。因为亲眼看到伤者恢复良好，齐悦心中的巨石落地，心情比来时好了很多，一路上忍不住掀开车帘看街景，满眼都是新奇。

"哎，哎，那个谁？"她忍不住喊走在前边的常云成。

阿如慌忙拉下她的手。

"别这么喊，要喊'世子爷'。"她吓得脸儿都白了，低声说道，又问，"少夫人要做什么？吩咐奴婢就是了。"

这边常云成已经转过头，面无表情地看过来。

"世子……爷。"齐悦勉强冲他笑了笑。

常云成依旧面无表情地看着她。

这小子什么态度！这个媳妇你不待见也就罢了，那我好歹还救了你朋友的命，道谢不说也就罢了，给个好脸能死啊？

齐悦本就对他积攒了一肚子火，顿时脸上连勉强挤出的笑意都没了。

"司机……不是……车夫，赶车，我要逛街。"她也不理会常云成，直接对车夫喊道。

她原本下意识地想说声"借你家马车用用"，这一愣神想起来了：借什么借，齐月娘是定西侯府的少夫人，想用马车随便用。

阿如忙拉她的衣袖。

"去，去你们这儿……最热闹的地方。"齐悦还在对车夫吩咐。

常云成面上浮现出一丝不屑或者说"果然如此"的笑。

"别得寸进尺。"他勒马，待马车走近，冷冷地说道。

"什么得寸进尺？"齐悦皱眉。

"你心里明白。"常云成淡淡地说道，拍马前行。

明白你的头。齐悦心里"呸"了声，还要催着车夫赶车，阿如死死地抱住她的胳膊。

"少夫人，您想出来玩，等改日奴婢们陪您，世子爷还有事……"她一脸哀求道。

"我又没说让他陪。"齐悦说道。

阿如脸上却写着"你就是这个意思"。

"算了算了，那改天吧。"齐悦投降，一面又笑了，指着前边常云成的背影，"哎，那家伙不会是误会我要他陪我逛街吧？"

"世子爷。"阿如拉下她的手，无奈地说道，算是默认了她的推测。

齐悦笑了。

"真臭美。"

常云成察觉她在笑，忍不住回头看，见那主仆二人挤在车窗边低声说笑，他哼了一声，转过头。

"夫妻"二人一前一后踏进家门，便分道扬镳。

"那就说好了，到时候咱们一起出去转转。"齐悦和阿如一边走一边笑着说话，"你们这儿有什么好玩的好看的？"

两人刚迈进二门，就见一个小丫头跳出来。

"少夫人，阿好姐姐和鹊枝姐姐让我来告诉少夫人，那些管事婆子都在秋桐院门口跪着呢。"她慌里慌张地说道。

齐悦和阿如一怔，认得这丫头是自己院子里的。

闹起来了？

"是为了我早上说的那些事闹起来的？"齐悦问道。

小丫头将头点得鸡啄米一般。

"阿好姐姐让我告诉少夫人，其中有个婆子是夫人从娘家带来的陪房。"她又低声说道。

阿如的脸色变了。

鹊枝这丫头来真的啊？好歹先从最不碍事的下手，怎么直接就冲难缠的去了？

"少夫人，是鹊枝这丫头惹……"她忙说道。

齐悦抬手制止她的话。

"这话就不对了，鹊枝她是按我的话行事，我既然说过，什么结果都推到我身

上，那就自有我担着。"她说道，不急也不恼，慢慢地提脚前行。

"少夫人，还是别跟这些人正面遇上，让奴婢先去看看。"阿如忙说道，"少夫人不知道，这些人可是什么脸面都舍得，更何况如今只怕是横下心要跟少夫人您闹一场呢。"

齐悦一边走一边点头，忽地停下脚。

阿如只当她想通了，带着那小丫头就要先走。

"慢着，咱们不回去，"齐悦喊住她，面上笑意浓浓，冲她眨眨眼，"我想到个好地方。"

秋桐院内的哭声在很远的地方都能听到。

"没法活了！"

"死也要死个明白。"

…………

一声声诉说引来无数看热闹的。

此时的齐悦已经和阿如在一座院落前站定。

"这便是世子爷的院子？"齐悦摇着扇子问道。

"是。"阿如答道。饶是事先说好了，真的来到这里，想到齐悦要做的事，她还是忐忑不安。

得到消息从院里拥出来的丫头婆子们分两边站得满满的。这些人大多数是第一次见这位少夫人，再加上方才听到的消息，皆是好奇又惊讶地偷偷打量齐悦，第一印象就是"美人啊"。

"是少夫人啊。"一个身穿比甲衫裙的丫头笑吟吟地说道，"少夫人怎么今日得闲过来了？有什么吩咐派人来说一声就是了，怎么还亲自过来了？"

这丫头年纪十六七岁，长得不算难看，但在美人如云的定西侯府也算不上多好看，倒是嘴角一颗美人痣为她增添了几分韵味。

或许是因为齐悦站的台阶低一些，从她的角度看，这些走出门的丫头一个个看自己都是居高临下的感觉，说话的神态也显得随意，没有丝毫敬畏。

"你的意思是，我没事就不能过来了？"齐悦笑问道，迈上台阶。大家互相平视，感觉好多了。

那丫头愣了下。

"奴婢不敢。"她忙笑道。

齐悦看了她一眼，并没有看出她脸上哪里写着不敢。

侯府这个规矩不错，衣裳就能把人分出个三六九等来。

"你是世子跟前的大丫鬟？"齐悦问道。

"是，奴婢秋香。"丫头笑答道，依旧稳稳地站在门口，如同门神，没有让路的意思。

齐悦"扑哧"笑了，笑得那丫头有些莫名其妙。

"不错，不错，好名字。"齐悦摇着扇子说道，又抬头看了眼门匾，"怎么没名字呢？"

门上空落落的，未像其他院子那样挂着匾额。

"这里才弄好，夫人说，留着让世子自己定个名字。"秋香笑道，也抬头看了看。

话已经说了好几句，双方还站在门口，没挪动半点儿。

"我想到个名字。世子是从戎之将，叫'鹏程院'好了，鹏程万里，好寓意嘛。"齐悦想了想，含笑说道，"你们说怎么样？"

阿如不知道该如何回答，只是含糊地应着，而院子里的丫头们都是笑而不语，有的连笑都不笑，面上毫不掩饰不耐烦。

"记下了？回头让人写了挂上去。住了人还没名字，多不好。"齐悦笑道，提脚往内走，"世子在吗？"

什么……意思？

她要给世子的院子定名字？

丫鬟秋香愕然地看着其他人，其他人也愕然地看着她，然后都笑了。

这个女人真是……不自量力、自以为是。

齐悦才不理会她们什么反应，硬是从她们中间过去，迈向门槛。

"少夫人，您要做什么？"秋香回过神忙问道，一面紧走几步，毫不避讳地挡住了齐悦的去路。

"进去看看啊。"齐悦摇着扇子说道。

"世子不在，去夫人那里了。"秋香没有让开的意思，含笑说道。

啊，那太好了。齐悦心里说道，面上更加轻松随意。

"哦，没事，我就是随便看看。"她笑道，接着迈步。

秋香挡在她的前面。

"少夫人，这里可不是谁都能随便来看看的地方。"她似笑非笑道。

德行，果然什么主子什么奴婢，瞧那居高临下看人的眼神，啊呸。

"这是谁的院子？"齐悦看着她，停止摇扇子，忽地问道。

"世子爷的。"秋香答道，嘴边带着一丝倨傲的笑。

"我是谁？"齐悦问道。

"您是少夫人啊。"秋香答道。

"那么，我是随便什么人吗？"齐悦脸上收了笑，看着她，一字一顿地问道。

秋香一怔。从规矩上来说，当然不是；不过从习惯上来说，一直是……

"我倒要看看，我怎么就不能进我的院子了？"齐悦缓缓地说道，在"我"字上加重语气。

齐悦终于迈过了世子院子的门槛。

不过是一个小小的门槛，迈过来就花了这么多口舌，齐悦心里不由得吐了口气，真是窝囊死了。

她摇着扇子一边走一边四下看，眼中露出赞叹：这院子布置得真不错，英武大气却又不失温馨。

"世子回来这么久了，我先是病着没出来，如今出来了又接了家事，一直不得闲，今日才有空看看布置得可好，有什么可添置的不。"齐悦笑道，面上又恢复了云淡风轻，丝毫不见方才的凌厉。

哪里用得着你操这个心……听到这话的丫头们心中同时说道。

秋香更是冷笑。

不管她们心里怎么想，这边齐悦已经迈上台阶直奔正屋去了。

这一次秋香没有拦着，反而巴不得齐悦多待一会儿。你要是真有胆子就等到世子爷回来……

为了这个念头，她制止了小丫头们去夫人那里禀告。

秋香看阿如都进去了，自己这才进去。

齐悦已经在屋子里转了一圈，眼中有些惊讶。

世子的房间里看上去不怎么奢华，没有半点儿脂粉香气，干干净净，大大方方，挺舒服。

她看了看卧室里摆的那张架子床，上面的镂空雕花简朴优美，比自己屋子里的那张床要好看得多，不由得又是摸又是看。

"哎，阿如，这是什么木的？"她低声问道。

"花梨木啊。"阿如亦是低声答道，一面扯了扯齐悦，"少夫人……"

"这要是带回去，可值老鼻子钱了。"齐悦感叹道，扭头看阿如，"怎么了？"

阿如用眼神示意，几步外站着四五个瞪眼看着她们的丫头，面上毫不掩饰那种对乡下人才进城土包子样的嘲讽鄙夷。

齐悦咳了一下，收正身形，慢慢踱步出来到对面的一间耳房。这里安放着一张罗汉床，摆设着桌椅、立柜，墙上挂着一对宝剑。

"不错，不错，布置得挺好。"齐悦点头赞叹，一面坐在罗汉床上，绣褥软绵绵的，坐上去很是舒服。

这世子的屋子看着不起眼，实际上用的都是好东西，果然是贵族奉行的低调的奢华。

"少夫人请吃茶。"秋香含笑说道。

齐悦端起茶吃了口，开始学着《红楼梦》和古装电视剧里常有的情节问世子爷几时睡啊，平日里都看些什么书啊，问得秋香神情越发不耐烦，有一句没一句的，偶尔还看向门外。

"阿如啊……"齐悦放下茶杯，似乎要起身。

"少夫人，再坐会儿呗。"秋香忙说道。

别走啊，还没等到世子爷，还没看上好戏呢。

齐悦却是抬腿换了个姿势坐，顺手从罗汉床的小炕桌上拿起本书，听到她说话，带着几分奇怪地看向她。

"秋香姑娘似乎急着让我走？"她笑问道。

"奴婢不敢。"秋香忙笑道，这次笑得情真意切。

齐悦笑了笑，不再理会她，低下头翻看手里的书。

"阿如，你先去让人把铺盖、梳头的送来吧，别的慢慢布置。"她似乎是漫不经心地说道。

终于说出来了，终于听到了，阿如的心早提起来等着这句话呢，闻言一瞬间停止了呼吸。

此话一出，满屋子的人都愣住了。

"少夫人，您说什么？"秋香不敢相信地问道。

"我搬过来住啊。"齐悦看着她，一脸奇怪，"怎么了？"

秋香不敢置信地看着她。

"您……您……"她结结巴巴，竟说不出话来。

齐悦懒得理她，直接对屋子里的丫头们发号施令。

"我如今病才好，又整理庶务忙，就不在这间屋子里住了，免得扰了世子爷歇息。"她手指敲着桌面，透过打开的窗户看着院子里，视线最终落在一个距离合适

的位置上,"就把东边第三间厢房收拾出来吧。"

她疯了吧?秋香等丫头瞪眼看着齐悦,心里只有这一个念头。

"少夫人,您……您在开玩笑吧?"秋香结结巴巴地问道。

"开玩笑?我跟你一个丫头开什么玩笑?"齐悦嗤了声,用她方才那似笑非笑的神情回敬道。

秋香的眼中浮现出羞恼。"少夫人,那奴婢就当真了。"她收了笑,站直身子说道。

"真真的,我又不是闲得没事。"齐悦瞄了她一眼,接着对阿如说话:"家具也别搬来搬去了,从库房里调新的来。"

阿如低着头应声。

"少夫人。"秋香打断齐悦的话,提高声音。

齐悦停止说话,看向她。

"少夫人,您不能住这里。"秋香冷脸看着她,说道。

齐悦放下手里的书。

"为什么?"她一笑,问道。

"因为世子爷不让您住这里。"秋香抬高下巴说道。

"是吗?"齐悦也不急也不恼,看着她只是一笑,"不是吧?怎么会呢?"

秋香只觉得牙都要咬碎了。

"因为世子爷吩咐过。"她从牙缝里挤出这句话。

齐悦依旧笑了笑。

"他怎么没跟我说过?"她笑道。

因为世子爷连见都不想见你,还跟你说话,你做梦吧……秋香心里喊道。

"没事,等他回来,我问他。"齐悦浑不在意地摆摆手说道。

秋香一怔。她说什么?等世子爷回来……问问?

再看齐悦,她已经又低下头看书了。

看书?她认得几个字?据说当年老太太特意挑了好先生来教她读书写字的,只不过,据老太太院里的人说,她斗大的字还是认不得几个。

"秋香姐,怎么办?"

秋香退出屋内,立刻被其他的丫鬟婆子围住,屋子里的对话她们已经听到了,而且那个阿如真的去搬铺盖了。

"真的要搬过来啊?"大家纷纷问道。

秋香只觉得心口堵了一块石头,憋得喘不过气来。

她扭头看了眼屋内，再想到今日那闹得满院子都知道的事，她当时还和小丫头们笑嘻嘻地看热闹，没想到这热闹这么快就到了她们身上。

都说这个少夫人是个连哭都不敢大声哭的比猫儿还胆小的，今日所见，这哪里是只猫儿，明明就是头虎，下山的虎，来势汹汹、势在必得……

"我们都是夫人精挑细选给世子爷的，世子爷不在，居然连个门户都看不住，被这个人玷污了，还有什么脸面待在这里？"秋香绞着手帕子，咬牙说道，将手中的帕子一挥，"拦着门，绝不许她们进！"

常云成得了消息，健步如飞过来时，远远地就看到自己的院子前挤满了人，而四面八方还不断有丫头婆子一脸兴奋地跑过来。

常云成的脸都青了。

"给我搬，我倒要看看你这个小蹄子能把我怎么样！"鹊枝一马当先，手里抱着一个大大的包袱，迈上台阶，对挡着门的秋香等人喊道。

在她身后是搬着桌子的婆子们、抱着箱子的丫头们，一个个神情微妙。

"你试试！你要是能进我这院子一步，我……我……"秋香还是头一次跟人当众这么闹，又是羞又是气又是急，跟从小到大从来没被人正眼看过的鹊枝相比，不论是吵骂的话还是撒泼的行动，都差了不是一星半点儿。

"哎哟你这个死蹄子，这是你的院子？你算哪根葱？"鹊枝尖声喊道，"真是不要脸！"

秋香情急失言，也是红了脸，眼瞧鹊枝带着那几个婆子挤过来，干脆伸手推她。

"反正不是你们的院子，你们都给我滚！"她喊道。

"都给我麻利点儿，少夫人还等着收拾屋子呢，咱们做使唤人的，既然承蒙少夫人看得起，就不能干吃不干活。"鹊枝扬手喊道，一面用肩头抵住秋香。

不知道哪个婆子在后跟着喊了句，这边抬桌子的便吆喝着挤过来。

秋香这边自然不干，五六个丫头齐齐地挡着，在门前开始了你推我搡、你进我退的拉锯战。

看热闹的丫头婆子们都兴奋起来，那些年纪小的干脆跺脚拍手。

"你猜谁能赢？"她们"叽叽喳喳"地笑闹道。

"你们说呢？"有男子的声音在她们身后响起来。

"我猜是秋香姐这边……"小丫头顺口回道，转头一看，顿时浑身冰冷，打着摆子就瘫在地上，"世子爷……"

这一声"世子爷"喊出来，四周的人顿时吓傻了，跪倒一片。

这边秋香与鹊枝双方混战正酣，大家全身心投入，居然谁也没有发现四周那些看热闹的人都跪倒了，只有一个身材高大、面色铁青的男子突兀地站着。

鹊枝的手抓住了秋香的发髻，秋香的手也揪住了鹊枝的衣领，两人正撕扯着，就听有男声怒喝一声，还没反应过来去看，就觉身子一轻，然后便整个人腾空，晕头转向，身子剧痛，再清醒过来时，人已经被扔到台阶下。

鹊枝压着秋香的腿，秋香压着鹊枝的胳膊。

"世子爷。"秋香第一个看清来人，顿时大哭起来。

世子爷？头还晕着，身子也被摔得裂开般的鹊枝顿时精神起来，急忙忙地拢头发站起来。果然跟着少夫人有肉吃，她在这府里长了十六年，还是第一次得见世子爷的面……

不过可惜的是，等她看过去，世子爷连个影子也没留给她。

常云成扔开她们，几脚踢开余下的丫头婆子，在一片"哎哟"声中迈进了大门。

院子里并没有那个女人的身影，常云成大步绕过山石影壁，沿着青石板路径直进了屋子。

屋门的撞击声惊动了坐在罗汉床上看书的人。

"你回来了。"齐悦放下书，抬起头，笑着对那站在屋子里左右看的男人打招呼。

她的话音未落，看到她的常云成便一个箭步过来，下一刻手便拎住了齐悦的衣襟，将坐着的齐悦一手提了起来。

"现在，立刻，给我滚出去。"他一字一顿地说道。

这臭男人果然好大的脾气！齐悦被抓住衣襟，紧口的领子顿时让她有些憋气。

"常云成，"她伸手抓住他的手，眨着大大的杏眼，看着近在咫尺的丈夫，"你确定要让我这样？"

没有哭，没有喊，甚至脸色都没变，更别提眼中有什么惊恐惧怕，似乎她依旧好好地坐着，而自己是满面笑容地跟她说话一般。

这女人……

"我确定。"常云成咬牙冷笑。

"那好。"齐悦拍了拍他的手，"放开吧，我这就滚出去，从此再不会出现，免得污了世子爷您的眼。"

说这话时，她大声地喊"阿如"。

"别收拾了，咱们这就走，我突然觉得心里不好了，估计是旧疾又犯了，还是回去养着吧，这十天半月的是出不了门了。"她口中说道，手上用力扒开常云成的手。

常云成一怔，旋即明白了她的意思。

那个伤者还没完全恢复，还需要这个女人去看，今天那个老头大夫还哭了一场，不知道是不是治不得伤者羞愧的……

"你……"他咬牙看着她，失笑，"这是在威胁我？"

居然有人敢威胁他，还是个女人？

一怔之下，他手上的力度减小，齐悦挣开他，随意地拍打了两下衣衫，听见问话，抬头看了他一眼，抿嘴一笑，也不答话，慢悠悠地抓起一旁的小扇子，摇摇摆摆地往外走。

这一抬头一瞥一笑，煞是娇媚动人，只不过落在此时的常云成的眼里，可没半点儿赏心悦目，有的只是满满的挑衅。

他一伸手，长臂抓住了齐悦的胳膊，将还没走出几步的她拖了回来。

"既然有求于人，就态度好点儿。"齐悦皱眉说道。

这小子是习武的，力气极大，齐悦只觉得胳膊如同被铁钳夹住一般，疼痛传遍全身。

"你也知道求人要态度好点儿啊。"常云成看着她，嘴边浮现出一丝讥嘲的笑。

"是啊，我态度不好吗？我又没有跑去伤了无辜的人的胳膊。"齐悦抬头看着他，干脆地说道。

二人就这样对视，谁也不肯先移开视线。

这男人个子太高了……

齐悦晃了晃脖子，先败下阵来。

常云成心里这才有些满意，但旋即因为这满意又有些羞恼。

什么时候他常云成会因为一个女人先认输而沾沾自喜了？简直……

常云成铁青着脸，一把甩开齐悦的胳膊。

"狗仗人势，真有本事，就从这里滚出去。"他冷笑一声说道。

齐悦回头看他，见他脸上的讥讽嘲笑真真切切。

这个齐月娘先是仗着老夫人的势留在这定西侯府，如今又想要仗他的势站稳脚，说起来也是够让人瞧不起的。

齐悦笑了。

有势不仗才是傻子呢。

再说，就是条狗，也没有你们说召来就召来，说赶去就赶去的道理，真要走，也是我想走，而不是你们想我走。

笑话，齐月娘想不想走她齐悦不管，反正她齐悦是绝对不会走，说什么也要守着那根房梁，等着回去的班车到来。

嘲讽讥笑，脸面羞辱，屁大点事儿，再说，谁恶心谁谁羞辱谁还不一定呢。

常云成被她看得脸色更难看了，双眼微微眯起，死死地瞪着她。

"听说……你死过一回？"他忽地问道。

齐悦乜他。

"是啊，世子爷还知道我死过一回啊？"她不咸不淡地反问道。

常云成从鼻子里哼了一声，慢慢地围着她打量，就如同一头打量猎物的猎犬。

"闹的动静这么大，你不就是想让人知道？"他亦是不咸不淡地答道。

"是啊，我很满意啊，这么多人都知道了。"齐悦带着几分不耐烦说道，"行了，世子爷，要是没别的事，就去安抚安抚你的丫头们。我呢，赶着收拾我的屋子。瞧瞧，闹成什么样了，真是不像话。"

常云成气急失笑。

"你也知道闹得不像话啊。"他说道。

齐悦没理会他，冲他摆了摆扇子，走了出去。

"阿如，鹊枝，死哪里去了？东西收拾好没？"她一撩帘子出来，站在屋檐下，竖眉喊道。

秋香等人已经进了院子，还堵着门，而鹊枝等人见世子来了，也不敢再闹，双方都安静下来，互相用眼神交流，只不过气势高低分明。

秋香等人看着鹊枝这边的人，满面恨色，恢复了高高在上的不屑，鹊枝等人则低了头，神情忐忑，更有几个婆子悄悄地往人群里退。

没有哭声，没有骂声，除了最初屋门被踢开那"咣当"一声外，事情的发展跟意料中的有些不一样……

所有人都小心地向内探看，竖起耳朵听。

齐悦的喊声就在这时传出来，所有人都怔住了，没反应过来。

齐悦看到无人动，便用扇子掩住嘴，重重地咳了一下。

屋子里的常云成眉头都皱成了麻花，看向门外，透过软丝垂帘，看到那女子俏丽的背影，从身形上看，似是弱柳扶风，这就是那个满府人提都不带提的乞儿丫头？

印象里那个站在老侯夫人身后的模糊身影，低着头，缩着肩膀，似乎旁人多看一眼就能被看死过去……

再看眼前这个女人，哪里有半点儿怯弱惊恐，一举一动一说一笑，分明就是个……是个……无赖！

他皱眉的时候，门外又响起齐悦的咳嗽，这一次加重了几分。

常云成嘴边浮起一丝冷笑。

在齐悦第三次咳嗽的时候，门帘响动，常云成走了出来。

秋香看着出来的世子爷，眼泪再次"唰"地流下来。

"你们……"常云成有些艰难地开口了，目光扫过门口的那些丫头，"帮着……少夫人……收拾收拾。"

"哐当"一声，是外边那些婆子抬的桌子板凳掉在了地上。

"世子爷。"秋香不敢置信地喊道。

屋檐下，男子长身玉立，女子身形婀娜，午后的日光下，一对璧人耀眼得让人不敢直视。

据说这一天定西侯府很多人失手摔了东西。不过这些事齐悦根本不会理会，她正看着阿如整理床铺。阿好能走动了，但齐悦还是不允许她做活，只让她在一旁看着。

"不用太细致，又住不了几天。"齐悦笑道。

阿好一脸惊愕地回头看她。

"少夫人，是……是世子爷会把咱们打走……吗？"她结结巴巴地问道。

齐悦哈哈笑了。

"放心，这段时间他不会。"她笑道，不过过段时间就不知道了，"我们呢，先顶过这阵风头，将威立好了，再搬回去。"

"啊，还是会被世子赶出去啊……"阿好皱着脸叹息道。

"什么赶出去啊！"齐悦不爱听这话，起身用扇子指着屋内，"这是我家，我爱住哪儿就住哪儿，我想走就走，想来就来，谁赶我？凭什么？"

"那就在世子爷这里住着呗。"阿好嘟嘴说道，"要不然那些婆子又该说您要被休了，一个个嚣张得不像话……"

她现在想起今日那些在院子里闹的婆子都有些后怕，不过当听到阿如来说少夫人要搬到世子爷那里住时，那些婆子的脸色又让她觉得过瘾。

"到时候看我的心情吧。"齐悦不想深谈这个问题，也懒得跟这小丫头说适可

而止敌退我进敌进我退的道理，用这句话糊弄过去。

"少夫人，您看这些丫头，谁近身留在这里伺候？世子院子里的丫鬟房容不下咱们所有人。"阿如问道。

"你……"齐悦说道，阿如明白她的意思，仰起脸，坚定地看着她，齐悦只好咽下要说的话，"你和鹊枝留下吧，阿好你回秋桐院住，其他的丫头还回自己的下人房。"

阿如满意地点点头。

"少夫人，我是不是很没用？"阿好在一旁说道，带着几分自责。

"不是。"齐悦笑道，"这世上每个人呢都是有用的，只不过用的地方不同。再说，你就是不在这里住而已，日常难道就打算偷懒不来听我使唤了？"

阿好这才展颜。

"可是，鹊枝还是别留在这里了。"她又压低声音说道，一面往外看，"您瞧，才进来她就不安分，也不说进来帮忙，就站在门外，只往世子屋子里瞧。"

"哎哟傻丫头。"齐悦哈哈笑，伸手拧了下阿好探过来的鼻头，"这世上只有愿打愿挨的事，从来没有剃头挑子一头热就能成事的，有些事拦得住，有些事则拦不住，别操这个心了。"

这一番折腾下来，天已经黑了，到了吃饭的点。

齐悦如今自然不用自己的小厨房了，她的饭在府里是与侯爷夫人同一时间摆上的。

"世子爷在侯爷夫人那边用饭。"摆饭的婆子带着几分讨好主动对齐悦说道。

就在秋桐院的丫头陆续将铺盖、梳头的东西搬过来时，常云成被谢氏叫去了，肯定是要问这是怎么回事。这些事齐悦不操心，相信常云成会给谢氏一个满意的解释。

用过饭，齐悦就回了自己的屋子，懒得看那个守在世子屋门口虎视眈眈又一脸幽怨的丫头秋香。常云成什么时候回来的齐悦不知道，她看了会儿书就被繁体字催得睡过去了。

第二日吃早饭时，齐悦还是没有见到常云成。

"世子爷一大早就出去了。"鹊枝忙忙地汇报，难掩遗憾。

这样最好，省得大家相看两生厌。齐悦点点头，看了眼换了一身新衣裳的鹊枝。鹊枝也没心思伺候她用饭，不时用手理理头发，或者透过门往外看。

"鹊枝啊。"齐悦觉得还是有必要提醒这个女孩子几句，虽然她的本意是在自己甩手走后,阿如和阿好能平安度过余生,但既然拖这个姑娘进来了,总不好看着对方惹上祸事而不管不顾,便放下筷子喊道。

鹊枝这才看过来,殷勤地从阿如手里接过茶杯捧过来。

"少夫人吃好了?"她笑着说道。

齐悦点点头,接过她手里的茶杯。

"咱们虽然住了进来,但是要跟在咱们院子里一样,没事别往世子爷身边凑。"她吃了口茶说道。

鹊枝的脸色有些讪讪。

"奴婢……奴婢只是想替少夫人多做些事。"她强笑道。

看着小丫头们收拾碗盘的阿好哼了一声,斜了鹊枝一眼。真把人都当傻子呢,你那心思就差喊出来了。

齐悦并没有不悦,而是点点头。

"我知道,我明白。"她笑道,起身在一旁的椅子上坐下,"只是有些话我要交代给你们。阿好,去把篮儿和柳儿也叫进来,都听听。"

阿好一愣,忙点头,出门去叫了另外两个二等丫头,然后把小丫头们赶出去,带上门,过来站好。

少夫人身边的大丫头们齐了,不知道少夫人要训什么话,神色都有些忐忑。

"我先问问,你们跟着我是为什么?"齐悦放下茶杯,看着手下的队伍,笑问道。

这话问得大家都愣了下。

"自然是好好服侍少夫人。"鹊枝抢先回答。她察觉了自己一时的失误,极力想要挽回。

"是,这是你们为奴婢的职责,但还有一点,好好服侍我,也是为了你们自己。"齐悦说道,"主子混得好了,当下属的才能水涨船高,吃得好,穿得好,人人羡慕,高高在上。这也是为什么,当听到我这里要人,没人肯来,偏你们几个受欺负的被送过来,因为大家都明白啊,跟着我这个主子混没前途嘛。"

"混"这个字听起来生疏,但"前途"这个词大家还是明白的。少夫人是那啥出身,说些粗俗俚语也不奇怪……

"少夫人说笑了,跟着你没前途,跟谁还有前途?"鹊枝赔笑道。

"没错,大家既然跟着我混,就要有肉吃,有好日子过。"齐悦笑道,"不过,这仅仅是目标而已,至于能不能实现,不能只看我一个人的。"

屋子里的人都有些怔怔，这种话她们是第一次听人说，包括一向沉闷的篮儿和柳儿，都露出惊讶的神情看着齐悦。

"少夫人，我们自然尽心尽力地做事。"阿好作为心腹，带头表忠心。

其他人也反应过来，不管声音大小，都跟着说了。敲打下人嘛，这种事定西侯府每个主子都常常做，只不过少夫人这种敲打方式很奇特。

"你们自然要尽心尽力，这不光是为了我，也是为了你们自己。"齐悦点点头，"如今我们看上去是打了个胜仗，利索快速不容置疑地处置了那几个不听话的婆子，但这并不是说我们多么厉害，在府里的地位多么稳稳当当了，事实上，正是因为我们地位低，人家轻视，才让我们有了这次机会。现在情况就大大不妙了，所有人经过这事，都不会再小瞧我们，我们的处境，会比以前更加难过，这也是为什么我会想办法搬到世子爷这里来。"

她说到这里，包括阿如在内的丫头们都满脸惊愕地看着她。

少夫人……在和她们说……说……和她们这些奴婢说……这些事。

"没错，我就是告诉你们，咱们现在的状况。咱们只有心里清楚了，才能齐心协力。"齐悦接着说道，"鹊枝，我要告诉你的是，世子爷如今很不情愿让我住进来，但由于他欠我一个人情，所以不得不同意，并不是他多喜欢我才会如此。他不喜欢我这个主子，自然不会喜欢我的下人们，所以，你们千万要小心。"

鹊枝的脸陡然通红。

"不过，世子不喜欢我，不一定代表不喜欢你。"齐悦想了想说道。

鹊枝"扑通"一声跪下了。

"奴婢不敢，奴婢不敢有如此心肠。"她叩头，颤声说道。

齐悦笑了，并没有立刻让她起来，由她叩了三个头才叫停。

"我不是说你有这个心思，我只是提个醒。"她接着说道，"你们要知道，你们既然进了我的院子，在别人眼里便是我的人，咱们便是一根绳上的蚂蚱，他们不能直接对付我，那首当其冲的便是你们。"

她看向阿好："阿好就是个例子。"

阿好红了眼。

"是奴婢蠢笨，自己惹来祸，也给少夫人惹来麻烦。"她也跪下说道。

齐悦也没有叫起，只是点了点头。

"当时我千叮咛万嘱咐让你们小心，你却偏偏被人三两句话就哄了去，你心里认为是对我好，是在帮我，其实呢，反而差点儿送了自己的命，还连累了我，所以你们行事，不要想着是为了我好就肆意妄为。"

阿好跪在地上，哽咽着叩头："奴婢记下了。"

"我说这个，也没别的意思，就是告诉你们，切莫心生懈怠。如今的形势实在是大大的不妙，大家一定要小心小心再小心。咱们既然有缘分聚到一起，那就要好好地拧成一股绳。这世上的麻烦是躲不过的，有了麻烦，只有迎头上才能过去。等咱们齐心协力站稳了脚跟，你们想要的好日子便都会来到。我吩咐你们做什么，你们只管放心去做，出了事有我担着。我这人没别的嗜好，就是一个爱护短。我的人，再不好，我可以骂可以打，但别人，那是半点儿不行！"齐悦笑着站起来，做最后的总结，"那么，现在大家要记住，我们的目标是——"

丫头们都抬头，郑重地看着她，见少夫人咧嘴一笑，露出细白的牙。

"没有蛀牙。"齐悦说道。

丫头们愕然：这是……这是什么？

"开个玩笑啦。"齐悦哈哈笑，晃着手里的小扇子。

原本有些凝重的气氛瞬时轻松起来。

鹊枝第一个跟着笑起来，露出几分无奈的神情。

"少夫人，您真是……"她不知道说什么好，第一次认真地看着眼前的少夫人，这个被她视为跳板的主子，"真是特别。"

"我们的目标是没有蛀牙，"齐悦抿嘴一笑，"那样才能吃得好喝得好睡得好。"

饭厅里传出零乱的磕磕碰碰的声音，站在院子里的世子爷的丫头们忍不住看过去。

齐悦住进了世子院，几个因被罚被撤差事在秋桐院门口跪着哭闹的婆子没有胆子来这里闹，再加上原本在大家眼里是要被休弃的少夫人居然平安无事地住进了世子爷的院子，虽然不是同房，但足以让所有人都震惊一把。

少夫人坐稳了少夫人的位子，那将来便是侯夫人，这侯府里将是她一手遮天，得罪她的话……

很多人便歇了心思，准备再观望观望。

这一次的早会上，会聚到世子院子里的管事婆子们第一次齐全了，原本缺席的那些人从今日起也没资格再进来了。

齐悦动作麻利地提拔了几个婆子，填补了这几人的空缺，紧接着宣布了对那些没有做到自己承诺事项的管事婆子的处罚。这个处罚不过是罚些钱，跟撤差事

相比轻了很多，原本忐忑地以为自己也要被当鸡"杀"了的妇人松了口气，竟有些忍不住对齐悦的感激。

"中秋节就要到了，方才大家都说了怎么办，也看了旧例，都有例可循，大家费心些，办得齐全完美，节后啊，咱们再赏。"齐悦笑着结束了今日的早会。

底下的婆子们乱乱地应"是"，虽然声音还是有些不统一，但比起往日已经好了很多。

苏妈妈站在一旁，冷眼看着这一切。

齐悦忙完家事，常云成依旧不知道哪里去了，齐悦随口问了秋香一句，秋香跟防贼似的，齐悦便也不问了。少夫人出趟门也不是什么大事，有没有世子陪都无所谓。

"我师父还在书房里呢？"齐悦一踏进千金堂就听到刘普成的大弟子过来说这个，吓了一跳。

"齐娘子和我师父说了什么？他老人家怎么……"大弟子也很纠结。

齐悦叹气。她也没说啥啊，只不过拿出的那种药刺激了这位老大夫。

"我先去查房。"她摇头说道，接过阿如递来的衣裳套在身上。

"查……房？"大弟子被说得一头雾水，看着齐悦向里面走去。

胡三颠颠地迎上来。

"师父，您来啦。"他乐滋滋地喊道，一面殷勤地去接阿如手里的急救箱："阿如姑娘，我来我来。"

阿如低着头不理会他，也不肯把急救箱给他。

"别叫我师父。"齐悦瞪了他一眼，"你有师父的。"

胡三讪讪地笑。"就是我师父让我叫您师父的。"他说道。

齐悦被"师父"绕得头晕，干脆不理会他。

那伤者已经被挪进千金堂一间单独的房间里，按照齐悦的要求，进出的人数严格控制，而且要穿专门的衣裳，每天用酒熏屋子。

"齐娘子来了。"

她刚走到门口，就听见里面有男声响亮地喊道。"不错，听起来中气十足，看来恢复良好。"齐悦笑着推开门进去，看着床上躺着的年轻男人。

"齐娘子来了。"黑脸大汉陪床，见她来了，高兴地起身施礼，重复每一次见面都要说的话，"多谢娘子救命大恩。"

"应该的应该的。"齐悦笑道。

她的意思是大夫救死扶伤是天职,而黑脸大汉理解的是作为定西侯府下人自然要听从世子爷的话,双方皆是一笑,略过这个话题。

伤者以手撑着起身,看着齐悦笑。

"别动,快躺好,伤口要是裂开了,还得受回罪。"齐悦忙笑道。

这边阿如动作娴熟地打开急救箱,拿出口罩、听诊器递给她。

"不受罪,有娘子妙手神医在,一点儿也不受罪。"伤者笑道。

这孩子爱说爱笑,性格不错。齐悦笑着问他昨夜睡得好不好,吃了什么,伤口疼了几回,一面用听诊器、血压计、体温计逐一做了检查。

"输液可以停止了。"她扭头对胡三说道。

胡三正高兴地给她捧来输液用的东西。齐悦昨日临走时交代他拔针,对胡三来说这个可没有扎针厉害,因此今日正想学学呢,听了这话只得作罢。

"余下的就交给你的师兄弟诊治吧,吃什么药就听他们的。"齐悦对胡三说道。

"啊?那怎么成?娘子,你怎么不管我了?"伤者听见立刻喊道。

"娘子"这个称呼,齐悦听起来实在是十分怪异,忍不住起鸡皮疙瘩。

"对啊师父,还是您接着诊治吧。"胡三也忙说道。

我没法接着看了,我会用的药这里全没有啊。齐悦苦笑一下。

"那个,其实我不太会治病,我只是会缝合伤口什么的。"她笑道。

"啊?那怎么……"胡三瞪眼问道。

齐悦耸耸肩摊摊手。"我祖母没教过我,我只会这个,至于对症下药什么的一概不懂,所以还是靠你们了。"她不再解释,含糊地说道。

胡三点点头。

"一招鲜吃遍天,师父你会这个就够了。"他说道。

"那齐娘子你是不是以后就不来了?"伤者在床上急忙问道。

"来啊,再过几天,我还得给你拆线呢。"齐悦笑道。

伤者展开笑颜,露出白白的牙齿。"那就好,那就好,我还以为见不到齐娘子了呢。"他松了口气。

一旁的阿如轻轻地咳了一下。

"这个给我吧。"她忽地站到齐悦身前,伸手接过听诊器,正好挡住了那伤者的视线。

齐悦不在意地递给她。

"哎,你……"躺在床上的伤者忍不住撑起身左右晃。

"不是说要去看看刘大夫吗？"阿如低声提醒道。

齐悦"哦"了声，冲伤者和那黑脸大汉笑了笑。

"那你们好好休息，我先走了。"她说道，冲二人摆摆手。

伤者看着她在口罩的遮挡下只余那双满含笑意的眼，忍不住张口就要说话。

"齐娘子请便。"黑脸大汉抢在他前头说道，借着起身，伸手狠狠地掐了把伤者。

伤者倒吸几口凉气，看着齐悦转身迈出门。

"齐娘子。"他还是忍不住大声喊道。

齐悦回头看他，眼带询问。

"我……我叫江海。"伤者说道。

齐悦笑了笑，冲他摆摆手，迈出门。

江海看着那个可恶的丫头带上门，隔断视线，他叹了口气，重重地躺回床上，望着房顶。

"臭小子，你给我注意点儿，这不是你在边关随意厮混的时候。"黑脸大汉伸手揪他的耳朵，低声喝道，"那是世子爷家的人。"

"世子爷家的人怎么了？正好求世子爷赏给我。"江海浑不在意地说道。

"这娘子技艺非凡，你好意思朝世子爷开口？再说，这娘子分明就是成了婚的妇人打扮，你给我省省心吧。"黑脸大汉瞪眼喝道。

倒忘了这个，江海神色一滞，这才想起来，那娘子虽然看上去年轻，但确实是妇人打扮。

"真是可惜了。"他叹了口气，满面惆怅。

黑脸大汉又高兴了，颇有几分幸灾乐祸。

"哈，你小子，仗着小白脸四处勾搭女人，让咱们弟兄眼馋，你也有这个时候。"

门外传来脚步声，伴着一声笑。

"什么时候？"常云成推门进来，问道。

"世子爷。"伤者以及那黑脸大汉都忙忙地喊道，黑脸大汉站起来垂手肃立，伤者挣扎着就要起身。

"躺好。"常云成冲他一抬手，简洁却不容拒绝地说道。

江海依言躺好。

"世子爷，您不用天天来看我们，这小子结实着呢，死不了。"黑脸大汉说道，"您久不归家，好容易回来了，还让您惦记着我们……"

常云成"嗯"了声，没说话。

"世子爷，"江海想到什么又忙忙地起身，挣扎中牵动了伤口，疼得龇牙咧嘴，"那个，齐娘子的丈夫可还在？"

常云成被他问得一愣。

"齐娘子？"他没反应过来是谁，皱眉问道。

"就是给我治伤的那个，您府上的大夫。"江海忙说道，带着几分期盼，"她丈夫是否还在？"

常云成明白了，脸色却更难看了。"她啊。"他含糊地说了一句。

"你这臭小子。"黑脸大汉没料到他真的直接问世子爷，抬手给了他一巴掌。

"世子爷，她的丈夫要是不在了，您把她赏给小的吧。"江海咧嘴，缩头说道。

常云成的脸色一瞬间铁青。

齐悦见到刘大夫时，被他屋子里摆的东西吓了一跳。

各种书以及纸张散落一地，一日不见的刘普成狼狈又憔悴地从其中爬起来。

"齐娘子，我找到好几个药方，您看看，能不能配出跟您那种麻醉药同效的药物来。"他手里抓着几张纸，兴奋地对着齐悦挥道。

齐悦看着这个熬得双眼通红的老者，心中有些说不上来的滋味。

她能说什么？告诉这个老者，她带来的这些药，是千年后才有的，他再努力也没机会看到了？或者她什么也不说，任由这个老者相信很容易就能制造出来，沉迷于此，否定自己的医术，荒废自己的医路？

她做这些事是不是不对？她给阿如的兄弟缝合伤口，却引起了胡三的模仿，这还只是一个外伤缝合手术，如果有大夫看到她给阿好做的开腹手术，照葫芦画瓢学了去……

齐悦不由得打了个寒战。

看似救活了一个人，却有可能让更多人死去……

齐悦看向刘普成，刘普成又一脸激动地站回去，在满地的书本纸张中翻找什么，口中在说什么，齐悦已经听不到了。

这个医者，听说是永庆府里最有名的一个，他有着丰富的经验以及高超的医术，又培养了那么多学徒，他要做的是用自己的医术给百姓缓解伤痛，以及将这些经验和技术传承下去，造福一辈又一辈的民众，而不是沉迷于这一时令人惊艳的技艺，荒废了他自己本该做的事，本该走的路。

她已经明白父亲要她去乡下历练的意义了，那么她现在该做的就是什么也不

做，就这样乖乖地待在那座院子里，守着那根房梁，等着回去的那一刻，这样，对这里来说，她就像从未来过一样，不会改变什么，也不会影响什么，让一切静静地沿着历史该有的轨迹发展下去。

也许，这才是她现在应该做的，也是必须做的。

"刘大夫。"齐悦喊道，上前一步。

刘普成没有听到，抓着一本书翻看，嘴里念叨着什么。

"刘大夫。"齐悦再次加大声音。

刘普成这才拿着那本书走过来，一脸兴奋。

"齐娘子，你看看这个如何？"他将书递过来，说道。

齐悦摇头，伸手挡住他递来的这本书。

刘普成不解地看着她。

"齐娘子，你这是……？"他布满血丝的眼中满是惊讶。

"没有用的，我用的那些药，是不会被制出来的。"齐悦正容说道。

"齐娘子，既然有人能造出来，就证明是可以被造出来的……"刘普成含笑说道。

"不会的。"齐悦再次打断他，深吸一口气，说道，"因为它不是造出来的，而是天生的，天生的一种……植物……"

"植物？"刘普成看着她，满脸惊讶，"那么……"

"这种植物咱们这里没有。"齐悦接过他的话头说道，"那位异人是从海外得来的，那种植物，我们这里没有。如果有一天有人能坐着大船去到那位异人去过的地方，或许才能有机会再拿到这种药，但是现在，我们这里是不会再有的，刘大夫，您不要再费心神了。"

刘普成瞬时黯然，神情恍惚，手中的书"啪嗒"一声落在地上。

齐悦没敢也不忍心看刘普成的神情，说完深深地鞠了个躬。"那位伤者，余下的治疗就靠您了，多谢了。"她说道，转身，头也不回地走开了。

常云成站在千金堂内，脸色很是难看，待看到齐悦低着头看也不看自己一眼走了出去时，他的脸色更难看了。

街道上行人格外多，几乎满大街都挂着灯笼，各种形状的灯笼。

阿如心惊胆战地看着世子爷走近少夫人，心提到了嗓子眼，却见世子爷停了下，从少夫人身边走过去，什么话也没说，很快汇入熙熙攘攘的人潮中不见了。

"这里的中秋节挺热闹的。"齐悦坐在马车上，看着外边热闹的街道，感叹道。

虽然跟现代比起来，物质显得很匮乏，但节日气氛是现代没有的。

"也没什么啊，挂灯笼，赏月，一家人吃顿饭，家里富裕的人家请戏班子来唱戏。"阿如小心翼翼地答道，一面看齐悦的脸色。

齐悦"哦"了声，手挂着下颌倚窗看着外边。

"你……你们怎么过中秋？"阿如迟疑了一刻，问道。

齐悦果然来了几分精神，收回手坐好。

"我们啊……"齐悦想了想，"中秋节放假，不过大多数时候在轮班，就算跟十一假期凑在一起，也很少出去玩——平常工作太累了，懒得出去，出去也是人挤人的——回去在家窝几天，也没什么特别的，就是吃吃睡睡，要不然就去唱歌。哎，我可是麦霸，哈哈，有机会唱给你听……"

阿如瞪大眼，一句话也没听懂，不过齐悦的神情看上去比刚出千金堂时好了很多，她还是带着笑意，做出感兴趣的样子点头。

回到家的时候，虽然精神还是有点儿不好，但齐悦还是打起精神去谢氏那边请安。

当然，她还是一如既往地被拒绝进门，如今的谢氏已经毫不掩饰对她这个儿媳妇的厌恶了。

齐悦慢悠悠地转身离开荣安院，走了没几步，就见路上走来一队人，几个婆子抬着软轿，七八个丫头相随，撑着一把大青伞，拥着软轿上坐着的一个妇人慢行而来。

"是二夫人。"阿如有些惊讶。

"二夫人？"齐悦不认得。

"是西府的太太，世子爷的婶娘。"阿如忙低声介绍，"娘家姓陈，是京城安阳公家的小姐。"

她们主仆二人说着话，那边的人已经走近，齐悦看清软轿上的妇人年纪三十六七岁，面容白净，五官柔和，歪在软轿子上，半眯着眼，呈现出几分病态的柔弱。她并没有看到齐悦，是她身边的婆子们认出齐悦来，停下脚。

二夫人陈氏察觉软轿停了，睁开眼。

"婶娘过来了。"齐悦笑着施礼。

秋日午后的日光下，那女子笑盈盈地俏立着，二夫人陈氏不由得愣了下，猛地坐正身子。

"月娘，"她带着几分惊讶和几分欢喜，示意轿子落下，冲她伸手，"竟遇到你

了。听说你大好了，快让婶娘看看。"

这妇人声音轻柔，神态亲切，最关键的是她的神情丝毫不作伪，竟是情真意切。

来到这里后，齐悦还是第一次看到这种神情，不由得愣了下。

齐悦这一愣，那妇人的手便有些尴尬地空抬着，她借着轻咳掩嘴收回了手。

"二夫人，我们少夫人病了一场后，就忘了以前的事……"阿如忙解释道，"有些认生。"

二夫人陈氏微微一笑。"我听说了，果然认不得了？"她笑问道，又问请了大夫没。

这话依旧透着关切，却和方才那一瞬间流露的感情完全不同，倒是和其他人习惯性的客气问候一般。

齐悦都怀疑自己方才是看花了眼。

"多谢婶娘记挂，大夫看过了，说好好养着，日子长了自然就好了。"她笑着答道。

二夫人陈氏看着她，笑着点点头，慢慢地靠回靠背上。

"你母亲在吧？"她说道。

齐悦明白她的意思，笑着让开身。

"在呢，婶娘快进去吧。"

陈氏带着客气的笑点点头，婆子们抬起软轿，一行人走过去。

"少夫人，走吧。"阿如提醒道。

"阿如，我以前和这位婶娘很熟吗？"齐悦问道。

"不熟啊。"阿如说道，"二老爷病逝后，二夫人也大病了一场，就此留下病根，一则说是寡居之人，二来这病要静养，所以二夫人很少出门。您成亲的时候，二夫人也只是让人送了贺礼来，人却没来，日常更是很少来往。"

哦，那就奇怪了，齐悦心想，怎么方才乍一见时，那二夫人流露出的神情竟是亲密得很？不过算了，这府里的人乱七八糟的，随他们去吧。主仆二人说笑几句，揭过这个话题。

第七章　互　厌

中秋节如期而至。这是齐悦第一次在古代过节，不由得多了几分兴致。

一大早起来，齐悦先是去定西侯府的祠堂行祭拜礼。在这里，齐悦又见到了二夫人。作为晚辈，齐悦排在她身后，两人点头微笑算是打过招呼，并没有多说话。祭拜完毕，二夫人就告退了，到了晚间也没过来，只是让孩子们过来吃饭赏月。

中秋晚宴摆在荣安院的小园子里，用的是长桌，一家子不分男女按辈分逐一落座。落座时，齐悦斜对着少爷小姐们，她的视线落在见过一面的三少爷身上，正好三少爷也看过来，于是她礼貌地一笑。

常云起有些意外，迟疑了一下，还是笑了笑。

定西侯的妾侍们没有资格落座，周姨娘、宋姨娘以及柳姨娘站在定西侯夫妇身后布菜伺候，朱姨娘因为有了身孕，只略坐一坐便告退了。

正吃得高兴，定西侯却"啪"地放了筷子，扭头。周姨娘眼疾手快地取了痰盂，定西侯重重地吐了一口。

"这是什么？瞎了眼给我吃？"他转过身，一面用帕子擦嘴，一面不悦地喝道。

手里还拿着筷子的柳姨娘一脸惶惶就要跪下。

"妾婢没看清……转过来就捡了……"她颤声说道。

大家都放了筷子，忐忑不安地看过去。

谢氏侧身看了眼。

"侯爷不吃胡菜的，怎么撒了这个？"她沉声问道。

一旁侍立的厨房管事婆子忙跪下，惶惶不安。

"那个……那个……老奴……老奴糊涂了……"她叩头说道。

谢氏眯着眼看她，似乎是愣了下。

"你是哪个？董娘子呢？"她问道。

董娘子是原本管厨房的，就在齐悦撤职的几个人中，这个婆子是新提上来的。

齐悦一笑，站起身来。

"回母亲的话，董娘子如今不管厨房了，这是新换的元婆子。"她说道。

"你换了人也该好好地说一下，怎么不知道侯爷的口味，传上这道菜来？"谢氏沉着脸说道。

齐悦站起来的时候，定西侯愣了下。

"是大媳妇？"他有些意外，"怎么如今是你管家了？"

侯爷不理庶务，这些日子见过齐悦两回，只不过公公不便与儿媳妇见面说话，因此只是点头打招呼而已，再加上谢氏有心隐瞒，他只知道齐悦身子好了，并不知道齐悦接过谢氏的手开始掌家了。

真是让人不省心，齐悦心里有些恼火，这谢氏也真是的，居然在大领导面前给她上眼药，换人她不知道？装什么无辜！

这定西侯是什么脾气的人，她还没来得及研究呢。齐悦不由得抬头去看正座上的定西侯，这个男人保养得极好，气质儒雅……

她的视线微一错，便看到站在定西侯身后的一个美貌妇人冲自己做了一个口型。

笑？

齐悦一怔，电光石火间抿嘴一笑。

此时宴席四周高挂羊角大灯，空中月色渐明，齐悦在这灯月同明之下，一笑让整个园子流光溢彩，熠熠生辉。

定西侯瞬时就看得呆住了，脸色缓和下来。

"侯爷，她才好，又在那院子里住了那么久，年纪又小，初次管这事，菜单她自然看了，只是那菜上撒什么配料又没写，她怎么知道？"周姨娘笑道，再次冲齐悦一笑，招手："来，快给你父亲赔个不是。"

齐悦笑吟吟地走过去，屈身施礼。

"父亲，是媳妇错了。"

以前的齐月娘别说落落大方地和他说话，见了他敢抬头就是了不得了，定西侯很是惊讶。还有更让他惊讶的，齐悦笑着说完，也不待定西侯发话，自己招手，从一旁的丫鬟手里取过酒杯、酒壶，自斟一杯。

"父亲，媳妇自罚一杯酒。"她笑道，果真一口饮尽了，"您可不能生气，今个这好日子，您要是生气了，那媳妇就罪过大了。"

定西侯面上的讶异尽消，哈哈大笑起来，连说了三个"好"。

原本有些紧张的气氛顿时活络起来。

"还有，"齐悦又笑着斟了杯酒，冲大家一举，"都是我的错，让大家停了手里的筷子，嫂嫂呢，给你们也赔个不是，自罚一杯。"

她再次一饮而尽。

"嫂嫂好酒量。"有男声笑道。

齐悦笑着看过去，见是挨着三少爷坐的一个少年。

"既然已经吃了两杯，那就来个圆满的，咱们大家不如同饮一杯，万丈红尘三杯酒，千秋大业一壶茶嘛。"她笑道，再次给自己斟酒。

"好诗。"定西侯拊掌说道，嘴里重复了一遍，"万丈红尘三杯酒，千秋大业一壶茶，好啊，好。"

他看向齐悦的视线是满满的欢喜。

这世上还有比看到秀慧的美人更让人赏心悦目的事吗？

"嫂嫂竟然能出口成诗了。"坐着的几个少年纷纷笑着喊道。

"什么诗呀干呀，我可不懂这个，你们这些读书的人别拿嫂嫂来取笑。"齐悦笑道。

看着这样的齐悦，场中一半多的人都看傻了。

"来，听你们嫂嫂的，咱们大家同饮一杯。"定西侯笑着端起酒杯。

他一带头，所有人都端起酒杯来，一饮而尽，气氛较之方才更加活跃。

"老大媳妇，你快坐下吧。"定西侯笑道，看着齐悦，一脸满意地点头。

齐悦再次屈身一笑，这才转身回到座位上，坐下来时心里稍稍松了口气，手轻轻地拍了拍胸口。

一旁的常云成放下酒杯，侧头看了她一眼，面上的神情看不出喜怒。

那管事婆子安然地退下了，柳姨娘面色有些尴尬地站在那里，周姨娘借着和定西侯说话将她挤到一边。

柳姨娘退开得有些狼狈，面上愤愤，却又不敢说什么，忙去看谢氏。谢氏神色阴沉，手慢慢地转着酒杯，不知道在想什么。

"侯爷，戏单子，您挑挑。月娘才接手，还是两眼一抹黑，别再当众出了错。"周姨娘在定西侯耳边低声说道，一面给他斟酒做掩饰。

"你也不帮她看着点儿。"定西侯亦是低声说道,面上带着笑,"她一个孩子家不懂,你还不懂?"

"我懂什么,一个妾侍,多嘴多舌的。"周姨娘横了他一眼,抿嘴一笑,低声道。

灯月同辉下,周姨娘的神态别有一番韵味,定西侯看得心神荡漾。

"你懂的有多少,我最清楚。"他低声笑道,伸手在周姨娘扶着酒壶的手上轻轻捏了下。

周姨娘面色微红,啐了他一口。

"都快抱孙子了,还跟以前一样爱闹。"她低声说道。

听她说起以前,定西侯心里有些歉意——他已经有好些日子不去周姨娘那里了,想起从前那些情浓十分的日子……

他拍了拍周姨娘的手,没有说话。周姨娘看着他,一笑,千言万语尽在这一眼中。

一旁的谢氏斟满酒,仰头一口喝了。她本不善于饮酒,又喝得猛,不由得呛了下。

"夫人,咱们可不能跟这些年轻孩子一般,酒还是少吃点儿的好。"周姨娘忙笑着用帕子替她擦拭,柔声地说道。

谢氏冷笑着看了她一眼,推开她的手,周姨娘也不以为意,笑着起身,向齐悦走去。

"这是周姨娘。"阿如低声说道。

齐悦认得是方才给自己提示的那位美貌妇人,忙要站起身来。

周姨娘伸手按住她的肩头,没让她起来。

"我当不得。"她笑道。

府里的姨娘地位低,虽然是长辈,却不能和她这个大妇相比,齐悦知道这一点,便笑了笑,坐着没动。

"周姨娘。"她点头说道。

站得近了,这妇人的相貌看得更清楚了,齐悦心里不由得再次赞叹定西侯真是好眼光。

"侯爷喜欢听《洛水悲》,待会儿你让戏班子开戏就唱这个。"周姨娘笑道,神态亲近,语气熟稔。

"是,多谢姨娘。"齐悦笑道。

周姨娘看着她一笑,拍了拍她的肩头,走开了。

这一晚虽然有个别人心情不好，但总体来说，晚宴还是很成功的，大多数人都吃得好看得好，最关键的是，活跃了宴会气氛的少夫人带来了无数谈资。

拜过月赏过戏，定西侯准许年轻孩子们各自散去。

"喂，世子爷。"

齐悦看着前面大步走着的男人，突然忍不住喊了他一声。

阿如走在她身边，怕她吃了酒脚步不稳，小心地扶着，被她这主动的打招呼的行为吓了一跳。

常云成似乎没听到，脚步未停。

"世子爷。"齐悦离开阿如，小跑几步追上他。

常云成这才侧脸看了她一眼。

"那个，跟你说声'对不起'，再说声'谢谢'。"齐悦看着他，一笑。

被一个自己讨厌的人威胁，让这个人住到自己的眼皮子底下会很生气吧，不管什么原因，自己这件事做得是有点儿让人讨厌了。

"我……"齐悦搓了搓手，想要跟他说过了这段时间自己会搬回去，话还没出口，就见常云成对着她笑了。

不得不说，帅哥笑起来还是很有杀伤力的，齐悦这个"老女人"有些不淡定地怔了下。

"你，别费心了。"常云成笑道，居高临下地看着这个勉强到自己胸口的女人，"耍横也好，卖好也好，笑也好，骂也好，哭也好，都是没用的，令人生厌终究是令人生厌，令人生厌的是你这个人，而不是你说什么、做什么。"

说罢，他冷笑一声，大步而去。

齐悦吐了口气。这人说话可真是……

"我收回刚才的话。"她摇头说道，冲前面的常云成比了一个中指。你活该被讨厌的人恶心。

一场宴会过后，少夫人在内院的地位更加稳了，不仅和世子爷住到了一起，还得到了定西侯的喜欢，少夫人在中秋宴上说的那句诗，被定西侯亲手写下来装裱了挂在屋子里。

"还笑着去和侯爷要那幅字，说要把父亲的墨宝挂在屋子里沾沾才气……"苏妈妈对谢氏说道。

谢氏从鼻子里发出一声哼笑。

"侯爷可算是如意了，这个美人儿媳妇总算是才貌双全了。"

可不是，当时侯爷开怀大笑，周姨娘也跟着凑趣。

"那贱婢也算是如意了，心思没白费。"谢氏冷笑道，将手里的茶杯重重地放在炕桌上。

"少夫人还……"苏妈妈接着说道。

刚开口，门外有丫头报二夫人来了。

二夫人走进院子里，便见到谢氏下了台阶亲自来搀扶她。

苏妈妈极有眼色地摆摆手，带着屋子里的丫头们退了出去，只留下阿鸾和二夫人的大丫头采青侍立在一旁。

"嫂嫂，我听说大哥越发中意月娘了？"陈氏说道。

谢氏嘲讽一笑。"他不中意才奇怪呢。"她说道，"但凡是个美人，在他眼里都是好的，这也是为什么那老贼妇如此笃定……"

她说到这里便收住了。

陈氏似乎没听到，轻轻地叹了口气。

室内沉默了一下。

"我昨晚听说了，所以特意来看看嫂嫂。"陈氏看着谢氏，"嫂嫂，你莫要气坏了自己。你要知道，气坏了自己，只会让那些人如意。"

谢氏一直紧绷着的神情缓下来，面上的伤心再也无法掩饰。

"我不是气，我只是不服。"她缓缓地说道，声音颤抖，"我不服……我不服……"

陈氏眼中含泪地走到她的身前握住她的手。

"嫂嫂，我们还有办法的，还有办法的。"她劝慰道。

"还有什么办法？皇帝赐的婚，休也休不得，那老贼妇把路堵死了，除非……除非那贱婢死了……"谢氏"喃喃"说道，说到"死"这个字，眼睛一亮。

陈氏察觉自己握着的手攥了起来，忙喊了声"嫂嫂"。

"嫂嫂，不可，不可，为了这个女人，不可冒险啊。你要是有点儿事，成哥儿也脱不了干系。别看那秋桐院冷僻无人理会，可是暗地里多少眼睛盯着呢。"她忙低声说道。

谢氏攥紧的手这才松弛下来。

"就是死了，好人家的女孩，谁愿意来做填房？"她恢复了悲伤之色，眼泪滑下，"我们成哥儿，到底是被她毁了……"

"没有，没有，咱们成哥儿，要模样有模样，要身份有身份，年纪轻轻的就在皇帝跟前得眼缘，那是打着灯笼也找不到的好人，多少人家做梦都想进来呢，别说正妻了，就是做妾也抢得跟什么似的。"陈氏忙笑着说道，"这些日子我突然接到好些帖子呢，有邀请我去玩的，也有要来咱们家玩的，我还奇怪呢，我病了这么久，怎么突然成香饽饽了？还是采青这丫头机灵，说人家哪里是来和我玩，明明就是找机会来咱们家，想要让嫂嫂你看看……"

谢氏听她说得有趣，忍不住笑了。

"哪有这样作践自己的，你原本就是个香饽饽。"她笑着拍了拍陈氏的手，用帕子擦泪，喊采青："说你是机灵的，还不快扶着你们太太，让她站这么久。"

采青是个十七八岁的丫头，长得不算漂亮，但一笑俩酒窝很是可亲，闻言忙笑着将二夫人扶回位子边坐下。

这一哭一笑一说，谢氏觉得心里的郁结之气果真散了不少，看着陈氏久病苍白的面容，叹了口气。

"总有办法的，嫂嫂您别着急。"陈氏微微一笑，说道。

谢氏长长地出了口气。

"这贱婢被那贱妇教得越发伶俐，上蹿下跳的，在这府里闹腾的，三两句话就哄得侯爷找不到北。"她说道，"家里人都看到了，她得了侯爷的欢心，又住到了成哥儿的院子里，谁还能奈何她？"

"对了，"陈氏听到这句话，想到什么，忙打断她的话问道，"成哥儿怎么让她……"

谢氏看了她一眼。

"没事。成哥儿之前不是受了伤吗？回来的路上遇到一个异人，说他有灾，需要有人压一压，还非正妻不可。当然，不需要同房，只要住在一个院子里就成，也不要多久，十天半月的就够了。"谢氏笑道。

陈氏这才松了口气。

"可吓死我了，我还以为……"她抚着胸口说道。

"你以为，子就一定肖父吗？"谢氏说道，面上带着难掩的自豪，"等过了这段时候，即刻就赶她走。"

陈氏抿嘴一笑："正是父亲看的美人太多了，咱们成哥儿反而腻了。"

"成哥儿，堂堂正正，本本分分，踏踏实实，那些红粉在他眼里不过是骷髅而已。"谢氏微微地仰着下巴说道，对儿子那是毫不掩饰的骄傲以及得意。

陈氏掩嘴笑。

"不过，"她笑了一时，眼中还是难免担忧，"这孤男寡女同住一个屋檐下，

成哥儿毕竟大了，再说，那月娘到底是个美人，万一沾了身子，有了孕，更是麻烦……"

"不会的。"谢氏毫不犹豫地说道。

"嫂嫂，这种事可说不准，还是敲打下成哥儿。"陈氏说道。

"成哥儿从来不用敲打。"谢氏自信满满地说道，又是一笑，"再说，就是沾了她又怎么样？"

陈氏眼皮一跳，不由得站了起来。

谢氏有些意外："怎么了？"

"没事。"陈氏忙笑道，又叹了口气，"嫂嫂，还是提醒下成哥儿。正是因为咱们成哥儿方正，方正之人心底无私，才最容易被人钻空子，尤其是这红粉骷髅……"

谢氏见她再三说这个，心里也有些动了，想到那贱婢在宴席上一笑摄人的形容，终于面色郑重起来，慢慢地点头。

"还是你想得周到。"她拍了拍陈氏的手，叹息道。

"我也是……实在是不甘心……"陈氏说道，神情复杂。二夫人到底久病的身子不济，说了这一时，倦态满满，谢氏忙命人好好地将二夫人用轿子送回去，谢氏一直站在门口，看着轿子远去了才转身。

"二夫人是真疼世子爷。"苏妈妈感叹道，"当初老夫人定下那亲事，以为谁都不会站出来反对，没想到第一个站出来的竟是她，为了让老夫人收回成命竟然绝食绝药……"

"她说是为了让孩子们将来能依仗成哥儿，虽有私心，但能做到如此，她的情我是记在心里了。"谢氏突然想到什么，"你方才要说什么？那贱婢还怎么了？"

"世子爷的院子不是还没题名字吗？您说等着让世子爷自己写。"苏妈妈说道，一脸愤愤。

谢氏点点头。

"那……"苏妈妈到底不太好意思说出"贱婢"这个词，含糊地带过去，"哄得侯爷高兴，她居然说自己想好了世子爷院子的名字，干脆请父亲一并题写了挂上去。"

"什么？"谢氏将手攥在一起，竖眉道，"这贱婢！欺人太甚！"

真是欺人太甚！此时此刻，站在院子里的秋香已经在心里狂喊了无数遍这句话。但她心里奔腾的愤怒并没能阻止院门上被挂上崭新的牌匾。

鹏程院。"真不错。"齐悦左看右看,冲小厮们点点头,"赏。"

鹊枝便拿出几吊钱,笑盈盈地依次扔给小厮。

"谢少夫人赏。"小厮们叩头喊道,乐颠颠地告退了。

"秋香啊,"鹊枝喊道,"你瞧瞧怎么样?"

秋香脸都绿了。侯爷写的字,她能说不好吗?如果不挂在这里……

"好。"她干巴巴地说道。鹊枝冲她抛个媚眼,秋香哼了声,扭头,却见七八个仆妇拉着平板车过来了,上面堆着各色花草。

"这……这是做什么?"秋香不由得问道。

齐悦正踏进门,听见她的话,也看过去。

"哦。"她笑道,"这院子里、屋子里都太素了,于是我让花房送些花草来。"

"可是……可是世子爷不喜欢花草。"秋香咬着下唇说道。

齐悦看着她。"真的?"她眯着眼睛笑。

秋香重重地点头。

"这一车怎么够啊?"齐悦不再看她,转头对那些正卸车的婆子笑道,"再拉一车来。"

常云成走进家门,将手中的马鞭子一甩,跟着的小厮稳稳地接住。

"世子爷,让人把干净衣裳送到书房里?"小厮问道。

常云成身上的衣裳已经湿透了,上面还沾了不少灰土。

这些日子他总是待在书房里。从小就舞刀弄枪的他,在二十四年中,待在书房的时候屈指可数,加起来也不如这段时间多。

世子爷是避开少夫人……这种话已经在府里隐隐地传开了。

少夫人现在厉害得很,没见对那董娘子,被撤了差事居然半点儿也不敢闹……

世子爷是不是怕少夫人?

真是笑话,我为什么要避开?要避开也该是她避开!

常云成听了小厮的话,没来由地脚步一转,向自己的起居院子而去。

那小厮早习惯了,颠颠地往书房那边领路,回头见自己的主子已经走远了,呆了呆,忙追过来。

常云成大步迈进院子,然后就愣了下,一时间怀疑自己走错了地方。

原本干净整洁的甬路两旁摆着各色花盆,鼻息瞬时充满了花香。

常云成不由得打了个喷嚏,然后听到了熟悉的说话声,证明他没有走错门。

"秋香,你不懂,这花啊草啊的摆在屋子里,不仅仅是为了好看好闻,对身体也好。"齐悦笑道,亲手挑了一盆翠云草摆放在靠窗的大桌子上。

"可是世子爷不喜欢。"秋香带着浓浓的不满说道。

齐悦一笑。

"药不好吃谁都不喜欢,还能不吃吗?什么都是个习惯而已。"她没有看秋香,只是端详着摆在桌子上的花盆。

"少夫人,您别太过分了。"秋香的嘴唇都要咬出血来,"您是故意的,我明明说了,您还……"

齐悦正从桌案上拿起一块镇纸,听了她的话,"啪"地放回去。

镇纸发出清脆的声音,让秋香打了个激灵,不敢再说话。

齐悦慢慢地抬头,一句话也不说,就这样看着她,原本带着浅笑的面庞此时阴沉沉的。

在这沉默的注视中,秋香只觉得有些喘不过气来。

这个小乞丐什么时候有这种迫人的气势了?

秋香终于垂下头。

"你是二等丫头了,也不是新提拔上来的,规矩就不用我教你了吧?你若是再这样……"齐悦这才收回视线,将镇纸推回原位,慢慢地说道,"那就再去好好学学规矩吧。"

秋香大惊。

"少夫人,奴婢是夫人指派给世子……"她忙说道。

"奴婢是夫人的人。"秋香只觉得心里的愤懑再也压制不住,又接了一句。

齐悦笑了。

"瞧你这话说的,什么夫人的人?夫人的人就不是定西侯府的人了?"她拿起桌子上的扇子,轻轻地扇风,笑看着这丫头。

"只要是定西侯府的人,我就管得了,别说换了你,就是卖了又怎么了?"

秋香看着这美人笑,心里寒气直冒。

她很想大喝"你敢!",但是这句话到了嘴边怎么也说不出来。

她心里其实已经笃定少夫人真的敢,也真的能。

世子没把她赶出去,侯爷也那么喜欢她,就算夫人替自己出面,但如果侯爷和世子都站在她这一边……

秋香的脸色终于变得颓然。

"少夫人,奴婢错了。"她跪下叩头。

"知错能改，善莫大焉，好姑娘，"齐悦笑道，摇着扇子从她身边走过去，"起来吧。"

齐悦迈出门槛，就见常云成站在院子里冷眼看着她。

"世子爷回来了。"齐悦笑道，神态淡然地走下来。

常云成只是冷冷地看着她。

"你还真把自己当回事啊。"齐悦从他身边慢悠悠地走过去时，他才侧过脸开口。

齐悦也停下脚步，侧着脸看他。

"别人不把自己当回事，自己要是再不把自己当回事，那可真没法活了，人啊，总得想法子活着不是？"她笑道，"世子爷领兵打仗的人，这个道理比我懂吧？"

说罢她不再理会这位爷什么神情，走进了自己的屋子，反正他见了自己就没有过好脸色。

屋子里新添了三盆花草，绿油油的，很是养眼。阿如正在擦拭叶子，一脸忧色。

"少夫人，您……您别总是和世子爷对着干，世子爷其实是个很好的人，您好好跟他说说……"她忍不住低声说道。

齐悦歪在炕上，伸手拨弄了一下新摆上的花。

"阿如，"她打断了阿如的话，"你家世子爷说了，他厌恶的是我这个人，所以不管我做什么说什么，在他眼里都很恶心。既然如此，还不如让我舒服点儿，他反正都会恶心，多一点儿少一点儿都一样，我才不会热脸贴人冷屁股。"

阿如憋红了脸，哭笑不得。

"少夫人，您……您说话稍微……含蓄点儿。"她说道。

"那得看跟谁，我跟你说话不用含蓄。"齐悦冲她笑。

阿如看着她，无奈地笑了。

"其实，世子爷真的是个很好的人，您……您……"她走过来，看着齐悦，犹豫了一下说道。

齐悦抬头看她，看这丫头的神情便明白了她的意思。

"您要是担心奴婢的话，"阿如扶着炕跪下，看着她，"奴婢一死……"

齐悦翻身起来，手"啪"地拍桌子上，震得上面的花草晃了晃。

阿如余下的话被吓得卡住了。

"我最讨厌动不动就死啊活啊的！你们这些年轻人，越有什么越不珍惜什么！

你知道多少人为了活下来倾尽所有，哪怕僵了瘫了不能动了，只要还有一口气，就拼了命想要活着，多痛的治疗、多苦的药都毫不犹豫地接着吗？你年纪轻轻身强体壮，有工作有亲人，居然这么轻易就说出'死'？太辜负你几世修来的这条命了。"齐悦看着她，沉脸喝道。

阿如被她这劈头盖脸的一顿训训蒙了。

"奴婢的命算什么？"她回神，又是好笑，又是心酸。这个少夫人，总是把她们这些贱奴当成宝贝一般看待，那么贵重的世间独一无二的药就这么浪费在她们这些奴婢身上……

"行了，以后别跟我说这种话，我不爱听。我知道你们这里的规矩，但不代表我就该照着办。"齐悦带着几分不耐烦，冲她伸手，"你都不知道救一条命多不容易，我就是不爱听你把命说得轻飘飘的。"

阿如看着她，笑了，迟疑了一下，手轻轻地搭了下齐悦伸过来的手，站起来。

这天后，齐悦跟常云成相见的时候越来越多，管事婆子们对齐悦的态度越发恭敬。

齐悦倒是先不适应了，而且对常云成突然的态度的改变很奇怪。

"屋子里摆的花草还喜欢吧？"用完早饭，齐悦放下筷子，看着那边坐着喝汤的常云成，笑吟吟地开口了。

这看起来就是一对平常夫妻和睦相处的场景。

"不喜欢。"常云成简洁干脆地答道。

"那世子爷喜欢什么，我再去换。"她说道。

"嗯，你换吧，换来我看看再说。"常云成放下碗筷，看着她，淡淡地说道。

这回答出乎齐悦的意料，她愣了下，还要问什么，常云成已经起身走出去了。

好吧，敌进我退，敌退我进，住人家的院子，也不能处处硬碰。齐悦吃过饭便真的带着几个丫头挑了几盆花草换了。

"这个怎么样？开得正好。"齐悦指着丫头们手里捧着的花，问道。

常云成盘膝坐在西间的罗汉床上，面前摆着一张古琴，他看着琴，似乎入定了，听见齐悦的话，看也没看。

"行。"他一摆手，简洁有力地说道。

这么好说话？齐悦奇怪地看了他一眼，冲丫鬟们摆摆手。

鹊枝小心翼翼又难掩欢喜地将一盆兰花捧到常云成旁边的几案上。

"少夫人，您看放这里合适不？"她小心地看着常云成，嘴里却是对齐悦说道。

这丫头……齐悦忍不住笑。

常云成看也没看这近身处说话的人，依旧对着自己的琴。

"放下吧。"人家不给下属面子，当直接领导的不能也不给，齐悦便笑道。

鹊枝小心地放好，还整理了下颤巍巍的叶子，低头悄悄地再看了眼世子，只得满脸遗憾地退下了。

齐悦没出去，有些好奇地转到常云成身前。

"你会弹这个？"她问道，这个是古琴吧，"你弹一首我听听。"

常云成非常简洁地回了她三个字。

"滚出去。"他眼皮都没动一下。

"你妹！"齐悦也痛快地回了他两个字。

常云成稳坐如山，听得门响，那女人消失在室内，他才抬起头。

"我妹？"他微微皱眉，带着几分不解，又有几分不屑，"我妹难道会给你弹？真把自己当回事！"

很快齐悦就知道这小子这么痛快地要花草干什么了。

"这些不好看了，再换。"常云成站在屋檐下，对着正要出门的齐悦说道，手指的是秋香正指挥小丫头搬出来的花草。

秋香的脸上难掩得意，但在齐悦看过来时，还是有些胆怯地低下头。

当着满院丫头婆子的面，齐悦觉得还是不能打这位领导的脸，于是恭顺地亲自带人又去挑了新的。

然后这一幕再次上演。

"常云成，你适可而止啊，别玩这种把戏，太孩子气。"齐悦站在正堂里说道，看着侧间里正用宝剑"修剪"花草的常云成。

他只穿着一件素青袍子，也不系腰带，衣服松垮垮的，随着动作露出精壮的胸膛。

"我的屋子，我爱怎么布置就怎么布置。"他说道，将宝剑随手扔在地上，大步向这边走来，越过齐悦，向卧室而去。

"还有，你叫我什么？"他又回头看了一眼，眼神阴沉地问道。

现代习惯互相称呼名字，齐悦挤出一丝笑。

"世子爷。"她屈身，皮笑肉不笑地施礼。

常云成嘴边浮起一丝讥诮的笑，收回视线。

"世子爷，咱们好好谈谈。"齐悦跟过去，才进去，就见常云成解下了外袍。

齐悦的眼前便出现男子半裸的身躯，古铜色的肌肤，结实的肌肉，宽肩窄腰……

她的话不由得停了下来，怔住了。

常云成的手扶在腰带上，就那么一抽，松垮垮的裤子便掉了下去……

"你变态啊？"齐悦虽然年纪大了，但对这种近距离的人体艺术还是一时接受不了，吓得忙转过身，气急败坏地喊道，"屋子里还有人呢，你脱什么脱！"

"我的屋子，谁让你进来的？"

身后传来常云成慢悠悠的声音。

"你的屋子也是我的屋子，我怎么不能进？"齐悦愤愤地道。

"那你随意，大呼小叫做什么？"常云成淡淡地说道。

将我？姐什么没见过，还怕看男人的裸体？姐什么裸体没见过？

"好啊。"齐悦哼笑，转身。

常云成显然没料到她真的敢，顿时色变。

"你……"他才张口要喝骂，却见这转过身的小贱婢是闭着眼的，一怔之后，他竟忍不住"扑哧"笑出了声。

"吓死你。"齐悦闭着眼，带着几分得意说道，然后才小心地半睁开眼，并没有看到会长针眼的景象，那男人的裤子好好地被束在腰间。

"玩这个有意思吗？"齐悦瞪着他说道。

常云成脸上带着笑意："虚张声势。"

他一笑，原本棱角分明有些冷硬的面容便柔和起来，倒也有几分阳光灿烂的味道，帅哥的笑脸总是让人愉悦的，齐悦便也笑了。

看到眼前的女子展开笑颜，常云成一怔，面色忽地沉下来，心里更是惊骇。

他在做什么？他居然对着这个女人笑？

这个女人居然逗笑了他？

齐悦并没有注意到。

"世子爷，咱们好好谈谈……"她还是打算和平共处的，趁着这小子心情不错。

"滚出去。"常云成冷冷地说道，打断了她的话。

齐悦这才看到眼前这个男人又恢复了那种欠债还钱的神情，甚至比之前还要阴沉，如果说之前是欠债不还的话，此时倒有几分欠了债不还还杀人亲父的感觉了。

"喂，你……"齐悦不解，正要再说话。

"滚出去。你不会想让我扔你出去吧？"常云成打断她。

这种态度，就是好脾气的人也受不了，别说脾气不太好的齐悦了。

"你神经病吧！"齐悦沉脸喝道，"一惊一乍一喜一怒的干什么？有什么不高兴的你说出来啊！"

她话音未落，常云成大步上前，一手抓起她的肩头，毫不客气地一推。

齐悦哪里受得了他的力气，人趔趄着被搡了出去，撞在屋角新摆的花架子上。

花盆碎裂，架子倒地的声音惊动了外边的丫鬟们。

秋香第一个冲进来，紧随其后的是阿如和鹊枝。

她们看看地上散落的花盆、土块、木架，再看看及时扶住隔扇墙才没摔倒的齐悦。

"少夫人。"阿如忙上前要扶她。

"我不小心给撞了。"齐悦笑道，用手拍了拍衣裳：“鹊枝，你让人收拾了。"

鹊枝应声，忙去唤人。

秋香审视地看着齐悦，齐悦看向她，她忙收起视线，蹲下身去扶木架子。

常云成并没有从内室走出来，那里寂静无声。

齐悦冲阿如笑了笑。"走吧。"她说道，也不用阿如搀扶，自己缓步出去了。

鹊枝领着两三个小丫头拿着扫帚等用具鱼贯而入。

阿如跟着齐悦进了屋子，小心翼翼、满脸担忧地看着她。

"我没事。我才不会跟那神经病一般见识。什么样的人我没见过？我以前的病人还有病人家属是形形色色的人。"齐悦一面端起茶吃了口，一面对她笑道。

原本准备的一箩筐安慰的话算是没用了，阿如松了口气。

"少夫人您别难过，世子爷只是脾气坏点儿，人其实挺好……"

话音未落，齐悦将茶杯重重地放在桌上。

"臭小子，朝我撒气，你给我等着，我记住了。"

阿如无奈地叹了口气。她就知道……

"少夫人，您别这样说，您跟世子爷，还是要以和为贵。"她忙说道。

齐悦冲她抿嘴一笑。

"当然要和，他是我丈夫嘛，我难不成拿刀子跟他拼命？那岂不是找休书吗？"她笑道，用扇子拍阿如的肩头，"放心，我没那么傻，做出让仇者快亲者痛的傻事。"这小子给我臭脸，不就是想赶我走？我偏不走，就留在这里，开开心心高高兴兴的，打肿他的脸。

当天晚饭时，齐悦依旧笑盈盈地出现在饭厅里。

"世子爷。"她还恭敬地施礼问候。

打了一顿果然规矩了，以前她可没这礼节，一旁侍立的秋香心里说道。

常云成看都没看齐悦一眼，一脸了然。

"世子爷，算起来，明日该出门了。"齐悦不以为意，自己坐下，一面看着丫头布菜，一面笑道。

常云成手里的筷子微微一顿。

算起来该出门了，他心里算了下，似乎听过，拆线什么的……

"怎么？你有事去不得？"他抬起头看向齐悦，嘴边毫不掩饰一丝讥笑。

一招鲜，真的就打算将他吃得死死的？

"有事？有什么事？"齐悦抬头看他，一脸不解，"世子爷有什么吩咐？"

装傻？常云成冷笑一声。

"不过，世子爷就是有吩咐也得等等，我明日必须出门。既然这件事我接手了，就要善始善终。"齐悦抢在常云成之前开口。

这女人居然还是如此嚣张，敢和世子爷这样说话，世子爷，快拿饭碗砸她！秋香在心里狂喊。

不过让她可惜的是，世子爷只是端起碗送到嘴边，再没有说话。他喝完汤，放下碗就出去了。

秋香忙跟上去，临出门时回头看了眼。

"这粥熬得不错，再添一碗。"齐悦说道。

虽然齐悦一如既往平静得像什么都没发生一般，但关注世子院子的人太多了，再加上想看少夫人倒霉的人依旧占定西侯府下人的大多数，齐悦在世子屋子里碰倒了花盆的事很快就传遍了。

"少夫人被世子骂了，吓得撞到了花架子……"

"少夫人想要勾引世子撞倒了花架子……"

"少夫人被世子用花盆打了……"

"少夫人被世子用花盆打得都吐血了……"

阿好和柳儿看着齐悦坐车出了门才回来，不过她们没有回世子的院子。当齐悦不在世子院子里时，阿好便会退出来。她如今虽然看上去无碍了，但齐悦还是要求她多休息，听少夫人的话是阿好唯一的信仰。

柳儿自然唯阿好马首是瞻。

二人转过一条小路时，正好碰到几个丫头，这些丫头正说闲话说得热闹，根本没注意身后的阿好和柳儿。

　　丫头们身后跟着一个晃晃悠悠半睡半醒的老头。

　　"吐血了？还能活吗？"一个丫头对这传言表达了怀疑。

　　"怎么不能活？"另一个丫头哼道，一面压低声音，"吐血而已，算什么大事？"

　　小丫头们的无知让老头听不下去了。

　　"吐血还不是大事？吐血表示五脏六腑受损了，五脏受损是什么？严重的那是不能活了。"他对这些无知的小丫头"叽叽喳喳"很不耐烦，"你们家上次那个丫头，不就是因为伤及内脏才死了？当时还没吐血呢，只是呕吐而已。可别小瞧这吐啊吐的……"

　　老头的话让小丫头们有些惊慌。

　　"啊，大夫，这次要你去看的三小姐的丫头，好像也是因为吃了东西就吐呢，难不成……"

　　"哎，不对啊。"有一个丫头想到什么，"咱们这里没丫头死啊。"

　　这么一说大家才反应过来。

　　"对呀，没有啊，大夫，你记错了吧？"她们纷纷问那老头。

　　"怎么会记错？一个丫头，被罚了杖刑，我是大晚上被叫来的，当时人就不行了。"老头很不喜欢别人质疑他的记性，一面哼道，一面摇头叹息，"小小年纪，怪可惜的……"

　　话音未落，他就听身后有人咳嗽一声，喊了声"大夫"。

　　老头下意识地回过头，见是两个十五六岁的丫头。

　　"大夫，我死得好惨啊——"一个丫头忽地一吐舌头，猛地凑过来，冲他晃着头，拉长声音说道。

　　青天白日陡然来这么一句，让老头吓了一跳。

　　这丫头是疯子？他不由得瞪大眼看去，待看清这丫头的面容，忽地大叫一声，"噔噔"后退。

　　小丫头们看到阿好和柳儿，正要施礼问好，没注意阿好说了什么话，陡然被这老头撞上，顿时乱起来。

　　阿好哈哈笑起来。

　　"哪个姑娘病了？还是换个大夫吧，这个……"她摇摇头，"这个不怎么样。"

　　她说完，笑着摆摆手，走过去了。

"大夫，你干吗啊？"小丫头们觉得丢脸，纷纷指责那老头。

"鬼……鬼……"老头看着走过去的阿好，颤声说道，面色惊恐。

"鬼什么鬼，那是少夫人跟前的阿好姑娘。"小丫头们更是没好气，纷纷说道。看来这大夫真不行，居然发起癔症来了。

老头瞪眼看去。日光下，前方走动的丫头在地上投下清晰的影子，影子随着她的走动，摇摇晃晃，时长时短……

真的是活的……

老头张大嘴，死死地看着那走动的丫头。她动作轻盈，脚步从容，还不时侧过头跟身旁的丫头说笑，笑容鲜活，面容生动。

"不可能，不可能！"他只是反复喃喃，"不可能！"

那日虽然是晚上，但他清楚地记着那个可怜的丫头的样貌。

"阿好姐姐，你干吗？"柳儿不解地问道。

阿好晃着头笑。

"这个大夫当初给我看病，第一句话就说我要死了，吓得我当时就晕过去了。"她带着几分愤愤说道，"要不是……"

她的话到这里戛然而止。

"要不是什么？"柳儿还等着听呢，忙问道。

"要不是我命大，就真的被他吓死了。"阿好笑道，"这次也吓他一次。"

柳儿听了，一面笑，一面回头看，却见那个被阿好吓到的老头瞪大眼冲她们跑过来。

"哎呀，那老头追过来了。"她忙说道，拉住阿好的胳膊要躲。

阿好回头，那老大夫已经冲到她面前，伸手就抓住了她另外一条胳膊。

"你……怎么没死？你怎么没死？"他大声喊道，神情激动，"谁救的你？谁治好了你？"

侯府里发生的事，齐悦并不知道。

今日是那个伤者拆线的日子，齐悦虽然打定主意不再展示手艺，但还是忍不住来看看。

见到她过来，那个伤者直接从床上跳下来。

"齐娘子，你怎么这么长时间没来看我？"他又惊又喜还有些伤心。

也没多久吧。齐悦笑，抬头打量伤者。

"行啊，几天不见就生龙活虎了，果然身子底子好。"她笑道，看向跟进来的刘普成的大弟子："你师父出门了？"

"是，走了好几天了。幸好齐娘子来了，要不然我们还不知道怎么拆线呢。"大弟子说道。

"是出诊去了？"齐悦随口问道，有些遗憾——以后她应该很少出门了，跟刘普成大夫只怕也没机会见面了。这个大夫给她的印象极好，特别像她的导师。

"师父没说。"大弟子答道，"走了好几天了，只说去寻药。"

刘普成不在，那么这次还是她来拆线吧，齐悦扭头找阿如。

胡三眼明脚快地插过来。

"师父，你要准备什么？"他恭敬地问道。

齐悦看了眼被阿如抱在怀里的小包袱。那个大大的急救箱已经没有拿着的必要——除了器械，所有的药都没了，因此出门前齐悦只让阿如用布包上器械用小包袱拿着。

"烧酒，越烈越好，还有加了盐的开水，棉花。"齐悦说道。

胡三应了声，乐颠颠地忙去了。

"你怎么还站着，快躺下吧。"齐悦洗过手，戴上口罩、手套，这才看到那伤者一直站着。

伤者见她看过来，高兴地点点头，手一撑床，利索地躺下来。

"身手不错啊。"齐悦笑道。这就是古代会武功的人吗？

伤者躺在床上看她，露出大大的笑容。

胡三很快将东西拿来了。

"有点儿疼，忍忍啊。"齐悦从棉花上撕下一团，蘸了烧酒，对伤者笑道。

伤者的视线半点儿没离开齐悦。

"看着齐娘子……"他张口就要说道，一只大手及时地堵住了他的嘴，余下的话就变成了"呜呜"。

"齐娘子，没事，这小子不怕疼的，你随意。"黑脸大汉笑呵呵地冲齐悦说道，手死死地堵着那伤者的嘴。

齐悦的笑被口罩遮住，只能看到眼睛弯弯，她没有再说话，低头开始消毒，镊子、剪刀忙而不乱地交替。

室内安静下来，只有伤者偶尔倒吸凉气的声音。其他人的视线除了伤者，都集中在齐悦那剪刀、镊子飞快交替的双手上，修长的手，灵巧的手……

走出千金堂的大门，齐悦转过身，看着送出来的诸人。

"那么，再见了。"她笑着摆手。

"齐娘子走好。"大弟子带着诸位学徒施礼，齐声说道。

他们弯下身，齐悦便看到后边的伤者，他被黑脸大汉拉住，想要跟出来却出不来。

"齐娘子，齐娘子，我叫江海。"他只得冲齐悦挥手喊道。

齐悦冲他笑了笑，再次冲大弟子等人点头，才扶着阿如的手上了马车。

马车在要驶入定西侯府侧门的时候，被一个老头拦住了。

这个老头是府里下人都认识的，因此并没有被乱棍打开，但小厮以及接出来的婆子们还是拦住他，不让他靠近。

"少夫人，少夫人，老儿问你一句话，求求你让老夫说一句话，要不然老儿死不瞑目啊。"老头喊道。

这有几分拦路喊冤的味道，齐悦掀起帘子，一时没认出眼前死死拦住马车的老头是那日见过的老大夫。

"少夫人少夫人，你可还记得老夫？那日深夜给你的丫头瞧病……"老头看到齐悦露出面容，忙挥着手喊道。

"是大夫你啊。"齐悦看着他，心里已经猜到怎么回事了，看吧果然来了，面上立刻露出惊喜的笑，道，"正要谢谢你呢。"

老头被她说得一愣，要喊的话便卡在了嗓子里。

"我？"他怔怔地道。

"是啊。"齐悦笑得情真意切，"那日我那丫头眼瞅着是不能活了，我们就按着你临走时说的话，在院子里拜神医华佗，我和丫头拜了一晚上，那丫头果然好了。"

什……什么？

老头瞪大眼。

"我一直说要赏大夫您，却一直没得空。阿如，快，抓把钱来。"齐悦笑道。

阿如应声下车，解下身上的钱袋塞给那老头。

"不是……少夫人你说笑呢？"他终于回过神，喊道，但眼前哪还有少夫人的身影？

齐悦的马车已经驶入侯府，侧门被徐徐关上，只剩下他手里抓着一个钱袋，呆滞地立在原地。

"这不可能，这不可能……"老头喃喃地说道，目光涣散。

马车进了侯府，齐悦下车，往院子里走的路上便听到今日阿好的笑话了。

"那老大夫扯着阿好姑娘不放，癫狂得不得了，四五个婆子上前才拉开了。"鹊枝笑着对齐悦描述道。

待听到是阿好自己跳出去逗那大夫时，阿如的脸色沉下来。

齐悦倒是神情如常。

"哦？说阿好应该是死了，不该活着？"她笑道，带着几分不在意。

"可不是？真是疯了，好好的，怎么就不该活着呢？"鹊枝笑道。跟随的丫鬟婆子们也纷纷笑着附和。

"这大夫是怎么了？"齐悦摆摆手笑道，"还是再换个大夫来。"

"那大夫当时就被赶出去了。"鹊枝忙答道，"我跟苏妈妈说了，重新选个大夫，苏妈妈已经让人去办了，我也亲自去三小姐那边说了，估计这会儿新大夫已经去给三小姐的丫头瞧病了。"

齐悦看着她笑。"做得不错。"她说道。

"是少夫人教得好。"鹊枝笑盈盈地施礼。

说话间进了院子，齐悦找了个借口打发了鹊枝等丫头，关起门，才叫来阿好问话。

"我没说，只一口咬定我命大。那大夫不知哪来的倔筋，一口咬定我是被人治好的。"阿好低着头说道，"都是我不好，不该去招惹那大夫……"

一进门，阿如就用手狠狠地戳了阿好的头好几下，此时听完了，还是忍不住气急，伸手拉着她就跪下了。

"怎么记吃不记打啊？"她这次是真生气了，自己跟着跪下，郑重地冲齐悦叩头，"请少夫人撵阿好出去，这丫头是万万不能留在这里了。"

"少夫人，阿如姐姐，我再也不敢了，饶过我这一回吧！"阿好大惊，立刻哭着叩头。

齐悦没有像往常那样笑着让她们起来，而是若有所思。

"阿好，其实换个差事也不错。"她说道。

阿好大吃一惊，抬头看着齐悦，面色惨白。

"少夫人……"她瞬时泣不成声，伏地痛哭。

阿如却是一瞬间猜到了齐悦的心思。

"阿好，少夫人是为你好。"她低声说道，"你去吧。"

阿好看着齐悦，泪流满面，咬着下唇，慢慢地俯身叩头。

"阿好，听少夫人的话。"阿如哽咽地说道。

第二日，少夫人身边的阿好姑娘梳头时不小心摔了一把玉梳，少夫人很是生气，训斥了阿好几句，阿好争辩，更惹怒了少夫人。

　　"原本病了之后就该回去好好养养。"少夫人一句话打发阿好出去了。

　　消息传来，让满府的丫头婆子都有些惊讶。众人议论纷纷，说什么的都有。不过随着阿好离开少夫人的院子，除了头几日还有人提到阿好在家里不吃不喝，哭了好几日，渐渐地，没人再提她了。

　　"少夫人，苏妈妈问，挑哪个丫头来补阿好的空缺。"鹊枝问道。

　　齐悦懒洋洋地倚在窗前，看着院子里渐渐发黄的树叶发呆，感觉过了好久了。自己还是回秋桐院去吧，说不定能回去了……

　　鹊枝又问了两遍，她才转过脸。

　　"不用，人够用，不用再添了。"她笑道。

　　没必要再拉人进来了，她指不定什么时候突然走了，这些跟着自己闹腾的丫头还不知道是福是祸，能少一个就少一个吧。

　　"那怎么成？"鹊枝捧茶过来，说道。

　　"那怎么不成？"齐悦接过来，笑道，"有你们几个就够了。怎么，怕累着你啊？"

　　"哎哟，少夫人说的什么话。"鹊枝笑道，"让奴婢怎么回答？"

　　"你就答，把阿好的月例银子给我，我一个人做两个人的活，也就不屈得慌了。"齐悦笑道。

　　"少夫人真敢给我，我就真敢接着。"鹊枝半真半假地说道。

　　主仆二人正说笑，篮儿进来回话。

　　"少夫人，周姨娘的丫头过来送酥糖。"她说道，身后跟着一个笑盈盈的丫头。

　　"少夫人，这是姨娘家里新送来的酥糖，姨娘让给少夫人送一盒，说少夫人爱吃这个。"那丫头自来熟地走上前。

　　阿如没在跟前，自然也没人给齐悦介绍这丫头是谁，齐悦只能从衣裳上分辨出这是个二等丫头。

　　定西侯府的姨娘们最多只能配一个二等丫头，大丫头是没资格有的。

　　"多谢姨娘了。"齐悦笑道。阿如告诉她，对姨娘不用太客气，平常对待便是了，因此齐悦也没起身。

　　鹊枝伸手接过酥糖，那丫头眼中闪过一丝意外，但很快掩下了。她看了看屋内，似乎有话要说。

　　"篮儿，去包一盒咱们这里的糖给姨娘尝尝。"齐悦说道。

篮儿应声出去了，鹊枝没有动。

"有什么话就说吧。"齐悦看着那丫头，笑道。

这个鹊枝真成了少夫人的心腹？阿金有些意外。

"是这样，少夫人这里缺人手，姨娘怕少夫人一时找不到顺手的，便让奴婢来说一声，后厨的喜梅是个伶俐的，少夫人不如先用着试试。"她便也痛快地说道。

齐悦有些惊讶。这个周姨娘跟自己说话这样痛快，莫非跟原主关系不一般？她是真的再次帮自己，还是这么快就来要互惠互利了？

她心里想着，面上含笑点头。

"多谢姨娘惦记，我记下了。"

阿金把话传到，便不再多留，告辞走了。

"没听过这个喜梅啊，少夫人，奴婢去打听下？"鹊枝在一旁说道。

打听人的事，齐悦一般不会交给鹊枝。

"核对库房账目的事要紧，这种小事让篮儿去吧。"齐悦说道。

鹊枝高兴地应下了。核对库房账目会受到管库房的娘子们的追捧讨好，可比打听人要光鲜得多。

"周姨娘是老侯夫人的侄女，是老夫人庶弟的庶女。"阿如对齐悦介绍道，"以前很受老夫人看重，跟少夫人您也算是熟悉亲近。"

"周姨娘说的这个喜梅能言善道，只是一点，嗜赌。"篮儿简洁地答道。

齐悦原本就没打算再添人，听了这丫头的来历、年岁，也不太想用，听到嗜赌，更是再不考虑，过了两日直接说府里人手不多，不好再抽调丫头，便让身边现有的三个丫头辛苦些，将空着的二等丫头的月例银子加到这三人头上，了结了此事。

消息传来，周姨娘和阿金都大吃一惊。

"真是觉得有了侯爷和世子撑腰，翅膀就硬了？连我都不理会了？这丫头是欢喜得傻了吗？"周姨娘笑得轻松，手却不自觉地攥紧了茶杯。

齐悦可没想这么多。她之所以管家，就是为了让自己过得舒服点儿，放在身边的人自然不能随意。这件事很快就被她丢在脑后，因为实在是顾不过来了，正如她自己所说，自从得了世子和侯爷的势后，她们的日子过得反而不如以前顺利了。

先是三小姐的丫头因为一碗粥跟厨房的人闹了起来，紧接着库房的账目在核对时有出入，一群婆子在库房里差点儿上演全武行，苏妈妈一推二五六，有什么事只有一句"回少夫人去"，闹得齐悦的院子跟过年似的。

虽然齐悦快刀斩乱麻地解决了,但还是被侯爷叫去了,因为这次的事涉及他的身边人了。

"你要是有不懂的,多问你母亲。"定西侯含笑说道。

齐悦应声"是",抬起头看着坐在一旁似乎入定的夫人、用帕子擦泪的朱姨娘以及斟茶的周姨娘。

"少夫人也别怪我事儿多,"朱姨娘哽咽道,"我也不知怎么了,突然就想吃蒸鱼了,我刚来的,也不知道府里的规矩,不知道自己不能添菜……"

定西侯的脸色便比方才难看了几分。

"月娘,规矩是死的,人是活的,咱们这是家,不是那朝廷的衙门。"他接过周姨娘的茶,慢慢说道。

虽然眼前的是个美人,但自己近身伺候的人受了委屈,他这个当男人的有些没面子,跟美人比起来,还是面子重要些。

周姨娘奉了茶,就安静地站在一旁,没有说话。

"是媳妇的错,姨娘快别这么说。"齐悦笑着说道,"有了身子的人,胃口是跟以前不一样,是我疏忽了,我这就告诉她们去。"

朱姨娘带着几分委屈地笑了。

"还是我不好,让厨房的人为难了,我也不知道怎么就突然想吃这个,突然又想吃那个。"她说道,一面去看定西侯,一手扶着隆起的肚子。

"侯爷,不如给朱姨娘单独开个小厨房。"一直没说话的夫人开口了。

定西侯迟疑了一下,看齐悦。

齐悦立刻点头笑。

"还是母亲考虑得周到。"她忙说道。

"这……这不好吧。别人都没有,"朱姨娘如同受惊的兔子一般,怯怯地看着定西侯,"我又是新来的……"

新来的怎么了?在外边还锦衣玉食地捧着,进门了还能为了吃的受委屈?定西侯立刻拍板了。

夫人嘴边带着一丝笑,重新入定了。

"少夫人,真不该开这个口。"阿如焦急地道。

齐悦坐在炕上喝茶润嗓子。

"我知道,朱姨娘开了头,其他姨娘必然也要动心思的。"她说道,"但是我怎么也不能驳了侯爷的面子吧。"

"夫人是故意的，她以前可从来没给谁开过这个口子。"阿如叹了口气说道，一脸忧愁，"这下好了，别的人又有借口闹腾了。"

"怕什么，那是侯爷开的口，她们想要，去找侯爷要啊。"鹊枝哼道，用手帕子掩着脸，上面有尚未退去的巴掌印，那是三小姐赏的。

"话可不能这么说。侯爷是当家人，我是管家人，就是为他分忧做事，什么事都闹到他跟前去，还要我干什么？"齐悦笑道。

鹊枝点点头。

"既然这么说，那群婆子就太过分了，苏妈妈也是，她们怎么不这样想？有事就装傻，什么都往少夫人这里推。少夫人，她们也没用，卸了她们的差事。"鹊枝又愤愤地道。

齐悦叹气。

"撤一个两个好说，撤十几个可就不好说了。"她伸手掐了掐额头。

鹊枝和阿如都一脸愁容。虽然有管家的名，但没有管家的势，真是难啊。夫人不仅不帮忙，还故意挑唆为难，要是老夫人在就好了。

"周姨娘来了。"门外有丫头回道。

齐悦有些意外，阿如忙亲自去门口迎接。

一个姨娘而已，鹊枝不以为意，站着没动。

齐悦站起来，笑着请周姨娘坐。

"那时候我也没法帮你说话，你能顺着应下来挺好，侯爷这人呢，看上去脾气挺好，其实很倔，只能顺着，不能顶着。"周姨娘坐下来，开门见山地道，满面赞许地看着齐悦，眼神里有几分亲切感念，"你如今果真懂事了，老太太要是还在，肯定高兴得很。"

齐悦已经知道这周姨娘的身份了。一个是老侯夫人的亲戚，一个是老侯夫人亲自带回府里的，她们两个自然是老侯夫人的亲信，齐悦虽然没有齐月娘的记忆，但也可以想到齐月娘跟周姨娘一定是亲近的。

"让姨娘你操心了。"齐悦忙含笑说道，立刻想到上次那丫头的事：莫非自己错了，那个丫头确有过人之处，所以周姨娘才竭力推荐她？想到这里，齐悦有些歉意，"上次那丫头的事……"

"丫头少用一个两个没什么，但管事的婆子可就不一样了。"周姨娘打断她的话，笑着说道，从袖子里拿出一张单子。

齐悦接过来，见上面写的是人名，还有各自擅长的东西。

"这些都是当年的老人，老太太的人。"周姨娘说道。

齐悦立刻明白了，看着她，点头一笑。

"多谢姨娘，我知道该怎么做了。"

周姨娘拍拍她的手，露出长辈见晚辈的笑。

院子里这时热闹起来。

"世子爷回来了。"鹊枝兴奋的声音传进来。

一阵脚步声过去了，然后便是世子爷屋子里传来声响，秋香唤人打水什么的。

周姨娘在听到鹊枝的声音时已经站起来，却见齐悦还坐着。

"你怎么不去伺候？"周姨娘惊讶地问道，又摇头。

"他又不喜欢我伺候。"齐悦笑道。

周姨娘摇头笑了。

"男人都是口是心非的。"她看着齐悦，含笑说道，伸手拉起她，端详一刻，"这大好的年华，可不能就这样浪费了。"

齐悦被她拉住手，察觉到手里被塞进一个纸包，不由得"咦"了声。

周姨娘按住她的手拍了拍。

"这是男人都喜欢的香，你擦上。"她笑道，起身走了出去。

齐悦张开手，打开纸包。粉红色的粉末，幽香扑鼻，闻起来还有些腥，齐悦闻过之后只觉得心口烧热，有一些莫名的冲动。

这就是传说中的春药？这个周姨娘还真是……

齐悦摇头，把纸包重新包好，扔给进门的阿如。

"烧了去。"

阿如什么也没问，立刻把东西塞进袖子中出去了。

接下来果然如她们猜测的那样，朱姨娘有了小厨房，很多人开始在饭食上挑拣起来。

齐悦听着鹊枝的汇报，短短几日，除了三少爷外，府里的大小主子都开始折腾了，包括才几岁还被奶妈抱着的四小姐。

"姨娘、少爷、小姐的饭菜都有定例，折成银子，看是多少，她们要什么便做什么，只有一个，不许超过那定例的银子数额，在这个范围内，吃什么，吃多少，什么时候吃，都随意。"齐悦吩咐道。

管事的婆子们自然又是一番推托，有的说不合规矩，送饭菜的说人手忙不过来，厨房说有些饭菜不会做，采办说恰好没有采办这些主子心血来潮要吃的菜肉……乱哄哄的声音几乎掀了屋顶。

"这么说，你们做不来？"齐悦听她们嚷够了，才放下茶杯问道。

"不是我们推托，少夫人，这是从来没有过的事儿……"一个婆子领头说道。

"日子这么长，一天一天地过下去，总有新鲜的事，有了事儿就想法子解决，死揪着以前做什么？人手不够，添人；不会做，学；没采办，去买，有什么做不来的？"齐悦打断她的话，目光扫过神情不一的管事婆子们，"既然做不来，那就换能做的人来吧。"

此言一出，管事婆子们都惊呆了。

"少夫人，这临近年根，府里可是最忙的时候，乱不得。"苏妈妈再装不得瞎子聋子，忙说道。

"没事，多大点儿事，眼前的活儿，谁看了都会。"齐悦摆手说道，利索地拿起人名册子，开始吩咐谁替换谁。

当她一个个名字念出来时，苏妈妈以及在场的大多数人都变了脸色。

"我就知道！是那贱妇在背后兴风作浪！"谢氏一巴掌拍在桌子上，震得茶杯晃了晃。

这府里的下人一瞬间又回到当初老侯夫人在时的班底。

"我就说这次闹得怎么比我预想的厉害，原来是周姨娘在背后推波助澜，拿着少夫人当枪使，借着这机会换咱们的人。"苏妈妈小心地扶住茶杯说道。

谢氏冷笑一声，面上的怒气散去。

"不就是几个使唤的人吗？以为这就能登天了？"她靠在引枕上，笑道，"她以为这还是以前啊？她不是老侯夫人，而成哥儿也不是侯爷。"

苏妈妈点点头。可不是，当初周姨娘之所以在府里那么得意，靠的还不是老夫人以及侯爷的恩宠？但如今的少夫人可是……

"夫人，少夫人在世子爷屋子里住的时候够久了，这夜长梦多，又是孤男寡女的，咱们世子爷自然没事，可是那女人指不定有什么下作手段呢，别忘了周姨娘可是在背后，万一真的跟二夫人说的那样……"她想起什么，低声说道。

谢氏又坐正身子，点点头。

"当初那老贼妇为了壮这贱婢的势，不许咱们成哥儿屋里添半个伺候的人，后来成哥儿又一走三年，如今回来了，自然是该添人了。"她说道，"把世子爷叫来，再把我挑的那几个丫头也叫来。"

苏妈妈闻言应声"是"，忙退下了。

第八章 被 逐

自从按照周姨娘的名单更换了人，齐悦觉得一下子清净下来。

"看来你们这老夫人还留着后手呢，原来还有周姨娘扶助。"她笑着对坐在脚踏上绣鞋的阿如说道。

"周姨娘。"阿如停了针，叹了口气，"当初老夫人管家，她协助，对家里这些事、这些人再熟悉不过了，不过身份到底是上不得台面，老夫人一不在，她就……"

齐悦点点头。

"我还以为周姨娘不会帮少夫人呢。"阿如又笑道，接着低头飞针走线，"当初少夫人被关进秋桐院，缺吃少穿的，实在没法了，求到周姨娘那里。"

"她没帮忙？"齐悦问道。

阿如点点头，手上的针又停了下来。"那时候，周姨娘的日子也不好过，夫人时时刻刻等着拿她的不是。再说，她就算想帮，又能帮上什么？"她摇头叹息道。

齐悦"哦"了声，坐起来活动胳膊。既然这个周姨娘有心，那她便可以省心了。

"阿如，我们出去走走吧。"她说道。

"少夫人要出府吗？"阿如放下手里的活问道。

最初她的确想见识见识古代的街市，不过此时却有些怏怏。

"不了，去秋桐院吧。"齐悦说道。

阿如应了声，取过一件披风给她系上。

制止了一大群要跟着的丫头，齐悦只带着阿如走回了秋桐院。原本白日也在这里歇息的阿好已经被撵回去，所以白天这里冷冷清清的，只有一个婆子在看门。

　　"阿好怎么样？"齐悦问道。

　　阿如扶着她迈过门槛。

　　"让她挑去哪里，她还没挑，在家恹恹的。"她答道。

　　"你给她挑一个好了，工作清闲、人事简单又饿不着的地方。"齐悦说道，看着院子。才几日不住人，这里就有些荒凉的感觉。

　　阿如"咯吱"一声推开门，当然不至于有灰尘落下，按照吩咐，这里可是天天有人打扫的。

　　齐悦抬头看房梁。

　　阿如跟着看去，不知怎的，心里竟有些发寒。

　　"我当初就是从这里来的。"齐悦伸手指着房梁，笑道。

　　阿如打了个寒战，不知道说什么。

　　"我一醒来，要被吓死了。"齐悦也没等她开口，自言自语一般接着说道，"到现在我还觉得这是在做梦呢。阿如，这是做梦吧？"

　　"少夫人，阿如活生生的呢，不信您掐一下。"阿如说道。

　　"我掐过好多次了。"齐悦摇头笑道，拍拍自己的胳膊，再次抬头看房梁，"你说，我再上去上吊一次，会不会就回去了？"

　　阿如吓得立刻跪下了，扯着她的衣角。

　　"少夫人，这可玩不得，那可不是回去，那就是死了。"她颤声说道。

　　"可不就是你们少夫人死了，我才来的，我要是死了，也就能回去了吧。"齐悦依旧看着房梁皱眉，跃跃欲试。

　　"那谁说得准，这可不能试的，这是命啊。"阿如急得拽她的衣角，"命可是只有一次，试不得的。您……您不是也说了，命很宝贵的，不能轻易说死呀死的，您倒是说我，自己却不听。"

　　齐悦回过神，哈哈笑了，忙伸手将阿如拉起来。

　　"是啊，是啊，真不能轻易试，就这一条小命，好容易活下来，不知道是怎么样的好运气呢。"她笑道，"打嘴打嘴，是我的不是，说错话了。"

　　阿如这才松了口气。

　　"少夫人，咱们出去走走吧。"她忙说道，不敢再在这里待着了。

　　齐悦摇头，就在屋子里坐下来。

"再坐一会儿，说不定坐着坐着就突然回去了。"她自言自语道，"只是，要是回去，是灵魂回去呢还是身体一块儿回去？要是灵魂回去，那这具身子是死了，还是齐月娘再回来？"

她嘀嘀咕咕，阿如在一旁听得浑身汗毛倒竖，恨不得拽着齐悦快快离开这里。

"阿如，我真想回家啊。"齐悦抬起头看着高高的屋顶，叹气道。

阿如不知道该怎么安慰齐悦。她想起自己刚来定西侯府的时候，白天不敢哭，晚上躲在被子里哭——想家。那个家那么穷，留在家里或许会饿死，但是她还是想，想爹娘。有爹娘在，那就是家，再穷再苦也是想起来就幸福的地方。

少夫人的家肯定比自己的家要好很多很多吧，她自然更是会想……

室内二人都沉默下来。

一阵空灵的琴声传来。

原本神情迷惘的齐悦回过神，侧耳去听。

琴声似远似近，旷远流畅，隽永清新。

齐悦不由得站起来。

"谁在弹琴啊？看看去。"

阿如求之不得，忙跟着出去。

打开院门，琴声愈响，齐悦循声而去，转过秋桐院，见前面是一方如屏障的竹林，此时竹林前一座小亭子里有一个背对她们面向竹林的男子正在抚琴。

齐悦要走过去，阿如拉住她。

"是三少爷。"阿如低声说道。

话音未落，就听琴声一停，那人回过头来，果然是那个三少爷。

"月……大嫂？"他显然很意外，站起身来。

"你也会弹这个啊？"齐悦笑着走过去，想起常云成屋子里也摆着一张古琴。古代的人就是高雅，琴棋书画样样精通。

她说了这个"也"字，常云起也明白了。

"父亲喜欢这个，因此我们兄弟姐妹都请了名师教，不过，大哥学得最好，小弟献丑了。"他笑道。

"哪里丑，这么好听。"齐悦笑道，一面走过去，"我好久没听音乐了，你再弹一个我听听。"

阿如在后扯她的衣袖，却被齐悦甩开。

"我都快闷死了。"她低声对阿如说道。

阿如一顿，讪讪地收回手。

她们的动作、对话，常云起都看在眼里，便是一笑，也没再说话，撩衣盘腿坐下来，稳了稳琴弦，便弹奏起来。

齐悦在一旁的台阶上坐下来，听着悠长的琴声，看着面前秋日里依旧苍翠的竹林，暂时抛却了纷繁杂思。不知道过了多久，琴声方才停下，然而余音袅袅，仿佛还在耳畔回荡。

"真好听啊。"齐悦回过神，鼓掌说道。

常云起笑了。

"你学了多久啊？好不好学？"齐悦又问道。

常云起看着她。

"你，真的忘了以前的事？"他忍不住问道。

"那还有假啊？"齐悦笑道。

常云起的神情明显是不信。

"这世上，说真话没人信，说假话人人信，真是奇怪。"齐悦冲他撇撇嘴，说道。

"这怎么可能？"常云起摇头。

"怎么不可能？一切皆有可能。"齐悦笑道，看着常云起面前的古琴，忍不住起身走过去，蹲下身子，伸手抚了下。

琴弦发出杂乱的声响。

"这是古琴吧？"她好奇地问道。

"是。"常云起笑道。

"一定很贵吧。"齐悦点点头，说道。

常云起不知道说什么，只是笑。

"你还好吧？"他忽地问道。

齐悦正研究着古琴，听见问话，抬头看着他。

"好啊。"她看着常云起眼中流露的关切，这关切可不是虚假的，是她来到这里后看到的为数不多的善意神情，便笑了，点点头，"多谢。"

常云起被她这一笑一谢弄得有些不自然。

"倒是长进了，知道说谢了。"他笑道。

"我以前不说谢啊？"齐悦随着他的话问道。

阿如在一旁咳嗽一声，打断了二人的对话。

"少夫人，出来时候不短了，该回去了。"她低头说道。

"回去干吗？"齐悦摇头，随口道。

这话听在常云起耳内便另有意思了,看着齐悦,神情便又沉了沉。

"他真的打你了?"他忽地问道。

阿如同受惊的兔子猛地抬起头,齐悦则没反应过来。

"谁?打我?"她问道,看了常云起一眼才反应过来,便笑了,"没有,没有,你听她们瞎说。"

常云起一脸不信。

"你哪次挨了欺负不是说'没有'?"他摇头说道。

齐月娘可能是这样,但齐悦可不是。

"真没有。"齐悦举手笑道。

"少夫人,咱们回去吧。"阿如再次提高声音道,看了眼常云起,"时候不早了。"

齐悦抬头看天,才过午时,天蓝云白的。

"回去吧。"常云起笑道,先站起身来,"我也该回去了。"

齐悦"哦"了声,拍拍手,站起来,跟他一同往前走。

"你的院子就在这附近啊?"她随口搭话。

常云起停下脚步看着她。齐悦不明白,也看着他。

"我信了。"常云起一笑,"果然记不得以前的事了,连我住哪里都不知道了。当时的院子,还是你和我一起挑⋯⋯"

阿如在后面重重地咳嗽一声,打断了常云起的话。

常云起眉头皱起来,回头看了阿如一眼,面色沉下来。

"怎么?我如今连和月娘说话都不行了?"他看着阿如问道,"别说如今她是我大嫂,就说当初一同在老太太院子里住了一年的兄妹情分,如今竟是连话也说不得了?"

阿如"扑通"跪下叩头,连连说不敢。

"她不是那个意思。"齐悦忙笑道,伸手拉阿如起来。

阿如低着头不敢起来。

常云起哼了声,提脚先走开了,阿如这才起身。

"兄弟姐妹的,说说话,你别这么紧张。"齐悦对阿如低声说道,"难不成你们这里连⋯⋯"

阿如吓得忙伸手掩她的嘴,冲她摇头,满眼惊恐。

齐悦笑着不说话,见前面的常云起又停下脚。

"大嫂,你上次做的那烧烤,那个烤大蒜挺好吃的,什么时候再请我吃一次?"他转过身说道。

"好啊,没问题,随时可以。"齐悦笑道。

说完她又皱眉,自己什么时候请他吃烧烤了?

说话时,路边走来四五个丫头婆子,看到这边的三人,忙收住脚,再听到这话,便低了头。

常云起已经走到她们面前。

"三少爷。"她们齐声见礼。

常云起夹着琴大步走开了。

"少夫人。"丫头婆子们又对着紧接着走来的齐悦施礼。

齐悦"嗯"了声。阿如低着头,紧紧地跟着,二人向另一边而去。

阿如似乎很受打击,一路上任凭齐悦怎么逗都不再说话。

"你这小孩子,神经也紧张了。"齐悦笑道。

阿如绷着嘴不说话。

齐悦正想法子逗她,对面有丫头跑过来。

"少夫人,少夫人。"鹊枝一脸惊恐地喊道。

"怎么了?"齐悦忙问道。

"少夫人,不好了。"鹊枝都快哭出来了,冲到她面前,腿都站不住了,"世子爷带了两个通房回来……"

"通房"这个词,齐悦并不陌生。

"现在才有通房啊,不是说一懂事就会有吗?你家世子都二十多岁了,怎么才有?"齐悦好奇地低声问阿如。

"一则是咱们家老夫人对少爷们管得严一些,但凡敢勾引少爷的,必是要打死的,所以家里的少爷们不到年岁屋里并不敢放人。"阿如低声说道。

齐悦点点头。家里美人太多了,又有个这样的父亲做榜样,只能管得严一些,要不然……

"至于世子,到了年纪后,是老夫人不允许有人的。"阿如接着说道,看了眼齐悦。

齐悦指了指自己,阿如点点头。

"老夫人对我真够好的。"齐悦感叹道,叹了口气。

"少夫人,您快点儿。"鹊枝在前边恨不得一溜小跑,回头看齐悦还慢悠悠地走着,不由得催促道。

"急什么啊?急着拥美入怀享受的又不是我。"齐悦慢悠悠地说道,又看阿如:

"这通房有什么规矩？比如需要我同意吗？"

"世子爷身边的丫头，自然是少夫人的丫头，更何况这种身份的，更是要少夫人您开口且吃茶开脸了才算。"鹊枝抢过话忙忙地说道，"少夫人，你可别装那大方样，世子爷才回来，还没多久呢，就要了通房丫头来，传出去，您的脸面可……"

"闭嘴。"阿如喝道，脸色沉下来，"世子和少夫人之间的事，轮得到你一个丫头来指手画脚？"

鹊枝还是怕她的，低下头，不敢说话了。

"哦，还要我同意啊？"齐悦笑道。

"话虽是这样说，"阿如看她笑得这样灿烂，心里有些不好的预感，忙说道，"不过，少夫人，既然世子爷都带回来了，您可千万别让他扫兴，不过是两个丫头而已。"

齐悦"哦"了声，点点头，笑眯眯的，没再说话。

说着话，三人走到院门前。

"少夫人回来了。"见她回来，门上垂手而立的丫头们一声声传进去。

齐悦走进院子，径直向世子的屋子去了。

"少夫人，"秋香一听到传报就出来了，不似以往见了她惧怕中还带着几分厌恶，此时竟是满脸笑意，"正要去找您呢。"

齐悦没理会她，进去了。

常云成坐在椅子上吃茶，一动不动，眼皮都没翻一下，似乎没听到也没看到她进来。

屋子的一角站着两个十六七岁的丫头，急忙给齐悦施礼。

齐悦也不客气，就在常云成一旁的椅子上坐下，笑着打量这两个丫头。

她们身材圆润，梳着简单的发髻，身上也没什么饰物，穿着二等丫头的衣裳。

"抬起头我瞧瞧。"齐悦笑道。

两个丫头先是低着头互相交换了个眼神，然后抬起头来。

鹅蛋脸，杏仁眼，神情柔美。

齐悦再次称赞这定西侯府挑人的眼光，媚而不妖，娇而不俗。

"这是母亲赐的屋里人。"常云成说话了，还是看都没看齐悦一眼。

那两个丫头听了这话，便立刻跪下来冲齐悦叩头。

"见过少夫人。"

一旁侍立的秋香立刻捧过来两碗茶，二人接过，跪行到齐悦面前，将茶举起来。

齐悦笑眯眯地看着，没有接。

"少夫人。"秋香轻声提醒一句。

"这两个丫头长得不够好，我不喜欢，再选吧。"齐悦笑着说道。

两个跪在地上的丫头都顾不得身份，惊愕地抬起头看向少夫人。

站在齐悦身后的阿如都恨不得伸手掐她了，急得一头汗。

所有人都惊讶，除了常云成，他的眼中反而闪过一丝了然。

这女人不就是以跟他作对为乐吗？果然，不枉他高高兴兴地带人回来看戏。

"我喜欢。"他终于看向齐悦，冷笑一声说道。

"世子爷这话说的，难道只要你喜欢，家里就能乱了规矩吗？"齐悦慢悠悠地抚着手指说道，"父亲那么喜欢朱姨娘，没有母亲开口，还不是在外养了几年不能接回来？"

她说到这里，抬头看常云成。

"父亲以身作则，世子爷您这做儿子的，反而要越过老子？"她笑问道。

常云成看着她，齐悦也看着他。

拿你娘来压我，那我就拿你爹压你，谁怕谁啊？谁恶心谁还不一定呢。

屋子里的气氛顿时变得紧张起来，丫头们战战兢兢，大气也不敢出一下。

"你这是忌妒？"常云成忽地收了严肃，靠在椅背上，慢慢地说道，似笑非笑地看向齐悦。

"我忌妒什么啊？"齐悦笑道，"她们还没我漂亮呢，我用得着忌妒她们？"

丫头们再忍不住，齐齐地看向齐悦。这……这少夫人可真够不谦虚的。

常云成看着她，失笑。

这女人还真……真有些意思。

"不过，既然世子爷喜欢，那也罢了。"齐悦话锋一转，说道，"我听世子爷您的。"

紧张起来的气氛顿时又缓了下来。

阿如更是从差点儿憋死中缓过一口气来，秋香面上有些失望。

常云成只是看着她，没说话。

"我以后再给世子爷挑更好的。"齐悦冲他一笑。

常云成冷笑了一下，依旧没说话。

齐悦不再说话，伸手接过那两个跪在地上已经是浑身打战的丫头的茶。

"你们两个起来吧，好好伺候世子爷。"她每杯茶浅尝了一口，放下茶杯，左右看了看，将桌子上摆着的一对精细小巧的美人瓶抓过来。

"事情突然，我也没什么准备，世子爷屋子里摆的都是上好的东西，这两个赏你们吧。"

反正她是绝对不会出钱出东西的，这个世子爷的东西没在她名下挂着，赏起来正好。

跪在地上的两个丫头看着眼前的美人瓶都傻了。

这……这种见面礼还真是独特……

齐悦收回手。

那俩通房接过瓶子，叩头道谢。

"秋香啊，你去给厨房说，咱们今晚添几个菜，有喜事嘛。"齐悦说道。

秋香看了眼常云成。

常云成靠在椅背上，不知道在想什么。

眼瞅着齐悦盯着自己，秋香不敢再耽搁，应声"是"，退下了。

"多谢少夫人抬举，奴婢们不敢。"两个通房丫头已经走完流程，脸上没了先前的紧张，带着笑跟齐悦说道。

"哪能啊，你们是伺候世子爷的嘛，这是大大的要紧呢。"齐悦笑道。

阿如终于松了口气。齐悦又回头问她还有别的要布置的没。两个通房见少夫人如此好说话，神情又是高兴又难掩几分得意，也没了原先的拘谨，开始和齐悦说话，屋子里便变得分外热闹。

常云成越听脸色越难看，将茶杯重重地放在桌上，屋子里女人的说笑声顿时没了。

"说完了没？"他沉着脸说道，"没说完滚出去说。"

齐悦笑着站起来，冲两个吓得不知所措的丫头摆摆手。

"走，走，先退下吧。"

两个通房感恩戴德地退了出去，齐悦扶着阿如，也起身往外走，走到门口又想到什么。

"世子爷，"她停下脚，回过头看着常云成，"我也正想跟世子爷说，日日家事繁杂，人来人往，如今又添了两个人，这院子越发纷乱，为了不扰世子的清净，我这就搬回秋桐院去。"

阿如却是不知道她有这个打算，听了大吃一惊。

常云成抬起头看着她，忽地笑了。

"原来是这样啊。"

齐悦看着他的笑，心里有些发寒，脑子里不由得冒出一句话：不怕夜猫子哭，就怕夜猫子笑……

"世子爷，这段日子多谢了，你帮了我，我帮了你，咱们算是两清了。"她忙开口说道。

"可不是，我今日去看了，我那手下已经痊愈了，已经回北边了。"常云成笑着站起身来，"正要告诉你一声。"

虽然早已经知道这个结果，但齐悦听到他说出来，还是很高兴，脸上也露出真挚的笑容。

"是吗？那多谢世子爷了。你还是要告诉他，要注意一段时间，别让伤口再受创。"

常云成点点头。

"好，我知道了，我会转告的。"他笑道，"还有别的要说的吗？你的忙已经帮完了吧？"

"没了。"齐悦笑道，"这个忙我帮完了。"

"那好，你可以从这里滚出去了。"常云成笑道。

齐悦的笑容顿时收住，哼了声，甩手就转身。

身后常云成的声音猛地拔高了。

"来人，少夫人最近太劳累了，身体不适，要到碧云庄去休养休养。"他高声喊道。

此言一出，外边的、屋里的人都是大吃一惊。

"常云成，你说什么？"齐悦转过身，瞪眼问道。

"让你滚蛋啊。"常云成看着她，脸上依旧挂着笑，"不是说已经帮完忙了吗？我求不到你了吧？"

"常云成，不带你这样的啊。"齐悦气急走过来，"我已经说了不在你这里住了，你别太过分了。"

"不在这里怎么够？"常云成冷笑道，"你要滚得远远的，我再也看不到你，那才够。"

"常云成，你休想！"齐悦一把揪住常云成的衣襟喊道。

离开定西侯府，她决不能，离开这里，她还怎么回去？

"那你就看看，看我能不能。"常云成攥住她的手腕用力。

齐悦忍不住痛呼出声，只觉得手腕都要碎了。

"世子爷息怒！"阿如哭着跪行过来，连连叩头。

常云成哼了一声，一把松开手，齐悦捂着手腕倒退几步，头上疼出一层虚汗。

"常云成，你太无耻了吧，过河拆桥，有你这样的吗？"她抬起头看着这个男人，慢慢说道。

这个男人负手而立，带着一脸嘲讽的笑看着她。

"我就过河拆桥了，你又待如何？"

齐悦看着这张英俊的笑脸，恨不得扬手打过去，但她知道打过去也没用。

"好。"她抚着被攥出一圈瘀青的手腕，恨恨地看着他，"但愿你别后悔，别有一天再来求我。"

"我求你？"常云成仰头哈哈大笑，笑声猛地一收，伸手往外一指，冷冷地吐出一个字，"滚。"

常云成的动作很快，或者说他早就准备好了，齐悦都没来得及搬救兵，几个神情不善的婆子已经在院子里等着了，轿子也抬进来了。

"常云成，你敢！我告诉父亲去！"齐悦都快气疯了。这就是断了她回家的路，这就是要了她的命！

她转身就要往外冲，一面喊着自己的丫头们。

那些婆子拦住路，而齐悦的丫头除了阿如其他的居然都被打发出去了，并没有在眼前。

阿如哭着不停地给常云成叩头哀求。

常云成看都没看她一眼，反而挥挥手，两个婆子上前塞住了阿如的嘴。

"我自会告诉父亲的。"常云成冷笑道，"你不用操这个心。你现在要操心的就是，你是想被绑着走，还是自己走？"

等周姨娘等人听到消息时，马车已经离开了定西侯府。

周姨娘气急，赶到定西侯那里，谢氏和常云成都在。

"她这段日子太劳累了，何况旧病都还没好，所以让她去碧云庄上休养一段时日，我怎么说她都不肯来和父亲母亲说，只说那样是不孝，方才为这个，我们还吵了一架，儿子实在气不过，便自作主张送她去了。"常云成给定西侯解释道，"我来给父亲母亲说一声，过几天儿子也去那里陪陪月娘。"

定西侯原本还有些疑虑，听了他这也去陪陪月娘的话便笑了。

"也好，你们夫妻两个离别三年未见，该是自自在在地小聚，我也好早日抱上孙子。"

"成儿也太心疼媳妇了。"谢氏在一旁淡淡地说道,"家里一摊子事呢,她这就走了,你屋子里连个人都没有。"

"不是还有母亲吗?让母亲受累了。"常云成笑道,"还有,父亲,月娘给我挑了两个丫头,开了脸。"

定西侯听了这话,笑得更是厉害,满意儿子也满意儿媳妇。

"姨奶奶,"阿金低声急道,"去告诉侯爷真相,是夫人给世子爷屋里添人,少夫人气急二人才闹起来的……"

"为了通房跟世子爷闹起来,"周姨娘看着她,"你觉得侯爷听了会替儿媳妇撑腰?"

对侯爷这样拥美无数的人来说,这是不可原谅的妒妇行径……

阿金尴尬地低下头。

"真相。"周姨娘摇头,凄凄一笑,"真相就是女人再闹再好再聪明都是没用的,闹来闹去,让你生让你死的,只不过是男人的情,有情,便什么都有;无情,便什么都没了。"

"那少夫人就……"阿金咬住下唇,一脸担忧。

"这个废物,不就是两个通房,也值得闹?没出息!"周姨娘咬牙低声说道,手紧紧地攥起来,从牙缝里一连挤出四五个"废物"。

阿金叹气。

"我觉得,少夫人不是这样的人,或许有别的内情。夫人这么久都没动作,可见一定是在暗地里布置了什么,不过是等今日这个机会罢了。"她低声说道。

周姨娘没有说话,主仆二人沉闷地慢行,过了许久,她才吐了口气。

"咱们先顾着怎么善后吧,各人自求多福。"周姨娘淡淡地说道。

"可是,要是她们有心……"阿金伸手做了个抹脖子的手势,低声说道。

周姨娘哈地笑了。

"我倒巴不得她们这样做,心里日夜恨不得人家死了干净,却拖拖拉拉三年都不下手……"她用帕子掩嘴喃喃地道,眼里却闪过一道亮光。

这丫头是老太太请皇上圣旨赐婚,如果被这母子两个害死了,要是告上去,这母子俩不死也休想全身而退。

以前在府里,又没个由头,这次夫妻闹,又是世子爷亲自送出去的,阖府皆知,那女人要是真这个时候死了,可就……太好了。

"你让人注意着那边点儿，这贱妇指不定做出什么害月娘的事呢。"周姨娘收起笑，神情严肃，看向阿金低声嘱咐道。

"是，姨奶奶放心，奴婢知道。"阿金点头。

齐悦是被从马车上搀下来的，倒不是因为被绑起来了，而是一路上颠簸导致晕车，害她吐得昏天黑地。

马车停下来时已经是半夜了，秋末的夜温度很低，齐悦不由得抱着手缩着肩，还没来得及看一眼这门庭，就被半推半拥进去了。

院子里也是一片冷清，伴着她们走进来，狗吠声更加凶猛。

婆子们显然有些害怕。

"怎么还养了这个？"她们不满地问道。

"回妈妈们的话，后院的果子熟了，乡下的孩子们淘气，便养了几条狗吓唬他们。"一个男人躬身赔笑答道。

婆子们便不再问了，见这男人走近，还有些嫌弃地用手帕掩了口鼻。

有仆从先跑到正房里，点起了灯火，在这乌漆墨黑的院落里很是显眼。

迈步进去，一股久不住人的阴冷扑面而来，齐悦不由得打了个寒战。

这里跟秋桐院没什么区别，三间大房，月洞门，垂珠帘隔开来，只是显得更加阔朗，家具带着明显有些年头的厚重。

"少夫人，我们这就回去了。您最好安安生生的，别想半路跑回去的傻事，世子爷的脾气您也清楚，这已经是留了脸面，别逼得世子爷撕破脸。"婆子不咸不淡、趾高气扬地说道。

齐悦打量着室内，没有理会她们。

婆子们也不在乎她理不理会自己，转身就出去了。

"少夫人。"阿如哭道，跪在地上。

"快起来，地上凉。"齐悦看了她一眼说道。

"少夫人，怎么办？"阿如没有起身。

"凉拌。"齐悦嘀咕一句，伸手在堂桌上摸了下，还好是常常打扫的，并无灰尘。

她大步走向卧房，里面摆设着箱子、柜子，干净素雅，被褥齐全。

阿如不知道她要做什么，只好跟过来。

"你饿了没？"齐悦转过头问她。

哭得眼睛都肿了的阿如被问得一怔。

"算了，一顿饭不吃就当减肥了。"齐悦摆摆手，坐在床上，试了试被褥，"有点儿潮，还好。"

她吐了口气，又起身，大步向外走去，"唰啦"一下打开门，不同于定西侯府那种深宅大院温暖又沉闷的空气，扑面而来的夜风清凉，还带着乡间的土腥气。

"有人吗？"她大声喊道。

立刻有人提着灯笼跑过来。

"少夫人，有什么吩咐？"这是一个矮胖的妇人，声音颤抖，带着几分紧张。

"坐了一天车，有热水洗漱一下吗？"齐悦和气地问道。

"有，有，灶上现成的，少夫人稍等，我去叫人来。"

齐悦点点头，笑道："那麻烦你们了，大半夜的。"

妇人被这声谢说得有些蒙，连句"客气"都忘了说，哆嗦着快步去了。

"少夫人。"阿如也蒙了，顾不得哭，看着她，一脸询问。

"有什么话明天再说，现在，洗澡，睡觉。"齐悦抬手制止她，说道。

热水很快就备好了，两个婆子抬着浴桶进来，还有一个婆子拎着一个食盒。

"不知道少夫人吃了没，做了点儿夜宵。"拎食盒的婆子颤巍巍地说道。

这几个婆子年纪都在四十五六岁，面容枯皱，穿得也简单，没有定西侯府里的那些仆人光鲜。

见齐悦打量她们，她们都有些不自在地低下头，丝毫没有定西侯府里的那些婆子的气势。

"多谢你们想得周到。"齐悦笑道，亲手打开食盒，见是两碗粥、两碟小菜，再次叫了声好，"我正想吃这个，清清淡淡的。"

婆子们被她说得手足无措，想咧嘴笑又不敢。

"少夫人不嫌弃就好。"其中一个拘谨地说道，然后扯了扯另外一个，"少夫人慢用，我们就在外边候着，有什么需要，叫我们一声便是。"

齐悦笑着点头，看着她们退出去，带上门。

"先吃点儿东西，省得洗澡头晕。"她招呼阿如，自己端起一碗粥喝起来。

"我哪里吃得下。"阿如咬着下唇。

"吃不下也得吃，吃饭事大，只要能吃饭，就没有解决不了的事。"齐悦说道，搛起一筷子小菜放进嘴里，眼睛亮了一下，点点头，"嗯，这个好吃，你尝尝。"

"少夫人，今儿您想去哪里瞧瞧？"一个紧紧跟着的婆子恭敬地问道。

阿如手里拿着一个褥垫跟着。

"前天看了猪羊群，昨天看了果园子，今天去看看鱼塘吧。"齐悦笑道，指了指不远处。

此时已经是秋末，水塘里的荷花已经败了。

"你回去吧，今天天气好，将屋子里的被褥晒一晒。"齐悦想到什么，说道。

那婆子应声就走。

"你也去看着点儿，咱们的东西……"齐悦又对阿如说道。

她们来得匆忙，除了几件衣裳、首饰，就只带了齐悦的那个急救箱。

那些东西，齐悦并不想被别人看到。

阿如也想到了，忙转身。

自己怎么才能回去呢？真的要伏低做小讨好那个男人？

齐悦只觉得恶心，但是，她又能怎么样？

"想想当年那些地下党，潜伏在敌区，与深恨的敌人们周旋，不是比我还要难吗？"她咬牙自言自语，"我怕什么！恶心就恶心，忍辱负重嘛！"

她不由得挥了挥拳头以示自我鼓励。忽地看到水塘里有什么一晃，齐悦不由得向前走去。

水塘边的水草枯萎湿滑，齐悦俯身看去，见水中有鱼尾一摆，溅起一串水花。

"好肥的鱼啊。"齐悦眼睛一亮，不由得将身子更加俯低去看。

"月亮。"身后猛地传来一声喊。

齐悦吓了一跳，忙转身去看，只见常云起骑马飞驰而来，面色惊恐，马没停稳他就翻身下来。

"你怎么来了？"齐悦惊讶地问道。

她转身，不妨脚下一滑，人便向湖中倒去，吓得她大叫一声。

常云起也是大叫一声，扑过来伸手抓住她一拽。

齐悦扑入他的怀里，避免了滑入水中。

"哎呀吓死我了。"齐悦笑道。

她的话还没说完，听得常云起的声音在头顶炸开。

"你疯了？你在做什么？你怎么这么想不开？"他喝道，声音里又是愤怒又是惊恐。

这孩子误会了。齐悦愣了下，回过神，笑了。

"喂，我没有……"她笑道，想到自己还在他的怀里，忙伸手拍他示意他松开。

常云起还没说话，就听得有女声惊叫一声。

"你……你们……"阿如惊恐的声音传来。

鱼竿一甩，肥美的草鱼跃出水面，带起一串水花。

"好啊。"齐悦拍手叫好。

常云起将鱼放入齐悦捧过来的水盆里。

"收拾一下。"齐悦转身，将水盆递给一旁的仆妇，又催阿如："快快，生火。"

就在她们身后，炭火、铁丝网以及用小碟子盛着的各色调料都准备好了。

阿如应了声，蹲在一旁拨弄炭火。

"花椒炒熟擀成末。只可惜没有辣椒……"齐悦一面看着小碟子，一面对常云起说道，"我的院子里还留了好些辣椒酱呢，早知你来，就让你给我捎过来了。"

常云起将鱼竿再次甩入水塘里，笑了。

这边齐悦已经开始烤果蔬。

常云起面对水塘，听着身后齐悦和阿如的欢声笑语。

"喂，给。"齐悦在背后喊道。

常云起扭头，见她递来一串烤大蒜。

"真是，这么多美食，这么多美景，谁会想死啊？"齐悦冲他笑道。

常云起被她说得不知道说什么好，只好一笑，接过烤大蒜。

不多时，仆从按照齐悦的吩咐将鱼清洗好切片，齐悦亲自烤鱼。仆从从来没有见过这样的吃法，好奇地瞪眼看着。

"来，你们尝尝。"齐悦笑道，将一片烤好的鱼递给那个仆妇。

仆妇吓了一跳，摆着手连连后退。

"奴婢不敢奴婢不敢。"

齐悦也不强求。

"我来吧。"阿如接过她手里的活说道。

齐悦便点点头，端着烤好的食物走到常云起身边坐下。

"给，三弟，这里没什么好招待的，吃个新鲜吧。"她笑道。

"谢谢大嫂。"常云起说道，迟疑了一下，将鱼竿放在脚边。

"家里人都怎么说的？"齐悦问道，自己也拿着一串鱼肉吃。

常云起的动作一停。

211

"大哥说，你来此休养。"他说道。

"大家都信啊？"齐悦撇嘴说道。

常云起转动着串儿。

"当然不信了。"他摇头说道，然后看向齐悦，"大嫂，你别急，我找个机会给父亲说说。"

好孩子，齐悦很是感动，都不用她开口要求。

"多谢多谢。你快吃啊，想吃什么告诉我。"齐悦笑得眼睛弯弯，将自己手里的肉串也递给他。

常云起笑了，接过来慢慢地吃。

齐悦回头唤仆妇。

"去抓只鸡，收拾干净拿过来。"她说道，又看向常云起，"我给三弟做个叫花鸡。"

这个名称说出来，常云起的动作停滞了下。

"你别这么看我，这叫花鸡是美食，我可没感怀身世。"齐悦笑道，一眼看穿他的心思，"待会儿你尝尝就知道了，这手艺一般人面前我还不露呢。"

常云起笑着低下头，接着吃肉串。

正说笑，几人忽地听到不远处一阵喧闹，伴着孩童的哭叫。

"救命啊，有人落水了。"

齐悦和常云起都站起来。

这片水塘很大，呈半月形，哭喊声就是从水塘的月尾处传来的。齐悦飞快地向那边冲去。

常云起一愣，忙追上去。

阿如扔下手里的东西跟着跑过去。

他们过去时，就看到齐悦跑动未停，直接跃入水中。

阿如发出一声尖叫，盖过了周围四五个孩子的哭喊。

常云起脸都白了，站在水边，攥紧手，看着那女子如鱼儿般一头潜入水中。

水塘混浊，杂草丛生，看不清水下。

她说她不寻死，她说她不想死，那么她这么做是因为一定能做到吧……

"少夫人，少夫人！"阿如手脚并用地爬向水塘，哭喊着。

如果不是常云起拦得及时，阿如就爬入水中了。

此时村人们也赶过来了，又是喊又是叫。

齐悦从水中冒出来，手里托着一个七八岁的孩子。

"快，快。"好几个村人跳入水中，去接她手里的孩子。

齐悦浑身湿透了，被阿如和常云起拽上来。

阿如还没来得及说话，齐悦就撇开他们奔到那孩子身边。

孩子面色铁青，一动不动。

大人们将他翻过来拍水，水吐出来一些，但人还是没醒。

"不行了，没气了。"几个大人摇头说道。

孩子的家人也赶过来，哭喊着扑上来。

"我来。"齐悦喊道，一面推开哭喊的家人，半跪下来，将那孩子放在膝上，捏开嘴，拉出舌头。

四周的人都呆呆地看着，不知道这女子在做什么。

"没心跳了。"齐悦按着动脉说道，将孩子放平，俯身开始做心脏复苏。

看到那女子在孩子的胸前又是按又是压，几次之后还俯身将嘴对上那孩子的嘴，四周的人一阵哗然。

"别吵！"阿如尖声喊道，"我们少夫人在救人！"

"少夫人"以及"救人"这两个词让场面安静下来，大家呆呆地看着场中那个浑身湿透的美貌女子重复那挤压以及口对口的动作。

这是救人？

时间似乎停滞了，忽地，那孩子的身躯一阵抽动，"喀喀"又吐出几口水。

"活了！"四周的人齐声大喊。那孩子的家人喜极而泣，哭着将孩子搂在怀里。

"脱掉他的衣裳，用干净的衣裳包住，焐热心口。"齐悦也松了口气，坐在地上说道。

"是，是。"四周人忙乱地答应着，七手八脚地各自扯自己的衣裳，将那孩子包起来，拥着往家里送去。

常云起解下外袍给齐悦披上，遮住她已经曲线毕露的玲珑身躯。

"少夫人，"阿如跪在她面前又要哭，"你要吓死奴婢了！你怎么能这样？"

"什么样？"齐悦看着她，失笑，"我会游泳的，技术还很好。"

她说这话时还晃了晃拳头。深秋天凉，她到底忍不住身子微颤。

"快回去烧热水。"常云起对惶恐不安、不知所措的仆妇们喊道。

一群人这才回过神，踉跄地往回跑去。

"多谢夫人救命大恩！"

齐悦看着跪倒在院子里叩头的乡下夫妻，忙笑着请起。

夫妻俩却是不敢起，只是跪着。

"要注意他这几天是否出现咳嗽、咳痰、发烧，如果有，便来找……"齐悦本想说"来找我"，话到嘴边又苦笑。找她有什么用？她倒是会治疗肺炎，但是没有药，没有惯用的药，她就什么都不是，"去找个大夫瞧瞧。"

夫妻二人忙应声"是"，又叩头道谢。

"你们快回去吧。小孩子难免淘气，也别打骂孩子，想来有了这一次，他再也不敢了。"齐悦笑道。

二人这才叩头起身，始终不敢抬头，退了出去。

"这是一些肉菜，少夫人让你们给孩子补补身子。"一个仆妇在大门口等着，将一个篮子递给他们。

"这……这……这怎么可以？"夫妻二人吓坏了，推辞不敢收。

"拿着吧，我们少夫人心善。"仆妇说道。

夫妻二人这才接过去，又冲齐悦的院子那边叩头，抹着眼泪千恩万谢地走了。

低矮草房中挤了好些乡亲，正聚在一起说话，看到这对夫妻回来，都围上来。

"又赏了好些东西。"妇人将篮子举给大家看，低头抹泪。

"真是善人啊。"大家感叹道。

大家又一起去看孩子。孩子已经没事了，只是因为受了惊吓，脸色白白的，众乡亲又是一阵感叹。

"在胸口按一按，然后口对口地吹气，就能救活了？"有人忍不住说起当时的事，一脸惊叹。

"可不是？我当时摸了，臭蛋明明没气了，身子都凉了……"

"你们不懂。"一个老人咳了一下，说道。

大家都看向他。

"三大爷，您快讲讲，这是什么稀罕事？"大家看着这个村里辈分最长、年纪最大的老人，问道。

"这是人家给臭蛋渡了口仙气呢。"他郑重地说道，"给臭蛋续了命。"

齐悦接过阿如递来的姜汤，看着坐在一旁的常云起。

"三弟是特意来看我的？"她忽地问道。

她这突然冒出的一句话，吓得阿如差点儿跪下，常云起也有些不知所措。

"时候不早了，别耽误了你的正事。"齐悦笑道，"我没事，我以前有空就去游泳。"

阿如咳嗽一声。她当然知道齐悦是在说谁的以前，但常云起可不知道。

一个女孩子家谁会玩水？更何况还是个乞丐。

幸好常云起的关注点没在这里。

"是。"他抬头，似乎下定了什么决心，答道，"我听说了大嫂你的事，心里不安。"

阿如的心又提到了嗓子眼。

常云起说着，又笑了笑。

"你又爱哭，胆子又小，遇到事不敢说话，所以我过来看看。"

"哦，没事。"齐悦笑道，"谢谢三弟。我虽然是有点儿憋屈，但没事，还不至于到寻死的地步，你别担心。"

这一句笑言，让常云起又想到刚来时闹的误会，不由得也笑了："又不是没闹过。"

"哎，对了，"齐悦也想起来，"你当时叫我'月亮'，还是'月娘'？"

阿如忐忑不安。

"月亮。"常云起沉默了一下，答道。

齐悦眼睛一亮，站了起来。

"我？"她伸手指着自己。

"看来你是真的忘了。我给你起的，小时候闹着玩呢。"常云起微微一笑道。

齐悦一脸惊讶。

"这么说，我真的有个名字叫月亮？"

"也不算名字，是我瞎喊的，大嫂莫要责怪，以后不喊了。"常云起垂目说道。

齐悦没理会他这话，只是得到确认，心里惊奇得不行。

"真是巧啊，竟然有一样的小名。"她坐下来，手抚着胸口，一脸不敢置信，"怪不得我会附……"

"少夫人，姜汤要凉了，快喝吧。"阿如说道，打断了齐悦的话。

齐悦也察觉失言，忙接过姜汤喝起来。

常云起终于起身告辞了。

阿如松了一口气。

"真遗憾，还没做叫花鸡给你尝尝呢。"齐悦笑道，并没有挽留，而是亲自送他出来。

"下次吧。"常云起笑道。

还有下次……

阿如低着头，一脸焦躁。

"奴婢送三少爷。"她说道。

齐悦便停了脚，常云起冲她拱手施礼，大步出去了。

"不知道这孩子回去说话管不管用。"齐悦叹气。

不过她还是很高兴，这是第一个来看她的人。

"看来齐月娘跟你们三少爷关系还不错。"齐悦说道。

阿如剪了灯花，把灯端过来放在卧房的桌子上。

"三少爷一向性子好，为人和善。"她说道。

意思就是不是特别对齐月娘好。齐悦哪里听不懂、看不懂这孩子的紧张，抿着嘴笑。

"真是，你们老太太干吗非要让齐月娘跟世子成亲？这叫结亲？叫结仇还差不多。要是把齐月娘嫁给三少爷，既不耽误世子结门楣相当的亲，月娘也能享受富足安乐的生活……"她说道。

阿如"扑通"就跪下了。

"少夫人，这话可千万不能说，要不然就是死路一条了！"她惊恐地说道。

齐悦笑，伸手拉她。

"我去哪里说？不就是跟你说说。"

"少夫人，不管以前如何，你如今是少夫人，将来是侯夫人……"阿如站起来，带着几分忧虑开口。

齐悦"哈"的一声仰面倒在床上。

"我要死了。"她喊道。

阿如吓得脸都白了，扑过去。

齐悦哈哈笑。

"少夫人，你吓死奴婢了！"阿如急了，生气地道。

"你才吓死我了呢。"齐悦笑着侧身躺在床上，看着阿如，又吐了口气，"留在这里一辈子，我还真不如死了算了。"

阿如不说话了，叹了口气。

"你原本的日子过得很好吧？"她迟疑了一刻，低声问道。

"那时候也经常抱怨不如意，不过现在想起来，挺好的。"齐悦带着几分追忆说道，"我来之前，也是在这样一个乡下呢。"

"也是在乡下？"阿如好奇地问道。

齐悦伸手拉她坐下。

"外人看起来，我好像也是被排挤赶下来的，就跟现在的状况差不多。"她说道。

阿如又惊讶地站起来。

"您……您……也是被夫家赶出来的？"

"什么夫家，我还没结婚呢。是单位……也不是单位啦，"齐悦笑道，"我是自愿下来的。"

阿如松了口气，在脚踏上坐下来。

"单位？单位是什么？"她问道。

"单位啊，单位就是……"齐悦刚要解释，就听外边有人走动，主仆二人忙收了话。

"少夫人，府里来人了。"仆妇的声音在门外响起。

又来人了？齐悦和阿如对视一眼。

进屋的人掀开大大的帽子，解下厚重的斗篷，露出一张年轻的面容。

"采青姐姐，这么晚你怎么过来了？"阿如惊讶不已，忙倒了热茶端给她。

采青顾不得接，过去给正从卧房走出来的齐悦跪下叩头。

"奴婢惊扰了少夫人，请少夫人恕罪。"她伏地说道。

采青是西府二夫人的大丫头，身份比家中那些姨娘还要尊贵几分，齐悦忙请起。

"太太才听说少夫人到这里来了，想着如今天气越发寒冷，这里久不住人，更是阴冷潮湿，催着我送了床褥子过来。"采青起身，将放在地上的大包袱拿过来。

阿如忙接过，打开一看，见竟然是一件大毛裘衣，上面有五彩斑斓的花纹。

"这是老虎皮。"采青笑道。

齐悦稀罕得不得了，忙招呼阿如拿出来左看右看。

哇哦，这可是真家伙。

"多谢婶娘惦记。"齐悦笑道，又让阿如快去添床被褥。

"别的屋子更不好，这边地方大，让采青姐姐和我挤一挤。"阿如说道。

"不用忙了，我说句话就赶回去。"采青忙说道。

齐悦和阿如一愣。

"这大晚上的，怎么好赶路？"阿如摇头。

采青既然说要赶路，肯定不是客气，齐悦微微迟疑，看向她。

"我去给姐姐熬碗姜汤。"阿如也反应过来，说道。

采青道谢，没有客气，看着阿如出去了。

齐悦摸不准采青的来意，从阿如的介绍来看，这西府的二夫人跟齐月娘没什么来往啊。

不过齐悦想到那日初见那位二夫人露出的神情，再看今日这夜半来访，二人之间肯定有些关系。

"少夫人，"采青说道，"太太托我来，是要问问您，可知道当日太太的苦心了？"

一句话就把齐悦问蒙了。看吧，果然有关系，还有当日呢！不过，她哪里知道当日有什么内情？

"我……"齐悦张张口，苦笑。

采青接过话头。

"世子爷不是您的良配。老太太一心为了您好，要给您最好的，要给您安稳日子，只是，这一步确实走错了。"她说道，上前一步，"如今您看清了，世子是容不下您的，大夫人也容不下您，这个家容不下您。少夫人，您如今还不满二十岁，难道这一辈子就要在这乡下熬着吗？"

"那，婶娘的意思是……？"齐悦怔怔地顺着她问道。

"自请下堂。"采青说道。

齐悦"哦"了声。

"和离是不成的。少夫人也别担心，太太必将护着您，再寻一个合适的人家。就是寻不到合适的人家，您这一辈子太太也必然保证衣食无忧。"采青说道。

"我自请下堂能成吗？不是说我这是皇上赐婚？"齐悦疑惑地问道。

"只要少夫人您有这个心，太太一定想法子周全。"采青含笑说道。

这也是定西侯府那母子俩的心愿吧？原来是一个唱白脸，一个唱红脸，软硬兼施来了。

齐悦在室内慢慢地走动了几步。

"多谢婶娘，月娘一定好好想想。"她笑道。

采青看着她的神情，叹了口气。

"少夫人，虽然二太太和大夫人是一般的目的，但二太太是真的为了少夫人着想，而非像大夫人那样只是为了她和世子，奴婢知道您必定会这样想。"

齐悦翻了个白眼，转过身却还是真诚的笑脸。

"怎么会？我知道的。"

采青看着齐悦。

"太太和老夫人，对姑娘您，都是一般的心意。"她郑重地说道。

齐悦看着她，忽然觉得这句话里有很多意思。

"奴婢不敢耽搁太久，这就告辞了。"采青却不再说话，转身取过大斗篷就施礼告退。

阿如亲自送出去，回来后见齐悦坐在灯下发呆。

"少夫人，二夫人是什么意思？"她忍不住问道，带着几分期盼，"可是要帮少夫人说话？"

说话？说离。齐悦摇头。

"你们这二夫人到底和齐月娘什么关系啊？"她坐正身子，好奇地问道。

"没什么关系啊。"阿如一头雾水。

"那跟你们老夫人是什么关系？可有亲？"齐悦又问道。

阿如摇摇头。

"我们老夫人是福建人，二夫人是京城人，一南一北的，若不是姻缘红线，原本是一辈子都不认识的。"

那就奇怪了。齐悦又斜倚在床上。

"不过，两家祖上都是开国功勋，当初是一同随高祖皇帝打天下的。"阿如想到什么又补充道，"咱们家封了侯，他们家封了国公。还有，二夫人家……"

阿如说到这里停了下，有些迟疑。

"还有什么？"齐悦问道。

"二夫人家比咱们家要高贵的，他们家历代都是勋贵。"阿如说道。

几代勋贵？齐悦来兴趣了。

前朝的勋贵在新朝还是勋贵不是很容易呀，一朝天子一朝臣嘛。

"那二夫人家该不会是前朝叛臣，对新朝有从龙之功吧？"她问道。

"那奴婢就不知道了。"阿如有些不好意思地一笑，"就这些事还是奴婢偶尔听到的。"

齐悦"哦"了声，重新躺下。管他们呢，爱是啥就是啥吧，好心也好，假慈悲也好，她都懒得理会。

阿如放下帐子，吹熄了灯，关门出去了。

第二天，齐悦在屋子里刷牙时，听到外边传来哭声。

"村里有丧事啊？"

"不知道，奴婢去问问。"阿如说道，走了出去，不多时回来了，神情有些古怪。

"怎么了？"齐悦正对着铜镜自己绾头发，随口问道。

"外边……"阿如似乎不知道怎么说，"有个村人在门外哭呢。"

"哭什么？被人欺负了？"

柳二媳妇原本没想这么做，但听了昨天老宋家孩子的传言，不知怎么头脑一热就跑过来了。

她并不敢去正门口，只在墙角这边，抱着孩子对着院子叩头，还点了三炷香虔诚地祈祷。

声音惊动了下人们。在院墙边点香，这可是大忌讳，仆从们自然驱赶她。

"大娘们，大叔们，俺真的是没办法了，让俺们沾沾仙气，给孩子一条活路吧。"柳二媳妇哭道，冲这些人"砰砰"地叩头。

她怀里的孩子不过两三岁，面色惨白，双目紧闭，身子不时地抽动两下，证明还有一口气。

这些仆妇也是穷苦人，在这村里也住得久了，乡里乡亲的，关系都很好，见状也是面露不忍。

"你是说病了的是个孩子？"齐悦忍不住问道。

阿如似乎在出神，呆呆地站着，没有听到她的话，直到齐悦又问了一遍。

"是，门房上说是村里一个寡妇的孩子，男人去年没了，只有这一个孩子。"阿如答道。

说完，二人便沉默了。

"小孩子是不好养活啊。"齐悦不知道说什么，只好感叹了一句，转过身。

主仆二人各自发呆，却没察觉各自的手都在袖子里攥紧了。

"不知道今天吃什么饭。"齐悦故作轻松地说道，想要换个话题，"走，我们去瞧瞧。"

阿如应了声，低着头跟着她走。

齐悦走得很慢，阿如也走得很慢，但她们都没有察觉。

踏入前院时，门外的哭声已经没了，想必人已经被赶走了。

齐悦站在那里呆了呆。

柳二媳妇抱着孩子失魂落魄地慢慢走着，深一脚，浅一脚，不知道要向哪里去。

她能感觉到怀里孩子的生命正在慢慢流逝。

"别怕，别怕，娘陪着你，咱们一起去找爹……"柳二媳妇行尸走肉一般迈入家门。这个家已经不算家了，没有门，草房倒塌了半边，她的视线扫过，最终停在院子里那棵老树上。

"娘去找根绳子，等等娘，娘很快就来……"她喃喃地说道。

"大妹子！"一声急切的呼唤让柳二媳妇的身形一顿。

她茫然地转过身，手里攥着一根刚找到的麻绳，看着眼前的这个妇人。

"你干什么？"妇人第一眼看到她手里的麻绳，再看她的神情，哪里还不明白，忙上前夺下她的绳子。

"婶子，婶子，你给我！"陡然被夺走绳子，似乎连最后一丝幸福也没了，柳二媳妇顿时急了，扑过去要抢绳子。

"你快点儿，少夫人要你把孩子抱过去！"那妇人大声喊道。

这一声如同晴天霹雳，震醒了柳二媳妇，她不敢置信地抬起头看着那妇人，灰败的脸上重新焕发光彩。

齐悦只看了这孩子一眼，就知道是怎么了。

"脱水了。"她说道，"快，熬盐糖水来。"

"就是拉肚子，吐，吃下去的药也都吐了出来。高热……跟火炭一样，后来……后来就昏睡不醒了……"柳二媳妇跪在屋子里，按照齐悦问的，结结巴巴地答出来。

"从什么时候开始的？"齐悦利索地塞入温度计，裹上血压计，拿起听诊器，"此前有无其他疾病？"

"七天前？疾病……疾？"柳二媳妇答道。这位少夫人的动作真是奇怪之极，为什么要蒙住嘴和鼻子呢？头上裹着头巾，外边穿着的衣服也好奇怪啊……

"就是有没有咳嗽、发烧、感冒……也就是伤寒啊之类的病症？"齐悦问道。

柳二媳妇摇头。

"一直都好好的。虽然家里穷，但孩子我一直好好地养着，一直很结

实的。"

"那就不是其他疾病引起的，也不是饮食导致的。"齐悦自言自语，又看向柳二媳妇："找大夫开过药吗？"

柳二媳妇点点头。

"可是不管用。"她说着，又开始哭。

"不是不管用，应该是孩子没法吸收，止吐止泻做不到……"齐悦自言自语，然后看向她："你去把那大夫开的药拿来。"

柳二媳妇有些迟疑，但现在这个少夫人是她唯一的希望。

"还有，"齐悦又喊住她，"我只能试试，不一定能救活他，你要有心理准备，我们尽人事，听天命。"

柳二媳妇看着她，哭着点头叩头。

阿如端着熬好的盐糖水进来时，齐悦正认真地看着什么。

"少夫人，我找了酒壶装好了……啊——"阿如走近，话没说完，看清齐悦手里的是什么，顿时尖叫一声。

那是孩子的粪便……

她怔怔地看着。少夫人的手指上都是粪便，她正对着屋外的亮光认真地看着，然后凑到口鼻边……

阿如转头一阵干呕。

"腹泻……到底是哪一种呢？"齐悦眉头紧皱。以前这是多么简单的一项检查，三十分钟就能出结果，要什么数据就有什么数据，而现在……学校里学过的……见过的……该死。

她丧气地低下头。哪个医生还会亲自看粪便，自有机器……

"不管了，先补液。"她快速地洗手，"阿如，你要做好这里的消毒，找些高浓度的酒，没有的话就去买。还有石灰，石灰撒在这里……"

阿如在一旁看着，又是急，又是担忧，听着她的吩咐，拼命地点头。

"这孩子多重？"齐悦抓头。没有任何入院检查资料，她干脆双手将这孩子抱起来掂了掂。

柳二媳妇拿着药包颤抖地走进屋子时，看到自己儿子的胳膊上插着一根奇怪的管子，延伸向一个挂在衣帽架子上的酒瓶，她不由得叫了声。

"来，喂水。"齐悦看到她，忙说道。

柳二媳妇点点头，颤抖着走过去，小心地将水送往孩子的嘴里。

那孩子已经半昏迷，水送进去便流出来，半日一口也没喂进去，孩子反而又呕吐起来。

柳二媳妇哭着坐在地上。

"没事,慢慢来,我们还有时间,一定要想办法让他补充水分。"齐悦站过来,弯着身子亲自给孩子擦拭。

柳二媳妇看着这个富贵女人仔细地擦拭自己脏兮兮的孩子,擦得那样认真,连脖子也没放过,她不由得掩着嘴哭。

"要用温水擦拭,嘴,脖子,还有肛门,避免感染……"齐悦一边做一边说道。

"少夫人,我来吧。"阿如说道。她已经换上了和齐悦一般的穿戴。

齐悦看着她点点头,将手巾递给她。

"你可以拿着筷子喂他水,哪怕只能沾湿嘴唇也行。"齐悦又对柳二媳妇说道。

柳二媳妇点点头。

这一夜,正房里灯火未熄,整个庄子里的人都没睡,都守在齐悦院子的门口,紧张而又激动地看着。

他们不知道的是,在这院墙外,全村的人几乎都来了,同样紧张又激动地看着这座庄园。

"少夫人,体温降了些。"阿如举着体温计看了又看,终于激动地说道。

正在用烧酒擦拭手的齐悦听见了,凑过来看。

她们对着晨光,看着温度计上那浅浅的红线。

"昨晚大便了几次?体温多少?你都记下了吧?"齐悦问道。

阿如点点头,拿过放在一旁的一张纸。

齐悦接过来认真地看。

"狗剩,狗剩!"

床边传来妇人的一声惊呼,夹着哭声,外边的仆从听到了,不由得心一沉。

"看来是不中用了。"大家叹口气,摇头。

就在这时,门被打开了。

阿如抓着一包药奔出来。

院子里的人又都惊奇起来:难道还没死?到了中午,他们就确定了这一点——屋子里传出孩子的哭声,虽然很微弱。

"乖,吃了药才能好。"齐悦哄着那孩子,再次将针筒送到孩子的嘴边,将药打进去。

孩子惊恐地抗拒，就算母亲安抚也没用，最终，药没喂进去。

"你这孩子！"柳二媳妇又是气又是急，呵斥道。

"哈，看来精神好多了。来，阿姨……那个……我知道这个很苦，你吃一口，我就喂你一口糖水，好不好？"齐悦笑着说道，指着另外一个碗，用另一支针筒从里面抽了些水，"来，你先尝尝，看我有没有哄你。"

她将那针筒凑到孩子嘴边，轻轻地挤出一两滴。

孩子舔了舔干枯的嘴唇，挣扎的神情稍缓。齐悦笑着，再次试探着将装着中药的针筒送过来，那孩子终于慢慢地张开口。

一管一管的中药喝了进去，看着齐悦一直没间断的笑脸，听着齐悦不停逗孩子的话，柳二媳妇的眼泪再次涌出来，她用手掩着嘴，将哭声堵住，任凭眼泪纵横。

黑白交替，日升日落。

被安排歇后半夜的齐悦是自然醒来的，醒过来就立刻披上衣裳去看望病人。

柳二媳妇不眠不休地守着孩子，就是孩子睡了她也不肯休息。

阿如正小心地将石灰、烧酒撒在地上，听见动静，忙抬起头。

"少夫人，昨夜两次大便，这是大便。"阿如放下手里的活，将屎布捧过来。

相比前几日，她的态度从容多了，似乎手里拿着的是两块新做好的绣帕。

齐悦认真地接过查看。

"尿了，尿了！"柳二媳妇忽地喊了声，声音里带着惊喜。

齐悦也很惊喜。

"太好了！只要能控制脱水，能吃下药，药就会起效了。"她忙放下屎布，利索地洗手，戴上口罩、帽子，走到那孩子跟前，果然见到睡熟的孩子身下新垫的尿布上一片水迹。她顾不得孩子睡着了，高兴地将孩子抱起来，掂了掂，"阿如，重新调配一下补液，这次要口服。"

阿如忙应声"是"。

"娘，饿……"孩子被闹醒了，喃喃地道。

这话听在三人耳内如同天籁，齐悦终于能松一口气了。

周姨娘回到自己院子里时，阿好已经在那里等着，泪汪汪地看着周姨娘。

"你还想不想救你们家少夫人了？"周姨娘皱眉低声说道。

阿好点头，就要下跪。

"那就给我收起这副样子。"周姨娘低喝。

阿好立刻不敢哭也不敢动。

周姨娘上下审视她,一寸也不放过,只看得阿好汗毛倒竖、浑身发抖。

"你知道,在这个家里,少夫人为什么这么不招人待见吗?"周姨娘慢悠悠地问道。

"因为……因为……世子爷不喜欢少夫人。"阿好结结巴巴地说道。

周姨娘不屑地一笑。

"这天下的男人,从来都没有不爱美人的。"她抚弄桌子上摆着的蜡梅花,"世子爷之所以不喜欢少夫人,是因为有人在背后挑唆。为什么挑唆的人能如此肆无忌惮?就是因为,在这家里,除了老夫人,再没人帮少夫人说好话。"

"还有姨奶奶你……"阿好眼巴巴地看着她,跪下说道。

"我?"周姨娘叹气,"我倒是有心,却无力啊。"

她伸手抚着自己的脸。

"我老了,而这个家里,比我年轻比我美的人越来越多。这女人啊,再好,老了,就什么都不是了。"她慢慢地说道,神情有几分凄然。

"不,不,姨奶奶最美了。"阿好结结巴巴地说着讨好的话。

"嘴甜别用在我这里,甜不甜的,我都不在乎,我知道你的心。"周姨娘笑道,伸手拉阿好起来之后并没有放开她,而是再次审视她的脸。

虽然算不上国色天香,但豆蔻年华,水汪汪的眼睛,红润润的脸蛋,一掐似乎能出水……

"那些如今能说上话的人,都是和夫人一心的,她们怎么会在侯爷跟前说好话?这家里能管着世子的,只有侯爷了。阿好,你知道怎么帮你家少夫人了没?"周姨娘一字一顿地说道。

阿好眼睛瞪得大大的,看着周姨娘,脸色慢慢变红又变白,最后重重地点点头。

隔日,周姨娘就听到了自己想要的消息,不过也不尽如人意。

"侯爷和夫人吵架了,让夫人把两个通房卖出去,说少夫人生养以前,不许给世子屋子里添人,然后去叫世子,结果仆人回说世子已经出门了,就是往少夫人在的庄子上去了。"阿金说道,神情有些遗憾。

周姨娘倒没什么反应。

"那小子鬼得很,他既然敢那么说,必定会把戏演全了。"她淡淡地说道。

"侯爷听了，这怒意疑心便消了一半呢。"阿金皱眉道。

"不是还有一半吗？"周姨娘笑道，"阿好的事呢？"

"今个早上，她熬了汤羹去了侯爷的书房。"阿金低声说道，"出来的时候，已经过午了。"

周姨娘脸上喜色满满。

"这么说，已经……"她低声说道。

"没有。"阿金忙说道，"我问过她了，她说，侯爷要给她体面，正正经经地开了脸才收房，不让人小瞧了她，侯爷一向体贴。"

周姨娘听了冷笑一声，那笑声里有说不尽的酸楚凄然。

"体贴？"她喃喃地道，"多情之人，必无情。"

室内沉默了一刻。

"对了，既然已经跟侯爷说开了，那你抽个空去庄子上看看月娘，劝劝她。"周姨娘说道。

阿金高兴地点头，忙转身去准备了。

阿金才出去，周姨娘便唤了个小丫头来说了句话，不多时，一个身量修长、二十岁左右的面生丫头进来了。

"我让你准备的事你都准备好了吗？"周姨娘问道。

"姨娘放心，已经准备好了，就等世子爷过去了。"丫头低声说道。

周姨娘点点头。

"务必小心。"她郑重地低声嘱咐道。

丫头点头。

"只要世子进了那门……"周姨娘转头看着桌上的蜡梅花，花苞点点欲放，"就脱不了这个身……"